Alice Grünfelder
Die Wüstengängerin
edition 8

Alice Grünfelder

Die Wüstengängerin

Roman

edition 8

Verlag und Autorin danken der Fachstelle Kultur des Kantons Zürich ganz herzlich für den Beitrag an dieses Buch.

Besuchen Sie uns im Internet: Informationen zu unseren Büchern und AutorInnen sowie Rezensionen und Veranstaltungshinweise finden Sie unter www.edition8.ch

Die edition 8 wird im Rahmen des Konzepts zur Verlagsförderung in der Schweiz vom Bundesamt für Kultur mit einem Förderbeitrag für die Jahre 2016–2018 unterstützt.

Bibliografische Informationen der Deutschen National-Bibliothek sind im Internet abrufbar unter http://dnb.ddb.de.

März 2018, 1. Auflage, © bei edition 8. Alle Rechte, einschliesslich der Rechte der öffentlichen Lesung, vorbehalten. Lektorat und Typografie: Katja Schurter; Korrektorat: Brigitte Walz-Richter; Umschlag: Theres Rütschi; Foto: Basar in Khotan, Alice Grünfelder. Druck und Bindung: Theiss, St. Stefan im Lavanttal.

Verlagsadresse: edition 8, Quellenstrasse 25 CH-8005 Zürich, Telefon +41/(0)44 271 80 22, Fax +41/(0)44 273 03 02, info@edition8.ch

ISBN 978-3-85990-338-8

»Hüte deine Zunge, damit du dein Haupt schützt.«
Kutadgu Bilig (Beglückende Weisheiten)
Uigurisches Nationalepos

Kapitel 1

Westwärts

Leises Rascheln. Hände an ihrem Schlafsack, die sich schnell wieder zurückzogen. Einen Schlitz breit öffnete sie die Augen. Lichtstaub flirrte im Abteil. Vor ihrem Gesicht eine Hand, die sich abstützte. Becher fielen klappernd zu Boden, rollten unter die Pritsche.

Sie schloss die Augen wieder, hatte schlecht geschlafen. Im Lautsprecher knackte es: »In wenigen Minuten passieren wir die berühmte Jiayuguan-Festung, einst letzter Grenzposten des chinesischen Reiches unter den Ming-Kaisern ...« Pferdehufe trappelten in den Lautsprechern an den beiden Enden des Abteils, zwei Reiterheere prallten genau über ihrem Kopf zusammen.

Von der hölzernen Pritsche sah sie hinunter auf die Kinder und Erwachsenen, die sich vor dem Fenster drängten. Die ganz vorn drückten sich die Nase an der Scheibe platt, keiner wollte sich diesen Anblick entgehen lassen. Sie legte sich bäuchlings hin, damit sie zumindest einen Streifen der steinernen Wüstenlandschaft sehen konnte.

Die Lautsprecher krachten, erzählten schrill von weltberühmten Reisenden und noch berühmteren Herrschern, spuckten schliesslich militärische Klänge aus und verstummten auf einen Schlag. Die Rufe aber wurden immer lauter, die Reisenden schubsten einander und zeigten auf das, was sich gleich ins Zugfenster schieben würde. Der Zug, so schien ihr, drosselte das Tempo, und plötzlich war sie zu sehen. An den Ecken und auf den Zinnen flatterten gezackte und bunte Wimpel, in der Mitte erhob sich die lehmfarbene Festung. Das mehrfach geschwungene Dach und die Kanonenrohre glänzten in der Morgensonne.

Still schauten die Mitreisenden hinaus, die sich doch sonst so gern und laut wie Kinder freuten. Einigen war vielleicht mulmig zumute, weil sie nicht wussten, was sie jenseits der einstigen Mauer erwartete. Hier verliess der Reisende China, hier begann der Wilde Westen, das »neue Gebiet« – Xinjiang.

Ihr war, als ob jemand sie beobachtete, und sie schaute sich um.

»Godd moning! How ayou!«, grüsste ein schmächtiges, bebrilltes Jüngelchen, das nur auf eine passende Gelegenheit gewartet zu haben schien. Es hockte auf der Kante der unteren Pritsche, hatte die Beine übereinandergeschlagen und schaute sie hoffnungsvoll lächelnd an.

Der wievielte *English speaker* auf der Suche nach *practice* war das nun in den zwei Tagen, die sie mit dem Zug westwärts rollte? Sie gab ihm mit einem Kopfschütteln zu verstehen, dass sie nichts verstand und auch keine Lust auf *English conversation* am frühen Morgen hatte – mochte er die Geste deuten, wie er wollte. Der Junge aber liess nicht locker: »Godd moning. Draussen war das ganz berühmte Jiayuguan. Gebaut von Ming-Kaisern. Gegen böse Barbaren im Westen. Schon Laotze war hier und hat berühmtes Buch geschrieben. Daodejing, kennst du? Und die grosse berühmte Mauer wird beschützt von diesem Tor. Kommst du aus Amerika? Kannst du mir Englisch beibringen?«

Sie tat, als verstünde sie ihn nicht, und kramte in ihrem militärgrünen Rucksack nach der Dose mit den Teeblättern und etwas Essbarem. Kurz darauf sprang sie von der Pritsche herab, musste allerdings aufpassen, auf keinen der Füsse zu treten, die den vielen Erwachsenen und Kindern gehörten. Auf dem kleinen Tisch am Fenster suchte sie nach einem Platz für ein paar zerdrückte Hefesemmeln und eine Handvoll Erdnüsse. Für später, wenn sie es geschafft hätte, sich zum Wasserkessel am anderen Ende des Wagens durchzudrängeln.

»Ah ja, endlich aufgestanden, die Ausländerin. Hast du Jiayuguan gesehen? Auf, auf, iss was!« Die Reisenden, mit denen sie die letzten 36 Stunden dieses Abteil geteilt hatte, wendeten sich ihr alle gleichzeitig zu.

»Muss mir erst das Gesicht waschen, auf die Toilette gehen, vielen Dank. Wie weit ist es noch bis Daheyuan?«

»Die übernächste Station. Jetzt komm, setz dich, hier, nimm von der Melone.«

Eine junge Chinesin mit einem Kind auf dem Schoss hielt ihr lächelnd einen Melonenschnitz hin, den sie nicht ablehnen konnte und im Stehen ass.

»Schmecken gut, unsere Melonen, nicht wahr? Kommen aus Hami, sind berühmt in ganz China«, kam es jetzt wieder auf Englisch. Offensichtlich wollte der Junge nicht einsehen, dass sie keine Lust auf ein Gespräch hatte und ohnehin die Landessprache beherrschte. Oder wollte er sich vor den anderen mit seinen Englischkenntnissen brüsten?

Mit Zahnbürste und -pasta in der einen, dem Teebecher in der anderen Hand zwängte sie sich zwischen den Leuten auf dem Gang durch. Die mussten in der Nacht unterwegs zugestiegen sein und hatten sich ohne Platzkarte in den Schlafwagen geschlichen, während die Schaffner vorn im Kabuff schliefen. Geschlossene Abteile gab es nicht, vielmehr waren jeweils sechs Holzpritschen mit dünnen Wänden voneinander abgetrennt und zum Gang hin offen. Es kam oft vor, dass sich nachts übermüdete Körper auf die Fussenden der Pritschen schoben – in der Hoffnung, von den Schlafenden nicht mit einem Fusstritt hinabbefördert zu werden.

Auf dem Weg vom Zugabort zum Wasserkessel erblickte sie aus den Augenwinkeln ein weisses Gesicht, das ihr zuvor noch nicht aufgefallen war. Offenbar einer dieser Rucksackreisenden, die mal schnell die Seidenstrasse »machen« und dann runter nach Pakistan wollen. In Gedanken versunken, stolperte sie über ein Paar ausgestreckte Beine. Ihr Straucheln liess den Westler aufmerken, er nickte ihr zu, und seine Augen begannen zu strahlen. Sie erwiderte seinen Blick mit einem Lächeln, das knapper und schmaler nicht

· 9 ·

hätte sein können, und drängelte sich weiter durch die Menge.

Vor dem Kessel stand bereits eine Schlange. Hoffentlich gab es noch Wasser, wenn die Reihe an ihr war, sonst müsste sie eine Stunde warten und ihr Glück erneut versuchen. Hinter ihr murmelten die Leute leise »Ausländer«, sie reagierte nicht, bis plötzlich ein »Hi« an ihr Ohr drang.

Langsam drehte sie sich um. Alles gaffte, begierig zuzusehen, wie sich zwei Ausländer begrüssen. Ihre Zunge fühlte sich pelzig an, und auf einmal roch sie ihren Körper. Sie wartete ab, ob noch etwas folgen würde.

Ja, tat es. Die Fragen nach dem Woher und Wohin beantwortete sie einsilbig, hörte seinen Ausführungen nur halb zu und schaute wieder nach vorn auf die Wartenden. Nicht aus dem Sinn aber gingen ihr seine Augen: das helle Blau, das sich in Ringen um die Pupillen legte, die einen aufsogen, tief fallen liessen. Sie hatte nur kurz hinein und schnell wieder auf die Menschen vor ihr gesehen. Langsam nur ging es in dem Gedränge weiter. Er hatte inzwischen gemerkt, dass aus ihr an diesem Morgen nicht viel herauszubekommen war, und schwieg endlich.

Als sie jedoch mit dem Mann am Kessel ein paar Worte wechselte, horchte der Westler auf. »Du sprichst ja Chinesisch«, sagte er und zog die Bögen über seinen Augen noch ein wenig höher.

Sie nickte stumm und machte kehrt, ohne ihn noch einmal anzusehen.

Dieses Mal waren keine Beine, keine Schuhe im Weg, sie hastete vorwärts, verschüttete beinahe das Wasser, das sich von den Teeblättern langsam braun verfärbte.

Das englischwütige Jüngelchen hatte sich glücklicherweise verzogen, stattdessen lag auf ihrer Pritsche ein schmächtiger Mann. Er hoffte wohl, dass sie ihn von unten nicht sehen würde, doch seine Füsse in durchlöcherten Socken hingen über die Kante, ein abgewetzter Ellbogen schaute unter dem hochgerutschten Ärmel seines Jackets hervor. Vermutlich einer der erschöpften Wanderarbeiter, die auf der Suche nach Arbeit in die entlegensten Winkel Chinas zogen, weil es überall besser war als dort, wo sie herkamen. Sollte er doch liegen bleiben.

Sie setzte sich auf das untere Holzbett, pustete die Teeblätter in ihrem Becher vorsichtig vom Rand weg und trank einen Schluck. Xu, der Ingenieur, sass ihr gegenüber. Ohne zu zögern nahm er den Faden des Gesprächs wieder auf, das sie irgendwann in den letzten eineinhalb Tagen begonnen hatten.

»Nächster Halt ist Hami, dann kommt Daheyuan, dort nimmst du den Bus nach Turfan. Steig bloss nicht auf einen dieser Lastwagen, die Fahrer sind berüchtigt für ihre verrückte Fahrweise«, riet er ihr.

Der Ingenieur hatte ihr seine Geschichte bereits in aller Ausführlichkeit erzählt. Er war in Shanghai gewesen und hatte über Beziehungen versucht, Arbeit zu bekommen. Unverrichteter Dinge fuhr er jetzt zurück nach Ürümqi. Seine Eltern stammten aus Shanghai, hatten in den Fünfzigerjahren aber in Turfan auf einem Baumwollfeld arbeiten müssen. Damals hatte Mao alle jungen und tatkräftigen Shanghaier nach Xinjiang geschickt, damit sie den Nordwesten des Landes aufbauten. Zuvor mussten sie allerdings in der mörderischen Hitze dieser Provinz Bewässerungskanäle graben. Menschen, die noch nie zuvor eine Schaufel in der Hand gehalten hatten. Xus Eltern waren Russischlehrer und stammten beide aus gebildeten Familien. Sengende Sonne, fremde Sitten, um sie herum Leute, die in einer anderen Sprache redeten und seltsame Sachen assen. Hammelfleisch oder eingelegtes Hammelhirn und Nudeln und Tomaten und Paprika, wenn es überhaupt etwas zu essen gab.

»Konnten sie sich wirklich nicht dagegen wehren, so einfach aus Shanghai weggeschickt zu werden?«, hatte sie Xu gefragt. Solche Geschichten hatte sie schon oft gehört, konnte aber jedes Mal kaum glauben, was die Menschen alles mit sich machen liessen.

»Was hätten sie schon tun können?«, gab Xu zurück. »Wären sie nicht gegangen, hätte man ihnen keine Lebensmittelmarken mehr gegeben und auch keine Arbeit. Und was es hiess, in Shanghai arm zu sein, das wussten sie ja. Eine ungewisse Zukunft im Westen schien ihnen sicherer, zumal Mao versprochen hat, es sei nur für ein, zwei Jahre.«

»Dann doch lieber ab in die Wüste«, hatte sie genickt. Wahrscheinlich hatte er seine Geschichte auf der Hinreise von Ürümqi nach Shanghai geprobt, immer ein wenig abgewandelt, um sie dann den Kadern vorzutragen, die er dazu bewegen wollte, ihm die Niederlassung in Shanghai zu genehmigen. Er sei schliesslich von hier, wenn auch nicht hier geboren, und sie sollten doch ein Einsehen mit ihm haben, seine Eltern hätten sich für das Vaterland geopfert in der Hitze und dem Sandstaub Xinjiangs, es sei doch nur recht und billig, das nun anzuerkennen und sie zurückkehren zu lassen, es sei doch nichts dabei, nur eine Unterschrift ... Und so war er von einem Amt zum anderen gelaufen, Shanghai erdrückte ihn, er kannte niemanden, die feuchte Hitze dort an der Ostküste des Landes ertrug er nicht, das Essen bekam ihm nicht, er hatte Durchfall, war erschöpft. Gleichgültig hörten sie auf den Ämtern seine Geschichte an, nichts hatte er erreicht, und er wusste nicht, wie er seiner Frau und seinen Eltern daheim in Ürümqi die Nachricht beibringen sollte. Daheim, das war nicht mehr Shanghai, damit mussten sie sich endlich abfinden.

Xu selbst war in Ürümqi zur Welt gekommen. Seine Eltern waren Anfang der Sechzigerjahre in die Stadt geschickt worden, nachdem sie sich bei der Arbeit auf dem Land bewährt hatten. Damals war der russische Einfluss in der Region noch überall zu spüren. Russische Händler boten auf den Märkten ihre Waren an, sogar russisches Geld war im Umlauf. Doch dann kam der Bruch mit der Sowjetunion, und das Russische wurde Xus Eltern zum Verhängnis. Sie wurden verdächtigt, Kollaborateure zu sein, »Spione, Konterrevolutionäre«, sagte Xu, »was weiss ich. Dann begann die Hölle ...«

Von dieser Hölle aber erzählte er nicht. Sprach stets nur von den Jahren davor, die er in allen Details ausbreitete. Und immer wieder geriet er an demselben Punkt ins Stocken, Anfang der Sechzigerjahre. Sie war nicht weiter in ihn gedrungen, aber sie hatte sich gefragt, ob er nicht weitersprechen konnte, weil das Geschehene ihn überwältigte und er keine Worte dafür fand, oder weil er sich schämte, so wie sich in diesem Land viele Menschen für das erlittene Leid schämten, das sie nicht verschuldet hatten.

Der Lautsprecher knackte, Hami wurde angekündigt, Hami, die Oase der Melonen. Die junge Frau mit dem Kind packte ihre Habseligkeiten in ein grosses Bündel, schob ihr die letzten Kekse hin und verabschiedete sich herzlich von ihr. Sie würde ihr Glück als Saisonarbeiterin auf den Feldern hier versuchen, ihr Mann arbeitete als wandernder Bauarbeiter in einem anderen Teil des Landes, hatte sie erzählt. Eltern hatten sie keine mehr, also zog ihr kleines Mädchen immer mit. Jetzt hielt es sich am Jackenzipfel der Mutter fest, um im Gewühl nicht verloren zu gehen.

Viele Menschen stiegen hier aus, reichten schwere Plastiktaschen und Säcke durch die heruntergelassenen Fenster nach draussen, wo Hände sie entgegennahmen. Hände von Familienangehörigen, die schon lange auf den verspäteten Zug warteten, oder von Freunden und Kollegen, die sich auf die Mitbringsel freuten. Andere wiederum, wenige aber nur, warfen von draussen ihre Taschen auf die frei werdenden Pritschen. Es war ein Schieben und Lachen, die einen wollten raus, die anderen drängten hinein. Chinesische Händler gingen auf dem Bahnsteig auf und ab und boten honiggelbe Melonen, Erdnüsse und Sonnenblumenkerne an, uigurische Verkäufer priesen ihre Fleischspiesse, die frischesten und besten im ganzen Land. Sie kaufte am offenen Fenster eine Tüte Erdnüsse, verstaute ein paar in ihrem Rucksack, eine Handvoll bot sie Xu und den anderen an, die weiter bis nach Ürümqi fahren würden, zur Endstation.

Der Zug setzte sich langsam in Bewegung, die graubraune Ebene glitt immer schneller am Fenster vorüber. Sie tippte den Schläfer auf ihrem Bett an. Wie ertappt richtete der Mann sich auf und stiess mit dem Kopf an die Waggondecke. Zuerst tat er, als wüsste er nicht, worum es ging, sie musste schon energisch werden, damit er ihr Platz machte und sich woanders eine Schlafstatt suchte. Murrend glitt er zu Boden, suchte nach seinen ausgetretenen Schuhen, deren ursprüngliche Farbe nicht mehr auszumachen war, und ging langsam durch den Gang davon. Einen Sack, eine Tasche oder auch nur ein Bündel schien er nicht bei sich gehabt zu haben.

Sie hievte sich auf ihr Bett, legte sich auf den Bauch und schaute hinaus, liess die Steinlandschaft draussen in ihr Blickfeld hinein- und wieder hinausgleiten. Flache Hügelketten erhoben sich hinter der weiten Geröllwüste, Ausläufer der Gobi, hier und da zerschnitten Strommasten die Ebene. Das Fenster hatte nach dem Verlassen des Bahnhofs niemand mehr hochgeschoben, denn die Deckenventilatoren waren in der Nacht ausgefallen. Die Hitze stand im Wagen, der Gestank von Essensresten und Menschen zog nur langsam mit dem Fahrtwind ab.

Da lehnte sich das Weissgesicht in das Abteil herein und fragte, ob man das Zeug in den Styroporschachteln essen könne, das ein Mann soeben in einem Metallwagen durch den Gang schob. Hühnchen auf Reis. Sie riet ihm zur Vorsicht, doch sein Hunger schien grösser zu sein, und er folgte dem Geruch. Vielleicht hatte er noch einen robusten Magen, ihrer war im Laufe der letzten fünf Jahre immer empfindlicher geworden. Sie schaute auf ihre Armbanduhr, Richtung zehn Uhr bewegten sich die Zeiger auf dem flachen, hellgelben Zifferblatt. Die Uhr hatte ihrem Vater gehört, der sie ihr vor der Abreise zugesteckt hatte. »Wenigstens kommt die dann ein wenig in der Welt herum«, hatte er wehmütig lächelnd gesagt.

Plötzlich krachte etwas gegen die Holzwand, die die Pritschen voneinander trennte. Scherben klirrten, der aufdringliche Gestank nach Reisschnaps verbreitete sich augenblicklich. Raue Stimmen schrien sich an, jemand brüllte los, und erneut schlug etwas gegen die Wand. Je lauter es nebenan abging, desto stiller wurde es im Wagen. Mit eingezogenem Kopf hatte sich Xu ans äusserste Ende seiner Bank verdrückt und schaute gänzlich unbeteiligt aus dem Fenster. Auch der Gang lag leer da, als sie den Kopf hinausstreckte. Weiter hinten sah sie, wie der Ausländer sich wiegend näherte. Sollte der doch … Sie legte sich wieder hin und versuchte, das Lallen und Brüllen zu ignorieren.

Doch es krachte erneut, dieses Mal ächzte die hölzerne Wand direkt neben ihr, schien nachgeben zu wollen. Dumpfe Schläge prallten auf Knochen, es tönte wie in einem schlechten B-Movie mit billiger Geräuschkulisse. Ein Geschrei, das sie nicht verstand. Sie sah hinunter zu Xu, der seinen Blick starr auf die ausgebleichte Steinwüste draussen richtete. Wen interessierte schon eine Schlägerei, wenn es keine Chinesen waren?

»Los, schnell, ich brauche Hilfe!«

Da sie offenbar die Einzige war, die diesen auf Englisch gesprochenen Satz verstehen konnte oder wollte, liess sie sich auf den mit Erdnussschalen übersäten Boden hinunter, schlüpfte in ihre Turnschuhe und schaute vorsichtig um die Ecke.

Breitbeinig und mit den Händen in die Hüften gestemmt stand der Ausländer da. Das passte nicht zu dem so heftig hervorgestossenen Hilferuf eben, fand sie. Aber als sie neben ihn trat, sah sie, weshalb er so verharrte.

Ein Mann mit blutüberströmtem Gesicht lag quer über der unteren Pritsche. Ein anderer stand mit gezücktem Messer vor ihm, schnaubte und lallte, taumelte und sackte zusammen, fiel mitten hinein in eine Lache aus Schnaps und Scherben. Halbleere und volle Flaschen standen noch auf dem Tisch und klirrten leise aneinander, Essensreste in Styroporschachteln lagen verstreut am Boden und auf den Betten. Den Messerstecher mussten sie ausschalten, wenn sie dem anderen helfen wollten. Von den Schaffnern keine Spur, auch nicht von den Polizeipatrouillen, die ansonsten in diesem Landesteil überall präsent waren. Tranken wahrscheinlich gerade im gemütlicheren Teil des Zuges Tee oder schäkerten mit den Schaffnerinnen.

Sie sprach auf den Messerträger ein, der sie aus blutunterlaufenen und alkoholverschwommenen Augen anglotzte, doch als er den weissen Ausländer neben ihr sah, zuckte er zusammen und wollte das schmierige Messer in eine schmale Messertasche schieben, die an seinem Gürtel befestigt war. Er fluchte, weil er ein ums andere Mal die Öffnung verfehlte.

Schnell lief sie zu ihrer Pritsche, schwang sich hoch, riss ihren Rucksack auf, zerrte den Beutel mit dem Verbandszeug und den Medikamenten heraus und rannte wieder zurück. Die meisten Reisenden schauten noch immer aus dem Fenster, andere kamen langsam neugierig näher, die Hände auf dem Rücken verschränkt.

Der bärtige Messerbesitzer starrte stumpf vor sich hin. Der Westler stupste ihn an, er murrte nicht auf, stank nur entsetzlich nach Schnaps. Sie versuchte, den Verletzten vorsichtig gerade hinzulegen, sein Gesicht mit Desinfektionsmittel zu reinigen und mit ihm zu reden. Er schien nicht zu merken, was vor sich ging, stöhnte nur immer wieder. Sie suchten seinen Körper nach weiteren Stichwunden ab, konnten aber keine finden. Seine Augen öffneten sich einen Schlitz breit, und als sein Blick auf sie fiel, flackerte für einen kurzen Moment etwas wie Verwunderung auf, die sich gleich wieder hinter geschlossenen Lidern versteckte. Schon ärgerte sie sich, dass sie sich zu dieser gefährlichen und unsinnigen Hilfsaktion hatte hinreissen lassen. Wäre sie alleine gewesen, hätte sie es den anderen nachgemacht und beim Anblick der Wüste versucht, die betrunkenen Schläger zu überhören. »Einmischung in innere Angelegenheiten« heisst es, wenn Kritik westlicher Regierungen abgeschmettert wird, und in diesem Moment passten die Worte wie die Faust aufs Auge.

Sie kehrte zu ihrem Platz zurück, der Ausländer folgte ihr und setzte sich neben Xu.

Der fragte leise, was denn passiert sei. Sie zuckte nur mit den Schultern.

»Man mag uns hier nicht«, jammerte Xu. »Die Uiguren hassen uns. Ständig kommt es zu Schlägereien, tödliche Stichwunden sind in dieser Provinz mit die häufigste Todesursache. Und die Chinesen ziehen immer den Kürzeren.«

Die Uiguren hätten sie schliesslich nicht aufgefordert hierherzukommen, gab sie zu bedenken und versuchte, dem Ausländer Xus Gestammel zu übersetzen.

»Doch, doch, die Regierung hat uns hierher geschickt, was kann ich dafür? Sie sollen uns in Ruhe lassen! Meine Eltern haben sich aufgeopfert, damit es ihnen besser geht, und sie? Nein, Undank und Hohn, sie würden uns am liebsten davonjagen. Doch wohin? In Shanghai will man uns auch nicht mehr ...«

In kurzen Zügen erzählte sie Xus Geschichte. Die Zwischenfragen des Ausländers liessen darauf schliessen, dass er gut über die Verhältnisse Bescheid wusste. Offenbar hatte er sich vor seiner Reise informiert.

»Hab ein paar Semester Ethnologie studiert und ein bisschen Völkerrecht, mal hier, mal da. Aber eigentlich bin ich aus Zürich«, sagte er.

»Na dann, willkommen im Wilden Westen!«, lächelte sie. »In dem Fall können wir uns ja auf Deutsch unterhalten.« Sie erinnerte sich an die Schweizer, die sie einmal auf Reisen kennengelernt hatte. Ein halbes Jahr hüteten sie Tiere auf der Alp, ein halbes Jahr reisten sie durch Indien und machten einen beneidenswert glücklichen Eindruck.

Xu sah der Unterhaltung gebannt zu. Es mochte ihm seltsam erscheinen, dass sich zwei Fremde in der Fremde eben nicht gleich um den Hals fielen, sondern vielmehr Terrain sondierten und absteckten – ganz besonders unter Travellern ein beliebtes Spiel.

Als der Zug das Tempo drosselte, stand der Westler auf. Im Lautsprecher knackte es wieder, Xu aber kam der Ansage zuvor: »Daheyuan.« Er nickte ihr eifrig zu. »Du musst aussteigen. Und pass auf, fahr mit dem Bus, nicht mit dem Lastwagen. Und Turfan ist ganz schlimm, nur Räuber. Komm doch mit nach Ürümqi, du kannst bei meiner Familie wohnen, bist sicher, und wir zeigen dir den Himmelssee, ganz blaues Wasser hat der. Am See stehen die Jurten der Kirgisen, die laden einen zum Teetrinken ein, aber iss nicht das Brot, es schmeckt nach ranzigem Öl.«

Es fiel ihr schwer, sein freundliches und grossherziges Angebot abzulehnen, aber den Himmelssee kannte sie bereits, und Ürümqi war eine fade, zu Tode modernisierte Stadt. Sie versprach ihm, zu schreiben und das Foto zu schicken, das jemand von ihnen beiden gemacht hatte.

Schnell hatte sie ihre Sachen verstaut, den Becher, die Teedose, die restlichen Erdnüsse, schulterte den kleinen Armeerucksack und schritt durch den langen Gang. Als sie sich aus der schmalen Zugtür zwängte, drängten gleichzeitig Händler, Kinder und Frauen herein, die alle in den Zug wollten. Auf einmal aber öffnete sich vor ihr eine Gasse, die Menschen schauten hoch, auf etwas hinter ihr. Aus den Augenwinkeln sah sie, wie der Ausländer gross und massig mit seinem Rucksack, der ihn noch um einen halben Kopf überragte, aufgetaucht war.

Auf der Treppe, die hinunter auf den Bahnhofsvorplatz führte, blieb sie stehen. Das Sonnenlicht war wie eine Ohrfeige. Sie band ihre langen, dunkelbraunen Haare schnell zu einem Pferdeschwanz zusammen. Letztes Jahr wäre sie an diesem Ort beinahe ohnmächtig geworden, so hatte die Hitze sie getroffen.

Sie liess den Blick über den Platz schweifen, suchte einen Bus, der nach Turfan fahren würde, als sie hinter sich das Reiben von Stoff vernahm, wie es nur Goretex-Hosen hervorbringen.

»Wie heisst du eigentlich?«

»Roxana.«

»Ich bin Alex.«

Kapitel 2

Staubhitze

Schwer lastete die Hitze auf dem rechteckigen Platz, dürre Grashalme verzagten zwischen aufgeplatzten Steinplatten. Von dem Gebäude auf der linken Seite blätterte der Putz, verblichen waren die roten Propagandasprüche der kommunistischen Partei, der rote Stern über dem Eingang hing schief. In den kaputten Fensterscheiben blitzte die Sonne auf. Roxana stellte sich vor, wie hier einst während der Kulturrevolution Kampfsitzungen abgehalten worden waren, wie eine keifende Menge die Verurteilten über den Platz jagte. Und wie es wohl für diejenigen war, die – auf Lastwagen verfrachtet, auf verbeulte Militärfahrzeuge und Traktoren – freiwillig aus dem chinesischen Mutterland gekommen und brüllend von einem Parteifunktionär begrüsst worden waren. In ihren Ohren gellten sie wieder: die Gesetze in Chinas Westen, die Treueschwüre auf Partei und Land. Mit Worten statt mit Harken schickte man die Menschen in die Wüste. Später wurden hier Rechts- und Linksabweichler verladen, mit Lastwagen in Lager gebracht, wo sie sich durch Arbeit eines Besseren besinnen sollten und wie die Fliegen starben.

Sie fixierte ein Plakat auf einer riesigen Stellwand, die offenbar erst kürzlich aufgestellt worden war. Während sonst alles innerhalb weniger Tage verblich, waren die Farben und Schriftzeichen gut erhalten, die verkündeten, wie sehr sich die Völker in diesem Land liebten.

Von den Leuten, die sich mit ihnen lärmend aus dem Zug gedrängt hatten, fehlte weit und breit jede Spur. Dabei waren erst zehn Minuten vergangen. Oder hatte sie das Zeitgefühl verloren?

Auf der anderen Seite des Platzes standen notdürftig zusammengezimmerte Verkaufsbuden, ein Mann sass auf einem Hocker und döste. Sie trat aus dem Schatten des Bahnhofs und ging langsam über den Platz, die Sonne brannte erbarmungslos auf sie nieder. Eine Sonnenbrille trug sie aus Prinzip nicht, denn trugen Einheimische etwa eine? Sie ging schneller, um sich unter eine vergilbte Plane zu flüchten, die einer der chinesischen Gemüsehändler über seinen Stand gehängt hatte. Von ihm erfuhr sie, dass heute kein Bus mehr kommen würde und sie ihr Glück bei den Lastwagen suchen solle, die hinten um die Ecke parkten. Roxana ging zögerlich in die Richtung, die er ihr gezeigt hatte.

»Was ist?«, fragte plötzlich jemand hinter ihr. Den Traveller hatte sie ganz vergessen.

»Es gibt keine Minibusse wie sonst im ganzen Land, und der Bus ist pünktlich heute Morgen um zehn Uhr abgefahren. Dem Busfahrer ist es egal, ob der Zug Verspätung hat, ob er Fahrgäste hat oder nicht. Der will zu Mittag in Turfan sein«, erklärte sie.

»Und nun?«

»Nun müssen wir einen Lastwagen finden, der uns nach Turfan fährt. Dorthin willst du doch auch, oder?«

Als sie das Ende des Platzes erreichten, polterte ein Lkw um die Ecke und hüllte sie in eine Staubwolke. Auf der schnurgeraden Strasse gab er Gas. Durch den Staub sah Roxana dicht aneinander gedrängte Menschen auf der Ladefläche stehen. Wo kamen die auf einmal her? Hatten diejenigen, die mit ihnen ausgestiegen waren, um den verpassten Bus gewusst und waren gleich zu den Lastwagen gelaufen? Und hatte der Fahrer genau darauf gewartet, um seinen Monatslohn mit dem Fahrgeld der Leute aufzubessern? Die Rechnung war aufgegangen, nur eben ohne sie.

Alex folgte ihr stumm, als sie die Fahrspuren entlang in die entgegengesetzte Richtung trottete. Roxana hörte nichts als das Geräusch vom Reiben des Stoffes seiner Hose, jedes Mal, wenn sich seine Oberschenkel berührten. Irgendwann, ziemlich bald, würde sie ihm das sagen müssen, in seinem riesigen Rucksack hatte er hoffentlich auch Hosen aus normalem Stoff. Aber vielleicht erübrigte sich das, in Turfan würden sich ihre Wege ohnehin trennen. Sie verscheuchte den Gedanken; lästig genug, dass sie über so etwas überhaupt nachdachte.

Seine Handbewegung, die sie aus den Augenwinkeln verfolgte, liess sie aufmerken; er schirmte die Augen ab, spähte geradeaus. Sie folgte seinem Blick und sah drei Lkws und einen Militärwagen. Als sie davorstanden, waren die Schriftzeichen auf den Fahrerkabinen, die verrieten, welcher Arbeitseinheit ein Wagen angehörte, kaum noch zu erkennen. Vielleicht waren sie hier nur abgestellt worden? Von den Fahrern fehlte jede Spur.

Hitze, Schweiss und Staub, das Gemisch war unerträglich. Roxana schluckte schwer. Sie hatte vergessen, Wasser zu kaufen, würde es jetzt aushalten müssen. Mutlos blickte sie um sich und schaute dann in alle Fahrerkabinen, ob sich vielleicht drinnen ein Körper im Schlaf auf den Sitzen wand, doch die Kabinen waren leer. Auch im kleinen Armeegeländewagen sass niemand.

»Hier!«, rief Alex auf einmal. Unter einem der Wagen schaute der Zipfel einer Decke hervor. Dort lag ein Mann, ein Fahrer vermutlich, der es sich unter dem Lkw gemütlich gemacht hatte und im Schlaf stöhnte und ächzte.

»Sollen wir ihn wecken?«, fragte Alex.

»Damit würden wir den Fahrpreis nur in die Höhe schrauben. Warten wir lieber eine Weile«, sagte Roxana, liess ihren Rucksack in den Staub sinken und holte ihre Wasserflasche heraus. »Ich kaufe Wasser, da vorne«, rief sie ihm im Gehen zu, »dann sehen wir weiter.« Sie war froh, eine Ausrede zu haben. Denn auf Bedenken und Einwände hatte sie nun wahrlich keine Lust. Sie war es schon jetzt leid, ihm alles erklären zu müssen. Was ging es sie an, ob andere dieses Land verstanden oder nicht?

Sie nahm sich Zeit, konnte in der flirrenden Hitze, die einen halben Meter über dem Boden stand, ohnehin nicht schneller gehen.

Der chinesische Händler hatte kein Wasser mehr, also fragte sie beim uigurischen Melonenverkäufer nach, der den Kopf schüttelte. Sie ging die Stufen zum Bahnhofsgebäude hoch, doch das lag nun wie ausgestorben da. Die Leute krochen bloss dann aus ihren schattigen Verstecken, wenn Züge kamen. Dann quirlte es hier, Reisende schrien durcheinander, Verkäufer priesen Nüsse und Melonen an – wie Gespenster, die sich von Geisterhand bewegten, wenn ein Zug einfuhr. Aber wo waren die Fahrer der verlassenen Wagen? Nirgends eine Tür, die auf einen Raum oder eine Lagerhalle verwiesen hätte.

Sie kehrte um und ging über den Platz auf die Bretterbuden zu, die sie bislang gemieden hatte. Vor einem Verschlag standen Lautsprecherboxen, aus denen verzerrt schrille Töne drangen, drinnen wurden offenbar Videos gezeigt. Schuppen dieser Sorte gab es überall in den ärmlicheren Gegenden Chinas. Aus der Nähe klangen die Töne noch grässlicher. Eine Frau beschimpfte offenbar einen Mann, warf ihm vor, er liebe sie nicht mehr, er betrüge sie mit einer anderen, dumpfe Schläge, ein spitzer Aufschrei – das übliche Drama, dachte sie, als sie die schmutzstarrende Decke, die vor dem Eingang hing, zur Seite schob und eintrat.

Zuerst sah sie nichts, schnell aber gewöhnten sich ihre Augen an das Dunkel. Gleich neben dem Eingang erkannte sie einen Mann, das Kinn auf der Brust, weiter hinten konnte sie zwei zusammengesunkene Gestalten ausmachen, die vor einem Bildschirm hockten. Auf einmal kam eine Gestalt taumelnd auf sie zu.

Sie hielt ihm ihre Flasche hin. »Kann ich hier Wasser kaufen?«, brüllte sie, um gegen das Gekrächze aus dem Video anzukommen.

»Haben wir nicht«, verstand sie.

»Kann ich mir heisses Wasser abfüllen?«, fragte sie und liess ihren Blick durch den langen, schmalen Raum schweifen auf der Suche nach einer Thermoskanne.

· 23 ·

Er tat, als habe er die Frage nicht gehört, und wandte sich ab. An der Bretterwand stand eine Verkaufstheke, der erdige, plattgestampfte Boden davor war mit Kürbiskernschalen übersät. Sie ging zur Theke, sah die übereinander gestapelten Teeschalen und hob eine rote Thermoskanne hoch, die dem Gewicht nach zu urteilen halb voll sein musste. Sie nahm den schmierigen Pfropfen ab und spürte lauwarmen Dampf auf der Hand. Besser als nichts. Gerade als sie ihre Flasche auffüllen wollte, trat das Gespenst neben sie und gestikulierte wild. Er riss ihr die Thermoskanne aus der Hand und verlangte eine unsinnig hohe Summe für die Brühe.

Murrend warf sie ihm ein paar zerknüllte Scheine hin – viel zu nachgiebig und grosszügig, wie sie fand – und ging rasch hinaus.

Wieder sah sie für einen Moment nichts, die Sonne blendete, fast wäre sie gestrauchelt. Als sie bei den Lkws ankam, stand da nur noch ihr Rucksack. Sie ging um alle Wagen herum und entdeckte Alex an das Rad eines Lastwagens gelehnt, wie er Notizen in ein Buch machte.

Er sah kurz auf, doch das reichte, um sie zusammenzucken zu lassen. Wieder diese wasserblauen, brunnentiefen Augen. Schnell wandte sie den Kopf ab.

»Und, gibt's was Neues?«

»Der Fahrer schnarcht, mal lauter, mal leiser.«

»Dann weck ich ihn jetzt. Hab keine Lust, hier noch länger zu warten.« Sie warf einen beunruhigten Blick in die Richtung, aus der sie gekommen war, ging hinüber zu dem Mann unter dem Lkw, bückte sich und zupfte an seiner Decke. Zuerst vorsichtig, dann immer stärker, schliesslich versuchte sie den Mann mitsamt der Decke unter dem Wagen hervorzuziehen, doch er war ihr zu schwer.

Endlich rief sie: »He, Fahrer, was ist?«

Ein kurzer Augenaufschlag, der sie nur halb erfasste, aber das reichte schon, und der Mann war plötzlich hellwach.

»Was gibt's?«

»Fährst du nach Turfan?«

»Hm, nein. Wollt ihr dahin?« Sein Gesicht belebte sich. Doch als Alex auf einmal neben ihr stand, war das dem Mann wohl doch nicht geheuer. Er kroch hervor, schüttelte den Sand ab, der sich innerhalb kürzester Zeit auf alles legte, und starrte sie an.

»Zweihundert Yuan«, kam es zusammen mit einer Alkoholschwade aus seinem Mund.

»Der Bus kostet fünf, also mach's billiger.«

Nach einer Weile einigten sie sich auf einen Preis, woraufhin der Fahrer ohne weitere Erklärungen seine Kabine bestieg. Roxana schob sich auf den Beifahrersitz, ihren Rucksack zwischen den Beinen.

Der Fahrer beugte sich über sie, öffnete das Fach auf der Beifahrerseite, holte eine Flasche Reisschnaps hervor und nahm einen tiefen Schluck.

»Wir sind verrückt, uns auf diesen Deal einzulassen«, sagte Alex, der noch draussen stand.

»Wird schon schiefgehen. Ich hab jedenfalls keine Lust, hier noch länger zu warten.« Sie sah, wie sich sein Gesicht verhärtete, wenn auch nur für Sekunden. Schliesslich murmelte er: »Wenn du meinst«, und wollte einsteigen, hielt dann inne, den grossen Rucksack noch in der Hand. Sie beobachtete im Rückspiegel, wie er sein Gepäck auf die Ladefläche hievte, es zwischen irgendwelche Fässer klemmte und Decken darüber legte.

Als sie endlich loszuckelten, sass Roxana eingequetscht zwischen den beiden Männern. Der Motor spuckte ein paar Mal, schliesslich beschleunigte der Wagen, legte sich in die Kurve, die Strasse führte schnurgerade zu einer blassen Bergkette am Horizont. Roxana sah sich nach dem grünen Armeefahrzeug um, das noch immer verlassen auf dem Platz stand. Zu gerne hätte sie gewusst, wo die Insassen abgeblieben waren.

Letztes Jahr hatte sie zwei Stunden für die Fahrt nach Turfan gebraucht, doch zur Sicherheit erkundigte sie sich, wie lange es dauern würde.

Der Fahrer murmelte irgendetwas, dem Roxana nur gerade entnehmen konnte, dass es neuerdings eine Baustelle gebe und sie einen Umweg fahren müssten.

»Und wann kommen wir an?«, hakte sie nach.

»In zwei Stunden«, antwortete der Fahrer und griff erneut nach der Schnapsflasche.

Hart schlug Roxanas Stirn gegen die Windschutzscheibe. Benommen hörte sie einen Aufschrei zu ihrer Rechten. Vor ihr war keine Strasse, nur ein versandeter Kiesweg. Neben ihr Alex, der den Fahrer böse anstarrte. Der Weg eine gerade Linie inmitten einer plattgewalzten Ebene, und er hatte es geschafft, den Wagen in den einzigen Graben weit und breit zu fahren. Das hier musste die Umleitung sein, von der der Fahrer gesprochen hatte, Roxana war auf einmal hellwach.

Alex schwang die Beifahrertür auf und kletterte hinaus. »Die Ölwanne hat offenbar einen Schlag abbekommen«, sagte er. »Alles voller Öl.«

Der Fahrer rappelte sich aus seiner Alkoholduseligkeit auf, stieg schwerfällig aus, ging in die Hocke, starrte auf die Wanne und liess sich auf die Erde fallen. Neben seinem Sitz sah sie die Flasche liegen – es war nur noch ein kleiner Rest darin. Mit diesem Mann gab es kein Weiterkommen mehr.

Sie stupste Alex: »Komm, nimm deinen Rucksack, wir gehen zu Fuss. Kann ja nicht mehr weit sein.«

Er folgte ihrem Blick, der zuerst über den Fahrer glitt, dann die Schnapsflasche streifte und schliesslich in der Ferne an der Bergkette hängen blieb. Mit einem Satz sprang er auf die Ladefläche, hievte den Rucksack hinunter und fragte noch, ob sie vorhin Wasser bekommen hätte.

»Ja, aber nur eine halbe Flasche, das muss reichen.«

Sie gab dem Fahrer zu verstehen, dass sie zu Fuss weitergehen würden; er schaute nicht einmal auf, stierte bloss weiter auf die Ölwanne.

»Dieser Weg muss irgendwann zur Strasse zurückführen.

Aber warum ist von der Baustelle nichts zu sehen?« Roxana sprach wie zu sich selbst.

»Und warum haben sie den Weg so weit von der Strasse entfernt angelegt? Was soll dieser riesige Umweg?«, wunderte sich Alex und schaute zum Horizont. »Wie lange brauchen wir schätzungsweise bis nach Turfan?«

Sie zuckte mit den Schultern, legte die Hand schützend über die Augen, spähte in alle Richtungen. Sie sah nichts. Fast nichts, nur eine flimmernde Asphaltschlange und ein paar Hügel, dahinter lag irgendwo Turfan in einer Senke. Die Sonne mussten sie also rechter Hand lassen und weiter gen Süden laufen. Glücklicherweise war die schlimmste Hitze vorüber.

»Und?«

»Nun ja, wenn ich rechne, wie lange wir gefahren sind und wie viele Stunden man für zwanzig Kilometer braucht, dann müssten wir in vier Stunden in Turfan sein, kurz bevor es dunkel wird.«

Alex fluchte und gab einem Sandhaufen, der sich neben dem Weg aufgetürmt hatte, einen Tritt.

Der Weg führte in einem weiten Bogen zur Strasse zurück, unterwegs überquerten sie einen Karez, der früher einmal vom Tianshan, dem Himmelsberg, Wasser in die Oasen geführt haben mochte.

»Wahrscheinlich wurde dieser Weg nicht einmal angelegt, sondern nur wieder aktiviert. Ein alter Feldweg, den man benutzt hat, um die Kareze, die unterirdischen Wasserkanäle, instand zu halten.« Viele der Kanäle seien mittlerweile verfallen, denn für Ölbohrungen oder die riesigen Plantagen, die Chinesen hier im Lande angelegt hätten, sei zu viel Wasser verbraucht worden. Oder das Wasser sei verschmutzt, und keiner wolle mehr aus den Karezen Wasser holen. Höchstens noch für die Bewässerung der Weinstöcke.

»Aber die Uiguren werden sich das nicht mehr lange gefallen lassen«, ergänzte Alex trocken.

Sie warf ihm von der Seite einen Blick zu. Ohne auf seine Bemerkung einzugehen, beschleunigte sie ihren Schritt. Ihr war mehr daran gelegen, möglichst schnell vorwärtszukommen, als sich auf politische Diskussionen einzulassen.

»Roxana und Alexander, kennst du die Geschichte?«, fragte sie nach einer Weile.

»Wieso? Worum geht es?«

»Ach, unwichtig.«

Roxana schwieg. Sie war es nicht gewohnt, in Gesellschaft zu reisen, jede »Gesellschaft« würde sie nur von ihrer Forschung abhalten, Höhlen- und Tempelanlagen in Xinjiang nach buddhistischen Spuren abzusuchen. Denn die Uiguren waren einst Buddhisten, der Islam kam erst später von Zentralasien über die Seidenstrasse in den Osten. Der Islam aber machte die Uiguren in den Augen der chinesischen Regierung stets verdächtig. Immer wieder kam es zu Aufständen, die stets niedergeschlagen wurden. Es gab Mutmassungen, wonach die Uiguren von zentralasiatischen Staaten unterstützt würden. Saudi-Arabien, hiess es, fördere die uigurische Bewegung und den Islam in Xinjiang. Das könne man an den protzigen Minaretten hier in der Gegend erkennen.

Was ging sie das an, dachte Roxana einmal mehr, und vor allem: Was konnte sie schon tun? Dieses Selbstgespräch hatte sie auf ihrer Reise schon so oft geführt. Ja, mit ihren Studien könnte sie vielleicht andere Aspekte in die verhärtete Diskussion einbringen. Mit Fotoapparat und Zeichenblock hielt sie hier eine breite Stirn und die Augen eines Buddhas fest, dem die untere Gesichtshälfte weggeschlagen worden war; dort ein Paar gefaltete Hände, zu denen kein Körper gehörte. Eine Zeichnung würde sie nie vergessen: ein buddhistischer Mönch und ein Totenschädel, die Ränder schwarzbraun angekohlt, die Augen ausgestochen. Stundenlang konnte sie vor diesen Zeichnungen sitzen, manchmal suchten die Menschen auf den Bildern sie in ihren Träumen heim, doch es gelang ihr nicht, die Botschaft dieser Träume zu entschlüsseln. Auch nicht, als sie in einem Museum in Berlin einmal eine ähnliche Zeichnung sah und die Beschreibung über den Hintergrund und den Fundort las. Da war noch etwas, erinnerte sie sich. Als sie das erste Mal die nachgebaute Höhle in diesem Museum betrat, war ihr, als kenne sie diesen Ort. Dieses Gefühl hatte sich beim Durchblättern unzähliger staubtrockener Dokumente in Bibliotheken zwar wieder verloren, doch für ihr Projekt, über die Höhlenmalereien in Xinjiang zu forschen, hatte sie immerhin für ein weiteres Jahr ein Stipendium erhalten. In Xi'an hatte sie entschieden, dass dies ihre letzte Fahrt werden sollte, und zugleich ihren Ehrgeiz noch einmal anzustacheln versucht. Mit ihren Ergebnissen würde sie nach Berlin zurückfahren, ihre Doktorarbeit schreiben und …

Schon lange war ihr die Zuversicht abhandengekommen, und was nach dem »und« käme, wusste sie nicht. Und doch war da diese Neugierde, der unbedingte Wunsch, alles zu begreifen und den Lockungen blindlings zu folgen.

Widerwillig lächelnd schaute Roxana Alex an, als sie den Fuss von dem staubigen Weg auf die Asphaltstrasse setzte. Ihre Schritte hatten sich einander angepasst, und das Rascheln seiner Goretex-Hose, so fiel ihr jetzt auf, hatte sie inmitten ihrer lärmenden Gedanken gar nicht mehr gehört.

Kapitel 3

Brunnen

Der Kalender hat keine Einträge mehr nach Lindas Reise. Es ist ihr letztes Projekt. Das hat sie zwar in ihrem Institut für internationale Zusammenarbeit noch keinem gesagt, aber die Worte des Arztes waren deutlich. Noch einmal geht sie die Unterlagen für das Projekt »Brunnenbau in West-China« durch, erst nach dem dritten Klingeln nimmt sie ab.

»Wie stehen Sie zur Entwicklungshilfe in China?«

Linda ist auf der Hut. Den Namen hat sie nicht richtig verstanden, wohl aber den Namen der Organisation, für die er vorgibt tätig zu sein. Sie kennt die Spielchen. Ist seit Jahren eine loyale Mitarbeiterin des Instituts, fragt nochmals nach dem Namen, versteht ihn auch beim zweiten Mal nicht.

»Es gibt noch immer viele Regionen in China, in denen die Entwicklung der Zivilgesellschaft förderungswürdig ist.«

»Zivilgesellschaft in einer Parteidikatur, wie das ...?«, höhnt die männliche Stimme.

»Eine Oligarchie, wenn ich Sie berichtigen darf. Unsere Projekte zielen alle darauf ab, die zivilgesellschaftlichen Kräfte zu stärken.«

»Dazu passt dann aber der Brunnenbau in Xinjiang nicht wirklich, oder von welchen zivilgesellschaftlichen Kräften sprechen Sie?«, fragt die Stimme weiter.

Neben dem Telefonapparat liegt *Turkestan Solo* von Ella Maillart, eines der wenigen Bücher, die sie in der Bibliothek des Ministeriums neben den Berichten der Forschungsreisenden gefunden hat. Linda blättert mit der linken Hand im Dossier über Xinjiang, schaut sich das Foto von Herrmann an. Forstbauingenieur. Es ist ihr letztes Projekt, ihren Begleiter hätte sie gern selbst ausgesucht.

»In Xinjiang profitieren vor allem Frauen von unserer Arbeit, deshalb wird sie auch von Frauenverbänden unterstützt. In manchen Gegenden Westchinas verbringen Frauen noch immer viele Stunden mit der Besorgung von Wasser. Durch den Bau von Brunnen und Wasserpumpen wird Zeit frei, davon profitieren die Frauen und Mädchen. Denn wenn die Töchter Wasser für die Familie holen müssen, können sie nicht zur Schule gehen. Wasser hat also durchaus etwas mit Bildung zu tun.« Sie kennt das Dossier fast auswendig, so hört es sich vermutlich auch an.

»China als Wirtschaftsmacht soll nicht in der Lage sein, dem Wassermangel im eigenen Land abzuhelfen?«

»Frauen sind der Schlüssel für die Weiterentwicklung der Gesellschaft ...«

»... und der Wohlstand eines Landes hat Deutschland noch nie davon abgehalten, Entwicklungshilfegelder einzustellen.«

»Was wollen Sie?«

»Sie kennen den Plan der chinesischen Regierung, West-China in einem gewaltigen Sprung zu modernisieren?«

Linda schweigt. Die Nationalitätenpolitik Chinas. Die Unterdrückung der Völker führt zu immer mehr Aufständen. Genau deswegen infiltrieren islamistische Kräfte auch diese Weltgegend. Doch das entspricht nicht der offiziellen Sprachregelung. Und was weiss sie schon?

»Das Land steht noch immer auf der Liste des Bundeswirtschaftsministeriums als Entwicklungsland und erfüllt doch keine der Kriterien.«

»Welche sollte es denn ihrer Meinung nach erfüllen?«

»Sie sind die Expertin, sagen Sie es mir!«

»Wie sind Sie an meine Nummer gekommen?«

Ein Knacken in der Leitung. Ein kurzes Besetztzeichen.

Fängt nicht gut an. Ihr letztes Projekt. Morgen geht ihr Flug. Gedankenverloren packt sie das Dossier ein, will *Turkestan Solo* zuklappen, da fällt ihr Blick auf eine Stelle, die vor ihr jemand markiert hat: »Immer wieder ist es vorgekommen, dass abenteuerlustige Reisende auf dem Weg in den chinesischen Westen verschwunden sind.«

Kapitel 4

Zuschauer

Hinter sich gelassen hatten sie die Hügel, braun und totgebleicht von der Sonne, der Horizont zeichnete sich scharf
ab in seiner Geradlinigkeit. Ihren letzten Tropfen Wasser
hatten sie mit einem alten Mann geteilt, den sie unterwegs
getroffen und gefragt hatten, wann sie denn schätzungsweise in Turfan ankämen. Er hatte lange in den blassblauen
Himmel geschaut und dann mit dem Arm einen grossen
Bogen beschrieben: »Wenn die Sonne untergeht, werdet ihr
dort sein.«

Das verheissungsvolle Turfan, Ziel so vieler westlicher Expeditionen auf der Suche nach geheimnisvollen
Schätzen in der Wüste Taklamakan, die ihre Geheim-
nisse nicht so leicht freigibt; Ziel von Karawanen, die
auf der Seidenstrasse den ersten Kulturaustausch voran-
trieben – so steht es in jedem Reiseführer. Und auch Station
chinesischer Armeeeinheiten, um die Region zu befrie-
den.

Turfan lag vor ihnen, noch etwa eine Dreiviertelstunde,
schätzte Roxana, sprach es aber nicht aus, zu trocken war
ihre Kehle.

Schon aus der Ferne war die Teilung der Stadt zu erkennen: auf der einen Seite hohe Gebäude, deren Dächer das
noch gleissende Abendlicht grell zurückwarfen, Antennen,
vier grosse Leuchtmasten um ein Stadium herum, eine Aus-
fallstrasse, die in den Norden führte nach Ürümqi und zum
nächstgelegenen Bahnhof. Eine Strasse schnitt die Stadt in
zwei Hälften, im südlichen Teil wohnten die Uiguren, flache
und langgestreckte Häuser waren schemenhaft auszumachen, ihre Farben waren die Farbe der Wüste. Nur hier und
da leuchtete ein grüner Streifen auf, Baumwollfelder vermutlich.

Ein kleiner Traktor kam ihnen entgegen. Männer standen dicht gedrängt auf dem angehängten Pritschenwagen. Als der Traktor anhielt, sprang ein Mann mit einer Schaufel in der Hand ab, nahm Kieselsteine vom Strassenrand auf und warf sie in grossem Schwung in ein Schlagloch, tätschelte mit der Schaufel den Kies und kletterte wieder hinauf auf den Wagen zu den anderen. Der Traktor tuckerte los, nur um kurze Zeit später erneut anzuhalten. Dieses Mal war ein anderer dran, der die Strasse auf dieselbe Weise wie sein Vorgänger ausbesserte. Schliesslich zuckelten sie an ihnen vorüber.

Roxana drehte sich um und schaute den Männern lange nach, musterte ihre Gesichter. Viele uigurische waren darunter, mit einer Schiebermütze auf dem Kopf. Ein Augenpaar fiel ihr auf. Wie abwesend schaute es in die Ferne, der Mann war jung, knapp über zwanzig vermutlich, hatte ein fein geschnittenes, blasses Gesicht, trug eine ausgebleichte grüne Armeejacke mit hochgestelltem Kragen, die ihm gut stand. Vielleicht ein Student, vielleicht einer von jenen, die damals nach der Studentenrevolte auf dem Platz des Himmlischen Friedens in Peking in Arbeitslager geschickt worden waren, möglichst weit weg von der Hauptstadt, und am besten, so sagte sich wohl die Regierung, waren für solche Aufrührer und Chaoten die Lager in Qinghai und Xinjiang. Auf ihren Reisen hatte sie immer wieder in solch verlorene Gesichter von Strassenarbeitern geschaut.

»Wieder einer«, sagte sie zu Alex und erzählte ihm von ihren Vermutungen. »Wie lang sie hierbleiben müssen? Wie sie wohl behandelt werden von ihren nicht-chinesischen Mitgefangenen? Rechnen sie damit, eines Tages zurückkehren und ihr Studium wieder aufnehmen zu können, als ob nichts gewesen wäre, naiver Optimismus als einziges Mittel, um durchzuhalten? Oder haben sie die Hoffnung längst aufgegeben, sind zerbrochen? Ich weiss es nicht, aber sie treffen mich, diese Gesichter.« Ihre Zunge wurde schwer, und sie stockte.

Ein paar staubige Schritte später begann Alex leise zu erzählen. »Als ich letztes Jahr in Yunnan war, sprach mich auf dem Markt ein Lehrerehepaar an. Die beiden wollten mich sogar zum Essen einladen. Sie fragten mich aus, nach allem, was da draussen in der Welt so los war.« Von der Regierung, so erzählte Alex weiter, waren sie in einen kleinen Weiler unweit der birmesischen Grenze geschickt worden; ein paar Häuser, viele Kinder und Hühner, die Männer stets unterwegs auf der Jagd oder um auf den Märkten Waren zu verkaufen, viel eher aber, um dort das Geld auszugeben, das die Frauen durch den Verkauf ihrer wenigen Ackerfrüchte und mit ein paar Handarbeiten einbrachten. Zur nächsten Strasse war es eine Tagesreise zu Fuss, von dort fuhren die beiden per Anhalter auf den Markt. Einmal im Jahr gönnten sie sich diesen Ausflug. Eines Tages habe der Mann einen völlig entkräfteten Studenten im Dschungel gefunden, der kaum noch habe laufen können mit seinen entzündeten Zehen und geschwollenen Beinen, wochenlang habe er sich von nichts anderem ernährt als von Blättern und Wurzeln und Glück gehabt, nicht an die giftigen geraten zu sein.

Alex schluckte, leckte den Staub von den Lippen, um weiterzusprechen. »Die Lehrerin fragte mich, ob ich etwas von diesem Aufstand gehört hätte.«

»Sie haben Angst«, sagte Roxana. »Die einen lehnen sich auf, die anderen fügen sich ihrem Schicksal.«

»Und die Uiguren? Ich war auf meiner Indien-Reise auch in Dharamsala, der Dalai Lama und die Exilgemeinde sind ganz schön umtriebig und erheben geduldig ihre Forderungen, aber gebracht hat das all die Jahre gar nichts. Manchmal überlege ich mir, ob sich die Tibeter nicht eine Scheibe von den Uiguren abschneiden könnten, denn die finden sich nicht friedlich mit ihrem Schicksal ab.«

»Dann ginge der Schuss garantiert nach hinten los«, warf Roxana ein.

· 34 ·

Schweigend gingen sie nebeneinander her, ihre Schritte knirschten wie in stillem Einverständnis, als Roxana doch noch zu einer Antwort ausholte.

»Ich weiss nicht, wo die Uiguren stehen. Ich bin jedenfalls noch einmal hierhergekommen, um mich in den Gegenden genauer umzusehen, wo früher einmal Oasenstädte waren. Vielleicht gibt es in den Hügeln doch noch irgendwelche unentdeckten oder weniger beachteten Höhlen mit buddhistischen Gemälden?« Sie erzählte, wie sie ein Jahr zuvor mit einem der Wächter bei den Bedzelik-Höhlen gesprochen habe. Der habe gemeint, dass es noch unzählige solcher Höhlen gebe. Er habe mal in einem Forschungsinstitut gearbeitet, dort aber seine Stelle verloren. Östlich der Bedzelik-Höhlen in Richtung Hami gebe es noch vieles zu entdecken. Sie selbst arbeite schon lange an diesem Thema. Klar sei längst bekannt, dass Uiguren einmal Buddhisten waren, aber man verdränge es gerne in dieser ganzen Diskussion. »Dass die Uiguren ein Volk der Eroberten sind, dass auch sie eine Alternative zum Islam hätten ...«

Alex unterbrach sie: »Du glaubst doch nicht etwa, nur weil die grössten Buddastatuen in Afghanistan stehen, dass die Menschen dort in irgendeiner Weise davon geprägt sind? Über all die Jahrhunderte hinweg einen Bogen zum Buddhismus schlagen zu wollen, um die Völker zu ihrer friedliebenden Wurzel zurückzuführen, kommt mir ziemlich naiv vor. Die einfachen Leute haben davon doch keinen blassen Schimmer.«

»Rückwärtsgewandte Utopie eben«, hielt Roxana dagegen. »Vielleicht kann man mit diesen Kenntnissen ein wenig Schwung in die verfahrene Situation zwischen Chinesen und Uiguren bringen? Weltweit gibt es unzählige Wissenschaftler, die zu diesem Thema forschen, die aber nur wenig in dieser Region reisen. Und wenn sie dann mal für viel Geld eine Forschungsgenehmigung für beispielsweise die Bedzelik-Höhlen erhalten, werden sie von den Wächtern schnell abgespeist mit altbekannten Fakten. Man schliesst ein paar verrostete Schlösser auf, damit sie Wandgemälde zu Gesicht bekommen, die grösstenteils zerstört wurden. Nicht nur von den westlichen Reisenden und Forschern zu Beginn des 20. Jahrhunderts, wie immer empört gesagt wird, denn die Brandspuren, die sich an den Wänden hinaufziehen, sind neueren Datums. Schliesslich haben sich in solchen Höhlen über all die Jahrhunderte hinweg immer wieder Leute versteckt.«

»Und warum weiss man davon so wenig?«

»Die Wissenschaftler sind enttäuscht, können es aber nicht zugeben und müssen so tun, als wären sie einen bedeutenden Schritt weitergekommen. Deshalb machen sie aus einer unbeachteten Mücke am Bildrand einer Freske einen Elefanten.«

»Du aber wirst es ganz anders machen, nehme ich an.«

Roxana schielte zu Alex hinüber, war die Frage ironisch gemeint? Sie blieb auf der Hut, sagte bloss: »Ich weiss nur, dass ich hier in den Hügeln ein wenig umherstreifen und den Hinweisen nachgehen möchte, die mir der Wächter letztes Jahr gegeben hat. Vielleicht sind sie falsch, vielleicht finde ich tatsächlich ein paar Zeichnungen, die bislang unentdeckt geblieben sind oder über die noch niemand geschrieben hat. Alles, was ich auf dieser Reise finde, möchte ich zeichnen und danach in Berlin in einer Ausstellung zeigen. Das wäre mir fast wichtiger als meine Doktorarbeit zu diesem Thema abzuschliessen, ja, dazu hätte ich Lust ...« Roxana hielt inne. Was erzählte sie da, nie im Traum hatte sie daran gedacht.

»Ja?«, hakte Alex nach.

»Ach nichts, war nur so eine Idee.«

»Du willst mit Bildern der Weltöffentlichkeit was erklären. Also ich weiss nicht. Wäre mal was anderes, aber Kultur hat doch letzten Endes nie wirklich etwas bewegt. Was ist mit den Lastwagen und Bussen, die neulich erst von Uiguren in die Luft gesprengt wurden? Das sind Informationen, die man in den Westen bringen muss: Ein Volk lehnt sich auf und kämpft für seine Freiheit. Das funktioniert, damit bringt man Leute zusammen, kann Kampagnen entwickeln. Meine Zeitung wartet nur auf meine Berichte! Mit buddhistischen Vignetten erreicht man doch letzten Endes nicht wirklich etwas.«

Grosse Worte, auf die Roxana nichts zu erwidern wusste. Sie interessierte sich nicht für Politik, wenngleich sie sich zwangsweise immer mit den politischen Verhältnissen vor Ort auseinandersetzen musste. Sie blieb lieber Beobachterin.

Als sie an den ersten Hütten und Lehmhäusern vorbeikamen, sahen sie, dass viele Menschen in den nördlichen Teil Turfans liefen, in die Chinesenstadt. Es war inzwischen dunkel geworden, der Vollmond mit Schlieren überzogen. Sie folgten dem Strom, mischten sich unter die Frauen in bunten Kleidern, die Kinder hinter sich herzogen, und Männern in graublauen Anzügen. Vereinzelt sah Roxana ältere Uiguren in langen Mänteln und Ledergamaschen. Vor ihnen stockte die Menge, zwängte sich durch den schmalen Eingang eines Stadions. Erstaunte, neugierige und auch gleichgültige Blicke glitten über Roxana und Alex hinweg, als sie sich nach vorne drängelten.

In einem Kreis standen fünf Männer und eine Frau. Die Hände hatte man ihnen hinter dem Rücken gefesselt. Die Frau, vermutlich eine Chinesin, trug eine blaue Jacke, die überall spannte, am Bauch, den Oberarmen, mit zu kurzen Ärmeln, graue Hosen und schwarze chinesische Schlappen; ihr strähniges, halblanges Haar fiel ihr ins Gesicht, da sie mit eingesunkenen Schultern auf den braunen Rasen starrte. Die Männer waren in etwa gleich gross und schauten gelangweilt vor sich hin, zwei grinsten, so schien es Roxana. Nur einer, der einzige Uigure, mit grossen Augen und rundem Gesicht, liess seinen Blick über die Zuschauer wandern, als suche er jemanden, als wolle er sich etwas einprägen.

»Was ist hier los?«, fragte Alex und nestelte an seinem Rucksack, den er für einen kurzen Moment abgenommen hatte. Er holte eine Kamera heraus und streifte den Rucksack wieder über seine Schultern. Über der Versammlung hing ein grosses Banner, auf dem Schriftzeichen zur moralischen Ordnung aufriefen. Hell leuchteten die Schweinwerfer in die Gesichter der Menschen im Kreis; etwas abseits stand eine Gruppe Uniformierter, die zu ihnen herüberschaute.

Da trat einer vor mit einem Megafon in der Hand, las von einem Papier die Namen der Leute ab und liess auf jeden Namen eine Reihe von Vergehen folgen: Betrug, Korruption, Raub und Mord.

Roxana übersetzte bruchstückhaft, unterbrochen nur vom leisen Klicken der Kamera. Heimlich machte Alex hinter vorgehaltener Hand Fotos.

»Was, alle sollen dasselbe getan haben? Und was passiert mit ihnen?«

Roxana sah weiter zum Lautsprecher, hinter dem sich das Gesicht des Sprechers verbarg. Die verzerrte Stimme verstand sie schlecht; auch von den Mienen der Umstehenden konnte sie nichts ablesen, manche unterhielten sich, ein paar Chinesen lachten und spuckten Schalen von Melonenkernen aus. Roxana fragte einen Mann neben ihr, ob es eine öffentliche Moralpredigt sei, eine Versammlung, um an schlechten Beispielen das sogenannte Volk zu erziehen. Sie dachte, diese Zeiten seien vorbei?

Er rückte von ihr ab und murmelte: »Die werden getötet.«

Ihr wird kalt. Eine weisse Klappe schneidet mitten durch ihr Hirn. Schockgefroren. Vom Rand her kleine Sternfunken, die sich ins Blickfeld drängen.

»Was hat er gesagt?«

Roxana erschauerte. »Eine öffentliche Hinrichtung«, versuchte sie so ruhig wie möglich zu antworten. Ihr war eiskalt. Handgemenge neben ihr. Sie sah nur noch, wie Uniformierte Alex am Riemen seines Fotoapparats wegzogen, der auf einmal vor seiner Brust hing, wie war er dorthin gekommen? Der Motor des Lastwagens, der offenbar durch einen anderen Eingang auf das Gelände gefahren war, jaulte kurz auf, die Uniformierten stoben auseinander, die hinteren Räder hoben sich für den Bruchteil einer Sekunde. Abrupt blieb der Lkw vor den sechs Menschen stehen. Junge Soldaten hievten die fünf Männer und die Frau auf die Ladefläche. Der Lastwagen fuhr los, Roxana wurde zur Seite gerissen, der Wagen raste mitten durch die Menge. Die sechs torkelten hin und her, als Roxana ihnen nachschaute.

»Wohin werden sie gebracht?«, fragte sie leise eine Uigurin, die sich neben sie geflüchtet hatte, als könne sie ihr Schutz gewähren.

»Zu den Hügeln, dort werden sie erschossen«, murmelte die Frau und schaute schnell um sich.

Alex war dicht umringt von Uniformierten, die er um einen Kopf überragte. Seine Arme und Hände bewegten sich heftig, formten seltsame Figuren in der Luft. Komisch sah er aus und unbeholfen. Wie konnte er nur, fand Roxana, als sie sich langsam näherte. Was glaubte er, wo er war, schimpfte sie leise vor sich hin. Sie hätte ihn stehen lassen und eine Unterkunft für die Nacht suchen sollen.

»Kann ich irgendwie helfen?«, fragte sie die Soldaten auf Chinesisch. Auf einen Schlag drehten sich alle nach ihr um und redeten auf sie ein. Dass er die Kamera hergeben, dass er sich an die Regeln halten solle, dass sie ihm den Film wegnehmen müssten … Harmlos, dachte sie, das hatte Alex vermutlich auch schon kapiert, nur weigerte der sich offensichtlich, den Film herauszugeben.

»Alex, rück ihn raus. Oder willst du die ganze Nacht hier stehen bleiben?«

»Auf gar keinen Fall! Wir dürfen nicht nachgeben, das muss die Welt sehen, wie hier gegen die Menschenrechte verstossen wird, wie hier Menschen im Schnellverfahren verurteilt …«

»Dann hättest du dich schon ein bisschen geschickter anstellen müssen«, schnitt Roxana ihm das Wort ab. »Und wenn das chinesische Regime so bösartig ist, hätte dir klar sein müssen, dass man so etwas nicht ungestraft fotografieren darf. In der ersten Reihe, Logenplatz. Du hast doch nicht wirklich geglaubt, dass du so einfach davonkommst?«

»Ich rück den Film jedenfalls nicht raus.«

»Dann lass es bleiben.« Roxana wandte sich an die Soldaten, die die ganze Zeit ihre Augen zwischen den beiden hin und her fliegen liessen. Verwundert und wie kleine Kinder warteten sie, bis Roxana ihnen alles erklären würde. Die aber sagte nur, was sie ohnehin schon wussten: Dass Alex den Film nicht hergeben würde. Sie stiessen Drohungen aus, verwandelten sich auf einmal in böse Fratzen, die diesen kindlichen Gesichtern gar nicht standen und viel zu gross gerieten. Was sollte Alex schon in einer Zelle? Auf diese diplomatischen Verwicklungen konnte die chinesische Regierung gut verzichten, die darum bemüht war, ihr beschädigtes Image nach 1989 im Ausland wiederherzustellen. Nur Narrenfreiheit hatte man deswegen noch lange nicht, erklärte sie Alex zwischen dem Hin- und Herübersetzen.

Der hielt seine Kamera fest in den Händen, drei Soldaten zerrten an seinem T-Shirt und an seinem Rucksack, den er noch immer auf dem Rücken trug.

»Sag ihnen, sie sollen mit dem Reissen und Zerren aufhören, sonst brülle ich los.«

»Dann brüll doch«, fuhr Roxana ihn an und bat die Soldaten, damit aufzuhören. Woraufhin die umso eindringlicher die Herausgabe des Films forderten.

Alex fluchte, die Polizisten wurden immer lauter, Roxana übersetzte, wo es nichts mehr zu sagen gab. Also blieb sie still, ging ein wenig zur Seite und bot einem jungen Soldaten eine Zigarette an. Woher er käme, wollte sie wissen. Aus Sichuan, und als er breit lächelte, sah sie seine schiefen Zähne.

Noch breiter lächelte sie zurück. »Was für ein Zufall, ich studiere an der Sichuan-Universität, dann sind wir ja Landsleute, haben dieselbe Heimat!«, flunkerte sie.

»Meine Familie lebt ein wenig südlich von Chengdu, in Huanglongzhen. Warst du schon mal dort?«

»Aber ja, da fahr ich einmal im Monat hin. Gibt es dort nicht ein altes Teehaus am Ende der Gasse? Und einen kleinen Tempel mit einer Theaterbühne mitten im Hof?« Tatsächlich war sie einmal dort gewesen, als sie in Chengdu einen Kommilitonen besuchte, mit dem sie zusammen in Berlin studiert hatte.

»Das kennst du alles?« Der junge Mann wurde gleich um ein paar Zentimeter grösser und schaute sie lachend an. »Ja, von dort komme ich, aber auch nicht direkt. Unser Hof liegt ein paar Kilometer südlich. Wir sind eine arme Familie, fünf Kinder, unser Land reicht nicht aus, um alle zur Schule zu schicken, meine zwei jüngeren Schwestern sind zu Hause. Arbeit finden sie auch nicht. Ich habe mich zur Armee gemeldet. Was hätte ich sonst tun sollen?«, fragte er sie offenherzig. »Und seit zwei Monaten bin ich hier in Xinjiang.«

»Wie alt bist du?«

»Achtzehn.«

»Und wie gefällt es dir hier?«

»Viel zu heiss, zu trocken. Aber das Essen, das vermisse ich am meisten. Das krieg ich hier nicht runter; immer nur Nudeln mit Tomaten, viel zu dicke Nudeln. Nie Reis.«

»Und die Uiguren?«

»Ach, die sind in Ordnung, eben ein wenig rückständig. Deshalb sind wir ja hier. Wir müssen ihnen helfen, sich zu entwickeln. Wir tun so viel für sie, aber sie danken es uns nicht. Wir sind wie der grosse Bruder, der dem kleinen ...«

»So ein Quatsch«, unterbrach ihn ein anderer Soldat, der argwöhnisch zu den beiden getreten war. »Die sind uneinsichtig. Was wollen wir hier eigentlich? Die in den Städten werden immer reicher und reicher, während wir einfach nur unsere Arbeit verrichten. Wer dankt es uns? Ich will nach Hause zurück.«

Auch andere Soldaten hatten sich inzwischen zu ihnen gestellt, unter ihnen der Älteste mit den meisten Sternen auf den Schultern. Roxana kannte die Fragen, liess sie sich geduldig gefallen. Der Älteste war ein Uigure und sprach mit einem harten Akzent. Woher sie sei, was sie hier tue, warum sie so gut chinesisch spreche. Studieren? Wo und was. Im Ausland könne sie dann ja gute Geschäfte mit China machen.

Nur noch drei Soldaten standen bei Alex, das konnte Roxana aus den Augenwinkeln sehen, und die wussten nicht so recht, was sie tun sollten. Schauten zu ihr herüber, derweil Alex redete und redete, was sie unbeeindruckt liess. Noch immer hielten sie ihn am Arm fest. Ungewöhnlich lange, dachte Roxana, und wandte sich zum Gehen.

»Ich wünsche euch allen hier eine gute Zeit«, verabschiedete sie sich von den Soldaten.

Die Menschen hatten inzwischen das Stadion verlassen, nur noch ein paar Schaulustige standen etwas abseits, um zuzusehen, was mit Alex passieren würde.

Zielstrebig ging Roxana in die Richtung, aus der sie gekommen waren, und folgte einer breiten Allee. Hinter sich hörte sie schwere Schritte. Erst als sie in der Einfahrt zu einem flachen, langgestreckten Gebäude war, drehte sie sich um.

»Das beste und einzige Hotel am Ort, in dem Ausländer übernachten dürfen.«

Sie trat zum Holztisch, auf dem ein goldenes Schildchen mit schwarzen Zeichen für Rezeption stand, und fragte nach zwei Plätzen im Schlafsaal.

»Gibt's keine mehr«, kam es kurz angebunden von der rundlichen Chinesin, die im Dämmerlicht strickte und nicht aufsah.

»Was gibt es dann?«

»Nur Doppelzimmer.«

»Wie viel kosten die?«

»Fünfzig Dollar.«

Roxana zuckte zusammen. »Was? Kann ich nicht bezahlen, ich bin Studentin, hier mein Ausweis.«

»Dann halt nicht. Wir haben bloss noch Doppelzimmer.« Die Chinesin schaute nur kurz hoch. Dass da zwei Ausländer standen, beeindruckte sie nicht im Geringsten.

»Was sagt sie?«, fragte Alex, der sich breitbeinig neben ihr aufgebaut hatte.

»Dass das Dormitory voll ist und wir ein Doppelzimmer nehmen müssen.«

»Frag noch einmal nach, bleib hartnäckig.«

Roxana warf ihm einen bösen Blick zu und sagte: »Gut, ein Doppelzimmer für eine Nacht.«

Kapitel 5

Tee trinken

Sie werden abgeholt. Immerhin. Ihre Namen stehen auf laminierten Schildern. Von Männern mit schmalen Augenschlitzen und harten Gesichtern werden sie zum Ausgang gedrängt. Draussen vor der gläsernen Ankunftshalle trifft die Hitze sie wie ein Schlag ins Gesicht. Wenige Autos nur stehen vor dem Flughafengebäude, in eines werden sie bugsiert. Mit Blaulicht fährt der Wagen die schnurgerade, spärlich befahrene Strasse in Richtung Khotan. Vor ihnen zwei schwere Motorräder. Linda erkennt im Rückspiegel einen silbernen Geländewagen, der dicht auffährt. Bizarre Gesteinskegel stehen in der Wüstenlandschaft. Die Strasse hebt sich, senkt sich wieder. Lehmbausiedlungen ziehen an ihnen vorüber, mit Stacheldraht umgeben. Hunde stehen am Strassenrand. Vorbei an hochgezogenen Glasfassaden, Kaufhäusern, wo vor ein paar Jahren noch schmale und verlotterte Gassen waren. Oder Felder. Das Auto bremst scharf, biegt ab, Linda wird gegen ihren Begleiter gedrückt. Graubraune Häuserblocks, zerbrochene Fensterscheiben und Ziegel auf den Strassen, langgestreckte Gebäude, in denen einst staatliche Arbeitseinheiten untergekommen waren, aber seit langer Zeit verlassen. Diese Häuser, vorn wie hinten, stehen für die »Entwicklung West«, so will es die chinesische Regierung. Die Veränderung, zum vermeintlich Guten wie zum offensichtlich Schlechten. Eine sandige Gasse führt zwischen dicht stehenden niedrigen Häusern zu einem einstöckigen Lehmhaus. Das Auto kommt ruckartig zum Stehen. Linda wird nach vorn geschleudert.

Dieses Gesicht merke ich mir, keinen Kilometer weiter, schwört sie sich im Stillen. Schaut den Fahrer kalt an. Der sich nicht zu ihr umdreht. Da werden auch schon auf beiden Seiten die Türen aufgerissen, ihr Gepäck wird aus dem

Wagen gezerrt, auf dem Schotterweg abgestellt. Der endet vor einem verschlossenen Metalltor. Einer der Männer zeigt darauf, dann auf das Gepäck. Herrmann geht zu dem Wagen, der ihnen gefolgt ist, doch durch die getönten Scheiben ist nichts zu erkennen. Er schultert seine Tasche, folgt Linda, die am Tor klopft. Sie warten.

»Hier sollen wir wohnen, bist du sicher?«, fragt Herrmann den Fahrer, der zu ihnen getreten ist.

Der zeigt erneut auf das Tor. Linda klopft wieder. Dieses Mal mit der flachen Hand. Das ganze Tor dröhnt. Sie dreht sich um, sieht den Fahrer an. Der betrachtet seine Schuhspitzen, wie sie sich tief in den Kies bohren.

Der Wagen, der ihnen gefolgt ist, wendet, hüllt sie in eine Staubwolke. Linda zieht sich rasch das Halstuch über die Nase, hustet dennoch.

Hinter ihr öffnet sich eine Tür, die in das grosse Tor eingelassen ist. Eine Frau schaut heraus, fragt den Fahrer. Der nickt, geht zurück zum Auto und fährt langsam davon.

»Bitte, kommen Sie!«

Ohne zu zögern tritt Herrmann über die eiserne Türschwelle, Linda folgt ihm.

»Sind alleine hier«, sagt er nach einem raschen Blick in den weiten Hof, den sie hinter den hohen Mauern kaum vermutet hätte. Wohin führen all die dicht nebeneinanderliegenden Türen unter den Arkaden, fragt sich Linda.

»Bitte, diese beiden Zimmer sind für Sie vorbereitet.« Die Frau spricht ein gutes Englisch mit starkem Akzent.

»Wo sind wir hier?«

»Im Regierungsgästehaus für Experten, so wie Sie es sind, für spezielle Gäste«, lächelt die Frau.

»Und ausser uns sind hier keine Experten?«

»Nein, im Moment nicht. Aber bitte, gehen Sie und ruhen Sie sich aus. Sie müssen müde sein von der Fahrt.«

»Gibt es hier Telefon, Internetverbindung im Zimmer?«

»Manchmal.«

Herrmann starrt die Frau an.

»Nun, wenn die Experten dies im Vorfeld beantragt haben.« Die Frau lächelt noch immer. »Mir hat niemand etwas gesagt. Haben Sie einen Antrag gestellt?«

»Wir sind davon ausgegangen, dass eine solche Einrichtung vorhanden ist wie sonst überall auch«, blafft Herrmann.

Wie sonst überall auch? Wo war Herrmann gewesen, fragt sich Linda, genervt auch von seinem Tonfall.

»Gut, wir sehen uns die Zimmer mal an.« Die Hitze hat nur ein wenig nachgelassen, doch der Zeiger auf der Uhr in der Rezeption zeigt schon auf 17 Uhr, die offizielle Peking-Zeit, hier ist es gefühlt mindestens zwei Stunden früher.

Linda hat ihre Tasche erst halb ausgepackt, da klopft es an ihre Zimmertür. Ein dunkel gekleideter Mann drängt sie mitzukommen.

»Wohin?«

Herrmann taucht im Türrahmen auf, schaut sie fragend an.

»Schnell, schnell, zur Regierungsbehörde, schnell.«

»Warum die Eile? Ist etwas passiert?«

Linda hastet zurück in ihr Zimmer, rafft geistesgegenwärtig die Projektunterlagen zusammen.

»Die machen schon am ersten Tag Nägel mit Köpfen«, meint Herrmann.

»Abwarten«, sagt Linda nur.

Abermals werden sie mit Blaulicht durch die Strassen gefahren, die nun belebter sind. Der Fahrer ist dieses Mal ein anderer. Ruckartig kommt der Wagen vor einem zweistöckigen Gebäude zum Stehen. Die Tür wird aufgerissen. Sie werden die Treppe hinaufgeführt. Hinein in einen Sitzungssaal, an einer Wand die rote Fahne der VR China mit den fünf gelben Sternen, an der anderen die Porträts der letzten beiden Staatspräsidenten.

»Willkommen, herzlich willkommen!«, ruft es aus den Mündern der versammelten Männer, die sich im Halbkreis vor das grösste Fenster im Saal gestellt haben, den Blick versperren auf den weitläufigen Platz vor dem Gebäude. Menschenleer. Nur ein Sockel, den Mao sich hier in Khotan mit einer anderen Figur teilt, mit dem Uiguren Kurban Tulum, der angeblich mit einem Eselkarren nach Ürümqi gefahren ist, um den Einmarsch der Roten Armee zu begrüssen.

»Bitte nehmen Sie Platz. Sie werden erschöpft sein von der langen Fahrt. Ruhen Sie sich aus. Lassen Sie sich ein paar Tage Zeit, gewöhnen Sie sich erst einmal an alles. Wir kommen dann zu Ihnen und sprechen über das Projekt. Aber erst ruhen Sie sich einmal aus. Hier, trinken Sie Tee!«

»Die Reise war lang, aber nicht anstrengend, danke«, ergreift Herrmann vor Linda das Wort. »Gern würden wir gleich mit der Arbeit beginnen, um keine Zeit zu verlieren. Erste Gespräche mit den Leuten vor Ort führen. Morgen geht's los.«

»Aber bitte, setzen Sie sich, trinken Sie erst einmal Tee. Alles Weitere werden wir dann sehen.«

»Danke«, sagt Linda nur, lässt sich schwer in einen Sessel fallen, dessen Kopflehne unter einer Plastikhülle steckt. Nippt an der Teetasse, wird beobachtet, wie sie versucht, die Teeblätter vom Rand zu pusten, die an ihrer Lippe hängen bleiben.

Herrmann trinkt den Tee im Stehen, stellt die halb volle Tasse geräuschvoll auf den Tisch, Flüssigkeit schwappt auf das Holz, breitet sich langsam aus. Er geht auf die Runde zu. Da ist es also wieder, das Händeschütteln der Männer, das Abwägen und Abtasten. Das Lächeln tragen sie wie eine Maske. Linda muss bei der Choreografie dieser Begrüssungsrituale unter Männern an Hahnenkämpfe denken, an das Balzen und Blinzeln, das Fletschen und Scharren. Wer würde gewinnen? Auf wen wurden die höchsten Summen gesetzt? Linda faszinieren die Feinheiten dieses Tanzes, sie hat bei ihren Wetten bislang selten verloren.

»Aber bitte, setzen wir uns doch.« Linda tritt auf die Männer zu und zeigt auf die Sitzgruppe.

»Zu höflich, danke. Leider haben wir zu tun. Wir melden uns wieder bei Ihnen, sobald Sie sich ausgeruht haben.«

»Wir haben kein Telefon, keine Internetverbindung, wie uns zugesagt worden war«, beschwert sich Herrmann.

»Oh, das tut uns leid. Die anderen Gästehäuser der Regierung sind zurzeit wegen einer Konferenz belegt. In ein paar Tagen können Sie umziehen, dann wird alles so sein, wie Sie es wünschen.«

»Wann?«, insistiert Herrmann.

»In ein paar Tagen.«

Linda holt ihre Unterlagen hervor. Wer von all diesen Männern ist der Zuständige vor Ort? Wer hat die Macht? Wer ist ihr eigentlicher Ansprechpartner? Wer von all diesen mittelalten, seitengescheitelten Brillenträgern?

Sie wirft einen Blick auf das oberste Blatt in ihrer Mappe. »Herr Xu, steht hier, sei unser Ansprechpartner.« Keiner von den Männern regt sich. »Und Herr Li? Wo ist er?«

Er war es, der den Projektantrag auf chinesischer Seite forciert hatte, er wollte Linda dabeihaben. Sie kannten sich von einem Projekt in Osttibet, wo es darum ging, in einer abgelegenen Region eine Lederfabrik zu eröffnen, um neue Absatzmärkte für tibetische Nomaden zu erschliessen. Ob nach Abschluss ihrer Arbeit Quoten eingeführt und die Nomaden gezwungen wurden, Yakleder abzugeben, wusste Linda nicht. Tibet-Organisationen hatten ihr das später vorgeworfen. Jedenfalls hatte Herr Li offenbar ihre Kooperationsbereitschaft und Loyalität schätzen gelernt und sie nun als Projektleiterin in Xinjiang vorgeschlagen. Um Bäume gegen die Versteppung zu pflanzen, sich um das Wasserversorgungssystem zu kümmern, allen Widersprüchen zum Trotz im Auftrag der deutschen Regierung.

»Oh, Herr Li, er ist für ein paar Tage auf Geschäftsreise und wird Ihnen nach der Rückkehr selbstverständlich zur Verfügung stehen.«

»Gut, wer ist Herr Lis Stellvertreter?«

»Der ist mit ihm gefahren.«

»Laut Projektvereinbarung starten wir morgen und brauchen dafür einen Wagen und einen Fahrer. Wie sieht es damit aus?«

»Ruhen Sie sich doch erst einmal aus. Wir melden uns. Es ist hier nicht sicher, Terroristen machen die Gegend unsicher. Und Ihre Sicherheit ist wichtig, Herr Li hat bereits entsprechende Vorkehrungen getroffen.«

»Hören Sie, diese Projektvereinbarung ist von Ihrer Regierung in Peking unterzeichnet worden. Uns wurde jegliche Unterstützung zugesagt. Die Voruntersuchung ist auf drei Wochen angelegt. Da können wir nicht warten, bis Herr Li zurück ist, sosehr ich seine Fähigkeit schätze.« Linda bleibt ruhig, bringt ihre Argumente Punkt für Punkt und freundlich lächelnd vor, langsam, damit alle ihr Englisch verstehen.

»Wir wollen anfangen. Jetzt. Und müssen uns nicht mehr ausruhen. Und Tee trinken.« Herrmann verzieht das Gesicht. »Wenn morgen kein Wagen da ist, setzen wir uns mit Peking in Verbindung, dann mit Berlin.«

Linda schaut Herrmann entsetzt an. Warum hat man sie bei ihrem letzten Einsatz nicht gefragt? Nur gesagt: »Da, übernimm den mal, das geografische Institut hat uns darum gebeten.« Bislang jedenfalls macht er seinem Namen alle Ehre. Mit seiner Haltung würde er Fronten eher verhärten als sie unauffällig aufweichen.

Der Halbkreis der Männer rückt schweigend vor. Nimmt Linda und Herrmann in die Mitte und schiebt die beiden zur Tür hinaus. Zwei Männer begleiten sie zum Wagen, einer fährt sie zurück zu ihrer Unterkunft. Das Tor ist verschlossen. Doch dieses Mal wartet der Wagen nicht, bis sie eingelassen werden.

Kapitel 6

Zwielicht

Schlurfende Schritte, ein Eimer knallte auf den Boden, an die Tür des Zimmers nebenan klopfte jemand mehrere Male. Die Stimme einer Frau rief: »Tür öffnen! Betten machen!«

Bestes Hotel am Platz, dachte Roxana im Halbschlaf, drehte sich um und wollte weiterschlafen. Doch das Hämmern und Rufen nahm kein Ende. Ein Schlüsselbund klirrte, das Zimmermädchen verschaffte sich auch so Einlass. Was sie wohl erwartete? Zerwühlte Laken, halb nackte Leiber, erschrockene Gesichter? Roxana döste noch eine Weile vor sich hin. Das Zimmer war dämmerig, schwere Vorhänge vor den Fenstern sperrten das Licht aus, nur an den Seiten drangen feine Strahlen herein.

Und mit ihnen Erinnerungen. Roxana fröstelte. Glücklicherweise waren sie sich am Vorabend aus dem Weg gegangen in diesem acht Quadratmeter grossen Zimmer, das einen zwang, sich seitlich in Richtung Badezimmer zu schieben. Zuerst hatte sie sich im Badezimmer ausgezogen, danach er. Hatten gelauert, wer zuerst eine gute Nacht wünscht.

Wasser rauschte im Badezimmer. Roxana zog sich rasch an, um einer peinlichen Situation zuvorzukommen. Schliesslich schob sie den Vorhang zurück. Das Licht war selbst am frühen Morgen so gleissend, dass sie sofort die Augen schloss.

Frühstück war bei diesem Preis – den sie sich nicht einen Tag länger leisten konnte – inbegriffen, hatte sie beim Ausfüllen der Hotelformulare erfahren. Als sie ihre grünen Armeeturnschuhe anzog, musste sie an die Uniformen der Soldaten am Vortag denken. Sie würde sich ein neues Paar kaufen. In Richtung Badezimmertür rief sie, dass sie schon einmal vorgehen würde. Zum Frühstücksraum, falls es einen gäbe.

Keine Antwort, Alex hatte sie vermutlich nicht gehört, egal, er würde sie finden. Wenn er wollte.

Als Roxana vor die Tür trat, taumelte sie. Zehn Uhr morgens. Sie musste sich erst wieder an diese Hitze gewöhnen und setzte sich einen Moment auf die Bank, die neben ihrer Zimmertür stand. Überall blätterte Farbe von den Mauern; die einzelnen Gebäude waren um einen ausgedörrten Rasen angeordnet. Vertrocknete Blumen darbten in Blumentöpfen, die vielleicht einmal rot gewesen waren.

Das Zimmermädchen trat aus der Tür. Eine Uigurin, pausbäckig und mit einem bunten Kopftuch, das nicht zu ihrem verblichenen Arbeitskittel passte. Roxana fragte, ob sie aus Turfan sei.

Bihter heisse sie, antwortete sie offen und freundlich, ihre Familie lebe hier und sie sei sechzehn Jahre alt. Neugierig schaute das Mädchen Roxana an und wollte wissen, woher sie sei, ob das da drin ihr Freund sei.

Ob sie etwas von den Ereignissen am Vorabend gehört habe, fragte Roxana.

»Ja, meine Eltern haben es zu Hause erzählt. Sie meinten, dass heute so was nur noch selten vorkommt. In den Sechzigerjahren seien jeden Tag Leute hingerichtet worden, viele Uiguren auch«, antwortete Bihter leutselig.

Ob die Eltern auch erwähnt hätten, was die Leute getan hatten?

»Das übliche halt. Korruption, Raub und Mord.«

»Da war doch ein Uigure dabei. Warum wurde der hingerichtet?«

»Davon weiss ich nichts«, erwiderte Bihter und machte sich schon an der Zimmertür neben Roxana zu schaffen, doch Roxana hielt sie zurück. »Nicht nötig, wir machen unser Bett selbst.«

Ungläubig starrte Bihter sie an und ging mit Eimer und Putzgeschirr in Richtung Rezeption.

Alex kam heraus, irritierte Roxana schon am frühen Morgen mit diesem Blick, der sich wie Ringe um sie legte. »Na, gut geschlafen?«

»Lass uns frühstücken, wo und was auch immer.«

Im Hauptgebäude gab es einen Saal, der für Reisegruppen vorgesehen war. An diesem Morgen aber war er leer, die Luft abgestanden. Auf einem langen Tisch waren diverse salzige Gemüsestreifen angerichtet, mit eingelegten braunen Eiern, und etwas abseits köchelte ein grosser Topf mit Reissuppe. Daneben waren auf einem grossen Teller Toastbrotscheiben aufgeschichtet, ungetoastet allerdings, und kleine Marmeladetöpfchen. Die Butter schwamm in einer Lache, Ameisen krochen darin herum. Die Wassermelonenscheiben sahen ausgetrocknet aus.

Roxana legte Gemüse und Eier auf ihre Schüssel mit Reisschleim, auch weil Alex angewidert das Gesicht verzog und unschlüssig vor dem Buffet hin und her trabte. Sie zapfte sich aus einer laut krächzenden Maschine ein orangefarbenes, dünnflüssiges Wasser und suchte sich einen Platz am Fenster, von dem man hinaussehen konnte in den Hof. Der Kellner hatte bereits eine Kanne Tee auf den Tisch gestellt, und diesen schüttete sie tassenweise in sich hinein. Roxana merkte erst jetzt, wie ausgetrocknet sie war.

Fünf Brotscheiben lagen auf Alexanders Teller und ebenso viele Töpfchen Marmelade. Auf einmal hob er den Kopf und rief über ihre Schulter hinweg jemandem ein Hallo zu. Als Roxana sich umdrehte, kamen eine blonde Westlerin und ein hoch gewachsener Chinese auf sie zu. Im Gleichschritt, wie Roxana verwundert feststellte.

»Dürfen wir uns zu euch setzen?«

»Bitte«, sagte Alex.

»Wir waren gerade draussen und haben dort was gegessen. Das hier ist ja ungeniessbar«, was Alex kauend und kopfnickend bestätigte. »Ich heisse übrigens Anna, das ist Ma. Sind ja gerade Semesterferien, und da dachten wir, fahren wir halt mal nach Xinjiang. Letztes Jahr waren wir in

Tibet.« Und dass sie in Paris und Peking Kunstgeschichte studiere, erfuhren sie auch gleich, und dass Ma ein Künstler sei.

Roxana horchte auf, fragte nach. Ob sie sich auch für Kunst in Xinjiang interessierten, in Dunhuang gewesen seien?

»Ach nein, das war uns zu mühsam. Kann man sowieso alles viel besser in Kunstkatalogen nachsehen, man kommt ja doch nicht in alle Höhlen rein. Wir sind direkt von Peking nach Lanzhou geflogen, haben dort Mas Familie besucht und Geschenke abgeliefert. Ihr könnt euch unmöglich vorstellen, wie viele Geschenke wir mitgenommen haben. Die aber nicht sonderlich gut ankamen. Schon gar nicht bei seinem Vater. Ma hat ein teures Feuerzeug gekauft, der Vater hatte aber offenbar etwas anderes erwartet und schimpfte über die Undankbarkeit seines Sohnes. Wirklich peinlich.«

Ma sah Anna scharf an, doch die merkte nichts. Roxana fragte ihn auf Chinesisch, ob er Hui sei, ein chinesischer Muslim, dem Namen nach zu schliessen.

»Ja, schon, aber das ist nicht wirklich wichtig«, antwortete er und fragte zurück, was sie in China mache. Eine dunkle, sonore Stimme, fest klang sie und angenehm. Sie antwortete knapp, dass sie in Xi'an studiert hatte und nun auf dem Weg zurück nach Europa sei. Über die Seidenstrasse und Pakistan. »Nach Berlin, genauer gesagt.«

»Berlin klingt gut«, antwortete Ma. »Ich bin eigentlich mit einer Deutschen verheiratet, musste dann aber schnell aus China weg und bin in Frankreich gelandet. Freunde aus der Kunstszene haben mir geholfen. Komplizierte Geschichte.«

Roxana wusste von chinesischen Studenten im Ausland, die sich nach dem Tiananmen-Vorfall leichtfertig das Mäntelchen des Dissidenten umhängten. Wollte dies aber niemandem unterstellen.

»Ma wurde verfolgt. In Paris haben wir uns an der Kunstakademie getroffen.« Anna lächelte Ma an, er erwiderte ihr Lächeln nur halb.

»Wann seid ihr hier angekommen?«, fragte Alex.

»Gestern Vormittag, haben uns aber noch nichts angesehen. Sind ein bisschen über den Basar geschlendert und wollten heute zu dieser Moschee im Süden der Stadt.«

Roxana atmete innerlich auf, denn sie hatte etwas anderes vor, musste also nicht einmal eine Ausrede suchen. Alex hingegen fragte sofort, ob er sich ihnen anschliessen könne.

»Ich muss mir eine billigere Unterkunft suchen«, warf Roxana ein.

»Heute Morgen ist eine Gruppe Hongkong-Touristen abgereist, die mit uns im Dormitory übernachteten. Da müssten jetzt ein paar Betten frei sein«, sagte Anna.

»Trifft sich gut, ich frag mal rasch an der Rezeption nach. Was ist mir dir, Alex?«

»Ja, natürlich. Wisst ihr übrigens, was wir gestern Abend erlebt haben?«

Roxana stand rasch auf.

Als Alex und Roxana aus dem Hoteleingang traten und die Ausfahrt hinuntergingen, traf die Sonne sie noch unvermittelter als am Morgen. Roxana liebte Wärme, Hitze, vor allem die feuchte, die sich wie ein Film auf die Haut legte. Sie konnte nie genug davon bekommen und genoss es, wenn die schwüle Trägheit tröpfchenweise in sie eindrang. Hier aber saugte die Hitze jegliche Kraft aus ihr. In den Laubengängen ging es ihr gleich besser. Zu beiden Seiten der Strassen rankten sich Reben an Drähten entlang empor, um sich über den Gehsteigen wie ein Dach zu wölben. Darüber gleisste eine von den Rebenspalieren in Streifen geschnittene Sonne.

Den Weg zum Basar kannte sie vom letzten Jahr. Roxana wollte dort eine Runde drehen und sich nach einer anderen Bleibe umsehen. Die Betten im Schlafsaal waren schon reserviert für eine Gruppe aus Taiwan, hatte man ihr an der Rezeption gesagt. Alex war mit ihr gekommen, hatte sich doch nicht Anna und Ma angeschlossen. Ein seltsamer Triumph wollte in ihr aufflackern, die ersten Flammen wusste sie aber gleich zu ersticken.

Milchiges Licht brach durch das Dach aus Hartplastik, das, mit braunen Flecken übersät, wie eine schmutzige Scheibe flach über dem Basar hing. An den Seiten lag es auf verwitterten Metallträgern, die einmal blau gewesen waren. Hell und luftig sollte es sein im neuen Basar, denn nichts fürchteten die chinesischen Machthaber mehr als verwinkelte Gassen und dunkle Märkte, in denen sie seit je Unruhestifter vermuteten. Menschen schoben sich durch die schmalen Gänge aus Teppichen, Säcken und Kisten.

Rosinen. Schwarze, hellgraue, grüne. Die getrockneten Trauben lagen zu Kegeln aufgeschichtet am Boden, auf Decken und auf Wagen ausgebreitet, waren von Eseln hierhergezogen worden, die nun abseits des Basars standen. Roxana faszinierte es immer wieder von Neuem, wie viele verschiedene Arten von Rosinen es gab. Nur wenn die getrockneten Trauben nebeneinanderlagen, fiel der Unterschied zwischen Färbung und Grösse auf. Roxana erzählte, was sie über die verschiedenen Sorten wusste, und es schien ihr, Alex höre aufmerksam zu. Da war jedenfalls nicht dieser abwesende Blick, der alles streifte und doch nichts sah, der sie an Travellern immer so störte.

Roxana ging weiter, bis sie merkte, dass Alex nicht mehr hinter ihr war. Er stand vor einer Kiste Aprikosen. Noch ein wenig feucht, prall in ihrem Orange, manche mit rötlichen Flecken, die Getrockneten lagen in kleinen Häufchen daneben. Roxana lächelte den uigurischen Händler an, in dessen zerfurchtem Gesicht die Augen nur zwei Falten waren. Als sie nach dem Preis für die getrockneten Aprikosen fragte, öffnete sich sein zahnloser Mund, doch sie verstand nicht. Erst als er mit seinen Fingern die Zeichen für eine Zahl formte, nickte sie, gab ihm das Geld und griff zweimal tief hinein in die Kiste. Wer weiss, ob sie in Kor, wohin sie von Turfan aus fahren wollte, etwas zu essen fände. Alex kaufte eine ganze Tüte, ohne zu feilschen, was ihr angenehm auffiel. Sie ertappte sich dabei, wie sie positive und negative Punkte einander gegenüberstellte. Schon bald würden sich ihre Wege trennen, was sollte das also? Sie reiste ohnehin lieber allein, denn zu zweit hatte man immer ein Stück Europa mit dabei, was sie nicht interessierte.

Roxana schritt rasch auf den Ausgang am anderen Ende des Basars zu, denn all die Gerüche, vermischt mit feinem Staub, reizten ihre Nase. Sie begann zu niesen und konnte kaum wieder damit aufhören. Vor einem Stand mit Fladenbrot hielt sie inne.

»Lass uns von den Broten kaufen, die der Mann gerade aus dem Ofen holt, frisch sind sie am besten«, sagte Roxana. Sie kaufte zwei Brote, eins für gleich zum Knabbern, eins für die Fahrt morgen, die sie allerdings erst noch organisieren musste. »Ach ja, ich werde nach Kor fahren, hab dir ja von diesem Dorf erzählt, dort in der Nähe soll es Höhlen mit Malereien geben, von denen bislang nur wenige wissen. Hab noch keine Ahnung, wie ich dort hinkommen soll.«

Fragend hob Alex seine Augenbrauen, schaute zuerst sie an, dann über ihre Schulter hinweg. Roxana folgte seinem Blick. An einem der Metallträger lehnten lässig zwei Pakistani und beobachteten den Markt. Sie hatten eine viel dunklere Haut und trugen lange, beigefarbene Gewänder über ihren weiten Hosen, deshalb fielen sie Roxana gleich auf. Dass sie so weit in den Norden der Provinz kamen, wunderte Roxana, die pakistanische Händler bislang lediglich in Kashgar gesehen hatte.

»Wollen die hier ihre mildtätigen Gaben im Namen Allahs verteilen, oder was treiben sie hier?«, fragte Roxana laut sich selbst.

»Vielleicht haben sie den chinesischen Errungenschaften

etwas entgegenzusetzen? Wer weiss, nach den Hinrichtungen gestern sind die Leute verunsichert, und nun wollen andere das ausnutzen.«

»Ach was, das glaube ich nicht. Wer hätte ihnen denn von dem Schnellverfahren erzählen sollen? Das wird doch in China oftmals innerhalb weniger Stunden entschieden.«

»Gerade das ist ja so himmelschreiend ungerecht«, ereiferte sich Alex, doch Roxana ging nicht darauf ein.

Auf der anderen Seite, gegenüber vom Basar, sah Roxana die Zeichen für Gästehaus: ein Kasten, zwei Stockwerke, davor ein breiter Treppenaufgang.

»Fragen wir mal, ob sie Zimmer an Ausländer vermieten.«

Alex folgte ihr, denn er wolle lieber »näher am Volk« wohnen, wie er sagte, und nicht in so einem abgeschotteten Luxusschuppen.

Gleich beim Eingang sass ein Mann hinter einer fleckigen Holztheke, der sie fragend anblickte. Roxana musste ihre ganze Überredungskunst aufwenden, um ihn zu überzeugen, ihnen ein Zimmer zu vermieten, »wenngleich ich es eigentlich nicht darf. Sie wissen, das ist wegen der Sicherheit.«

»Ja, ich weiss, um unsere Sicherheit kümmern wir uns schon selbst«, gab Roxana lachend zurück. Und zweifelte gegenüber Alex an, dass die chinesische Regierung wirklich um die Sicherheit der Ausländer besorgt sei, die Sicherheit diene doch vielmehr als Vorwand, Ausländer in Schranken und einen überschaubaren Raum zu zwingen. Entweder nahmen es die Chinesen hier mit dieser Vorschrift nicht so genau, oder der uigurische Rezeptionist wusste nicht um die Folgen, wenn man Ausländern verbotenerweise ein Zimmer vermietete. Egal, sie würde es riskieren, und Alex zuckte nur mit den Schultern.

Das Zimmer lag im zweiten Stock; zwei schmale Betten, zwei Fenster mit fettigen Vorhängen, die den Blick freigaben auf einen Hof, in dem Lastwagen standen, und ein kleiner Verschlag, in dem man duschen konnte, mit einem kleinen

Fenster hinaus auf den Gang. Jedenfalls kostete das Zimmer nur den Bruchteil eines Bettes im Schlafsaal des Hotels. Nachdem sie ihre Namen in das Melderegister eingetragen hatten, ging Alex zurück zum Hotel, wo er sich mit Anna und Ma zur Fahrt zu den Bedzelik-Grotten verabredet hatte. Roxana fragte unten im Hof, ob einer der Lastwagenfahrer nach Kor fahre. Auch die Pakistani lungerten dort herum, suchten wohl eine billige Mitfahrgelegenheit nach Kashgar, dachte Roxana.

Kapitel 7

Seilziehen

Das Haus bebt. Linda wacht auf. Die Wände zittern, der Boden vibriert. Kerzengerade sitzt sie im Bett. Doch nun ist alles still. Wie nach einem Erdbeben. Die Wand knarzt, eine dünne Bretterwand nur trennt sie von Herrmann. Von dort kommen die Geräusche. Linda horcht. Er verrückt Möbel. So früh am Morgen?

Sie hebt und senkt die Schultern mehrere Male und stösst am Schluss ein wohliges Grunzen aus. Ihre Morgenübung, die einzige, schon seit Jahren.

Sie steht auf, lauscht. Fährt sich durchs Haar, haucht in die hohle Hand. Für die Morgentoilette muss sie den Hof überqueren. Als sie vor die Tür tritt, blendet sie die Sonne, sie hält den Atem an und eine Hand schützend vor die Augen. Da öffnet sich nebenan die Tür, Herrmann tritt heraus, in khakifarbenen, knielangen Hosen.

»Ich habe den Tisch vorn ans Fenster gestellt, damit ich Platz zum Arbeiten habe«, er hebt entschuldigend die Arme, unter seinen Achseln zeichnen sich Schweissflecken auf dem hellbraunen Hemd ab. Auch vorn auf der Brust. Sie schwitzt nie, nicht einmal in der Sauna. Linda dreht sich um, schlurft über den Hof. Die Sonne brennt ihr auf den Kopf, dass ihr schwindelt, es ist immer nur dieser Schwindel, die Luft zum Atmen, die ihr in dieser Hitze fehlt. Sie geht schneller, flüchtet sich unters Vordach des Badehauses, lässt kühles Nass aus dem Wasserhahn über ihre Unterarme fliessen. Liest das Schild über dem Hahn: Wasser von 8–10 Uhr. Wird sie sich merken müssen.

Er habe schon gefrühstückt, meint Herrmann, als sie fragt, ob er mitkäme, draussen ein paar Teigtaschen zu holen.

»Klumpige Fladen, Tomaten und Gurken gab es«, er zeigt auf die Stühle am anderen Ende des ovalförmig angelegten

· 59 ·

Hofes. »Aber warte kurz, ich komme mit, will mich mal umsehen, ob wir nicht selbst einen Internetanschluss basteln können. Und ich brauche eine Telefonkarte.«

»Gute Idee, ich hab zwar schon am Flughafen in Peking eine geholt, doch die funktioniert hier anscheinend nicht.« Und sie hat dort auch die aktuelle *China Daily* gekauft, auf der zweiten Seite Unruhen in Xinjiang, 38 Tote, Uiguren hätten die Polizeistation gestürmt, ein Regierungsgebäude, eine Baustelle. Hätten auf Menschen eingestochen und Polizeiautos in Brand gesetzt. Die Fotos zeigen verkohlte Häuserfassaden.

Der seltsame Empfang am Vortag hat sie schlecht schlafen lassen. Wie dieses Mal die Fronten aufweichen, wie ihre Forderungen langsam und eine nach der anderen durchsetzen? Als sogenannte Repräsentanten der Geberländer sind sie längst nicht die Mächtigsten. Das verstehen die wenigsten. Die anfängliche Energie, das euphorische Engagement vieler Projektmitarbeiter wird rasch aufgezehrt von einer Gereiztheit, weil nichts so ist, wie man es sich vorgestellt hat. Mit einer müden Handbewegung verscheucht sie eine Fliege und gleichsam ihre Gedanken. Schweigend geht sie neben Herrmann her. Ihm muss sie noch klarmachen, wer hier das Sagen hat, aber im Moment ist sie einfach zu erschöpft.

Herrmann findet nicht nur an den vielen Electronic-Shops Gefallen. Immer wieder bleibt er vor Teppichen stehen, die hier und da ausliegen. Radebrecht mit den Händlern. Bittet sogar Linda um ihre Meinung, die sich noch nie etwas aus Teppichen gemacht hat. Nun aber genauer hinschaut. Sie erkennt tatsächlich Unterschiede, wo sie zuvor nur gleichförmige Linien sah. Hier die Andeutung einer Granatapfelblüte, dort in der Mitte ein symmetrisches Muster, umrankt von Girlanden.

»Dass du dich für Teppiche interessierst.«

»Der da, auf dem die alte Uigurin sitzt. Der ist schön, verblasste Farben, aber eigentümlich«, sagt er leise zu Linda, kehrt aber der alten Frau den Rücken zu. Er streicht über einen Teppich nach dem anderen, linst immer nur kurz hinüber zu der Frau, die ihn genau beobachtet, nähert sich ihr Schritt um Schritt.

»Ich war einmal mit einer türkischen Sängerin verheiratet.«

Stand nicht in den Unterlagen, Linda schluckt schwer. Sonst hätte sie ihn ganz sicher nicht mitgenommen. »Warum sagst du das erst jetzt? Du gefährdest damit das ganze Projekt. Mit einer Türkin! Die Türkei ist doch eines der wenigen Länder, welche die Uiguren unterstützen, und das passt China gar nicht«, fährt Linda ihn an. »Weisst du das nicht?«

»Wir leben schon lange getrennt«, rechtfertigt sich Herrmann. »Hab als Geograph zu viele Projekte, bin zu oft unterwegs.« Er geht neben der Alten in die Hocke, fragt sie nach dem Preis.

»Welcher?«, will diese wissen.

Herrmann zeigt auf den Teppich, auf dem die Frau sitzt, auf die Granatapfelblüten, in hellrosa und rot gefärbt vor blassem Hintergrund.

Schliesslich können sie sich einigen. Er streckt der Frau einen Schein hin. Umständlich schiebt sie ihre Röcke hoch und kramt aus ihrem Strumpf das Wechselgeld hervor.

Herrmann rollt den Teppich zusammen und folgt Linda hinaus auf die Strasse.

Sie muss auf dem Bett eingeschlafen sein, denn sie schreckt hoch, als es an die Tür klopft. Drei Uhr. Vor ihr stehen plötzlich zwei Männer, die sie noch nicht gesehen hat. Sind eingetreten, ohne auf ein Zeichen zu warten.

»Kommen Sie bitte mit. Wo ist Ihr Partner?«

»Herrmanns Zimmer ist nebenan.« Woraufhin einer der Männer hinübergeht, dort anklopft und ebenfalls sofort eintritt.

»Was wollen Sie?«

»Ziehen Sie sich an und kommen Sie mit«, wird ihr nicht unfreundlich geraten.

Fingerspitzengefühl zähle nicht zu den Stärken der kommunistischen Atheisten, sie zündelten in Xinjiang mit provozierendem Gehabe, hat Linda vor ihrer Abreise in einem ihrer Dossiers gelesen. Gilt offenbar auch ihnen gegenüber.

Sie hört, wie Herrmann nebenan laut auf Englisch darum bittet, in Zukunft zu warten, bevor man eintritt. Er hat etwas zu verbergen, wird ihnen sofort durch den Kopf gehen. Linda will diesem Verdacht keinen Raum geben, ruft Herrmann zu: »Bist du fertig?« Und dann sitzen sie auch schon hinter getönten Scheiben, fahren breite Strassen entlang, halten vor einem Gebäude, das mit bunten Fähnchen geschmückt ist. Linda sieht erst beim Aussteigen das Gesicht des Fahrers. Behruz. Eine andere Welt in einer anderen Zeit. Wie kommt er hierher? Hat er sie erkannt?

»Sieht zumindest nicht aus wie ein Gefängnis«, knurrt Herrmann mitten hinein in Lindas Gedanken.

»Bitte, folgen Sie uns.«

Leise Musik scheppert aus Lautsprechern, die neben den Säulen am Eingang stehen. Kühle Luft legt sich sogleich auf Lindas blosse Arme, ihre Jacke hat sie im Zimmer vergessen. Klimaanlage hochgedreht, darauf reagiert sie immer mit Erkältung. Zu beiden Seiten flankiert, werden sie auf rotem Teppich eine breite Treppe hinuntergeleitet. Dort vor der Bühne winkt ihnen von einem der Tische jemand zu.

»Willkommen, willkommen. Bitte setzen Sie sich. Greifen Sie zu!« Auf dem runden Tisch stehen kleine Häppchen, die sofort zu Linda und Herrmann gedreht werden. »Essen Sie, bitte. Spezialitäten aus Xinjiang.«

Herrmann starrt auf das Braun in den Schälchen, während Linda sich schon längst ein Fleischstückchen mit den Stäbchen genommen hat, freundlich in die Runde nickt. Eine Frau sitzt ihr gegenüber, lächelt nicht, schaut sie nur an. Linda hält ihrem Blick stand. »Was wird denn auf der Bühne gezeigt?«, fragt sie.

Der Mann neben Linda erklärt: »Sie haben die seltene Gelegenheit, heute einen Meshrep zu sehen. Wissen Sie, was das ist?«

Linda schüttelt den Kopf. Herrmann mischt sich ein. »Ist das nicht dieser einheimische Tanz, der vor Kurzem von der UNESCO zum Kulturerbe erklärt worden ist?«

Der Mann nickt anerkennend. »Ja, China kümmert sich sehr um die Kulturen seiner Völker und tut alles dafür, dass diese nicht aussterben.«

»Was, die Völker oder die Kulturen?«

Linda kann zusehen, wie aus dem Gesicht des Mannes das Leben weicht.

Herrmann sitzt ruhig da. Aber seine Fingerknöchel sind weiss, als er sich eine Zigarette anzündet, nicht ohne den anderen eine angeboten zu haben, die jedoch dankend ablehnen.

»Ein sehr gutes Essen«, sagt Linda rasch laut in die Runde.

»Und wie gut Sie mit Stäbchen essen können!« Man prostet ihr zu, doch sie hebt ihren Schnapsbecher nur hoch, trinkt nicht, obwohl sie dazu gedrängt wird.

»Haben Sie von Herrn Li gehört und wann er zurückkommt? Wir würden gern mit unserer Arbeit beginnen«, sagt Linda.

»Essen Sie, greifen Sie zu, lassen Sie es sich schmecken!«

»Kennen Sie Herrn Li?«, fragt sie nun den Mann auf der anderen Seite.

»Herr Li?« Er gibt die Frage an seinen Sitznachbarn weiter, der schüttelt den Kopf.

»Ja, wir würden gern morgen losfahren in den Süden. Die Regierung hat uns geschickt, damit wir uns um die Obstbäume rund um die Oasen kümmern und das Bewässerungssystem für die Baumwollplantagen.«

Linda wird von sechs Augenpaaren angestarrt.

»Und wann können wir dann …«, unterbricht Herrmann das eisige Schweigen.

»Greifen Sie doch zu!«, werden sie aufgefordert, als dampfende Platten und Schüsseln aufgetragen werden.

Herrmann rührt nichts an. Linda schaut hin zur Bühne, wo sich Tänzer drehen, die Musiker sich zu ihren Trommelschlägen wiegen. Die Männer sehen aus wie Einheimische, doch die Frauen? Wie viele von ihnen sind arbeitslose Tänzerinnen aus China, froh darum, wenigstens hier untergekommen zu sein?

»Wir brauchen ein Fahrzeug, um nach Yokawat zu kommen. Können Sie uns eines besorgen? Es wurde uns immerhin zugesichert, dass uns hier vor Ort alles zur Verfügung gestellt wird. Stattdessen sind wir in einem armseligen Gästehaus ohne Telefon- und Internetanschluss untergebracht und vergeuden unsere Zeit, weil Sie uns keinen Wagen geben.« Herrmann legt seine Stäbchen entnervt auf seine Schüssel.

»Essen Sie doch, Sie haben ja noch gar nichts gegessen! Wie wollen Sie so ein kompliziertes Projekt durchführen, wenn Sie nichts essen? Den Wagen bekommen Sie morgen.«

Es hat keinen Sinn, Herrmann zu retten. Er würde ihr Bauernopfer sein. Noch hat sie Zeit und – Geduld. Sie würde einfach zusehen, was geschieht. Und es geschieht immer etwas. Auch wenn man es nicht sieht. Schliesslich gilt sie als erfahrene, durchtrainierte Expertin. Nichts als die übliche Warterei, das übliche Seilziehen, wer die stärkeren Nerven, die grössere Gleichmut besitzt.

Kapitel 8

Bitteres Wasser

Roxana hatte die Wahl: entweder ein uigurisches Nudelgericht mit geschmortem Paprika allein oder ein Abendessen samt musikalischer Aufführung mit den anderen im Hotel. Sie entschied sich für letzteres, am nächsten Tag würde sie ohnehin abfahren. Als sie das Hotelrestaurant betrat, sass Alex mit Ma und Anna bereits am Tisch, vor sich eine halb leere Flasche Reisschnaps.

»Hey, Roxi«, riefen Anna und Alex. Ma sass mit dem Rücken zum Eingang und schaute sie erst an, als sie sich neben ihn setzte.

»Na, bist du weitergekommen mit deinen Höhlen?«, fragte Alex.

»Was für Höhlen?«, wollte Anna wissen.

Roxana erzählte, dass ihr die Wärter im Museum zwar keine konkrete Auskunft geben konnten, aber meinten, die ganze Gegend sei voller Höhlen. Wenn es aber wirklich noch irgendwo irgendwelche Malereien gäbe, wären sie sicherlich entdeckt worden. »Unterm Strich nicht gerade ermutigend.« Roxana griff zu den Kartoffelchips auf dem Tisch. »Immerhin habe ich jetzt eine ungefähre Ahnung, wie ich zu diesem Dorf komme«, fuhr Roxana fort. »Am Busbahnhof kannte auch keiner den Ort. Doch plötzlich kam ein älterer Uigure und fragte, wohin ich denn genau will. Als ich Kor sagte, meinte er, er kenne da jemanden, der fahre morgen dorthin. Wo ich denn wohne, wollte er noch wissen. Ich hab ihm das Guesthouse und die Zimmernummer gesagt.«

Alex fuhr hoch. »Na prima. Und morgen bist du den ganzen Tag über weg, und er kann sich so lange in aller Ruhe in unserem Zimmer umsehen.«

»Siehst du immer gleich so schwarz?«, fragte Roxana. Was war denn mit dem auf einmal los?

»Ich geh morgen mit Anna zu diesem Mausoleum im Süden der Stadt. Ma kommt vielleicht auch mit. Heisst also, ich muss mein ganzes Zeugs mitschleppen«, murrte Alex.

»Jedenfalls habe ich tatsächlich eine Nachricht erhalten und werde morgen in der Nähe des Marktes auf einen kleinen Toyota-Minibus warten.« Roxana stand auf, ging zur Theke und nahm sich von dort ein kleines Schnapsglas.

Ma war mit ihr gekommen und holte sich ein Bier. »Was willst du denn mit diesen Höhlenmalereien? Ist nicht längst alles detailliert erfasst? Während der Kulturrevolution zerstört worden? Und haben nicht diese Deutschen ...«

»Grünwedel, meinst du, aber es war auch ein Franzose dabei«, unterbrach Roxana ihn.

»Na egal, jedenfalls haben die doch alles mitgenommen. Wurde uns jedenfalls in der Schule so beigebracht.«

»Und die frischen Brandspuren in den Ecken der Höhlen, habt ihr die auch gesehen?«, wollte Roxana wissen.

Er schüttelte den Kopf.

Roxana erzählte ihm, dass letztes Jahr in manchen Ecken schwarze Brandspuren zu sehen gewesen waren. Als sie einen der Wächter daraufhin angesprochen hatte, druckste der verlegen herum. Später konnte sie sich von der Reisegruppe absondern, der sie sich hatte anschliessen müssen, um überhaupt dorthin fahren zu können. Sie war einen kleinen Weg hinunter ins Tal gegangen, hatte sich dort ein wenig umgeschaut, und als sie zurückkehrte, war die Gruppe schon ohne sie abgefahren. Das kam ihr gerade gelegen. Es gelang ihr, den Wächter in ein Gespräch zu verwickeln und ihm ein paar wichtige Informationen zu entlocken. Erst vor Kurzem sei von irgendwelchen religiösen Fanatikern Feuer in den Höhlen gelegt worden, sie müssten aber den Touristen sagen, es seien die Imperialisten gewesen, die hätten die Höhlen geplündert. Dann hatte der Höhlenwächter noch von der Kulturrevolution erzählt. Damals habe er sich in den Hügeln hier in der Nähe versteckt, und wäre es hart auf hart gekommen, hätte er sich in den Höhlen ober-

halb eines Dorfes für eine Weile verkriechen können. Dort
habe er Malereien gesehen, sei sich aber nicht sicher gewesen. Eine Taschenlampe habe er damals nicht gehabt, nur
ein paar Streichhölzer, und die brauchte er für Wichtigeres.
»Ich wollte von ihm wissen, wo dieser Ort ist, wie er heisst,
und steckte ihm nochmals eine Zigarette zu. ‚Schwarzes
Dorf, ein unheimlicher Ort. Niemand geht mehr dorthin‘,
sagte er. Er wisse auch gar nicht, ob es das Dorf noch gebe.
Die Pest gehe dort um. Mehr bekam ich nicht mehr aus
ihm heraus, weder wo das Dorf genau ist, noch wie man
hinkommt. Und das ganze letzte Jahr habe ich in Xi'an damit zugebracht, alte chinesische Schriften zu durchforsten,
um diese Höhlenorte ausfindig zu machen.« Roxana war
sich fast sicher, dass es überall in Xinjiang solche Höhlen
gegeben haben musste, konnte Ma aber auch nicht erklären, warum westlichen Forschern bis heute nur gerade mal
ein halbes Dutzend davon bekannt war. »Politisches Kalkül
oder Angst der Wissenschaftler, es mit der chinesischen Regierung zu verscherzen, wer weiss.«

»Vielleicht haben die Einheimischen den Westlern einfach nichts mehr erzählt, weil sie ja mitbekommen haben,
wie ganze Wandgemälde rausgeschlagen und wegtransportiert worden waren«, sagte Ma.

»Gut möglich, aber irgendein Skrupelloser hätte sich doch
sicherlich bestechen lassen und den westlichen Wissenschaftlern die Höhlen gezeigt«, gab Roxana zu bedenken.

Als sie zum Platz zurückkehrten, hatte Alex offenbar
Anna schon von Roxanas Höhlenforschungen erzählt, jedenfalls sagte diese an Roxana gewandt: »Ist das nicht ein
bisschen zu abgefahren? Alle Höhlen wurden längst akribisch erfasst, jedenfalls habe ich das bei einer Semesterar-
beit über dieses Thema herausgefunden. Und all die Kon-
ferenzen zur Höhlenkunst auf der Seidenstrasse? Ich kann
mir nicht vorstellen, dass chinesischen und auch westlichen
Wissenschaftlern diese Malereien entgangen sein sollen.«

»Na die Wissenschaftler, die ich kenne, lassen sich gerne

von ungemütlichen Umgebungen und verschlossenen Türen abschrecken. Und wenn sie keinen Draht zu den Leuten und zur Regierung haben, werden sich diese Türen für sie auch nicht öffnen. Tja, ich hab zwar viel recherchiert und alte Reiseberichte gelesen, aber dieses Schwarze Dorf war nirgendwo erwähnt. Vielleicht gibt es diesen Ort ja auch gar nicht. Gut möglich, dass der Wächter mir letztes Jahr irgendwelche Märchen aufgetischt hat.«

»Genau, wieso sollte er dir das alles erzählen? Was hat er davon, er kennt dich ja nicht einmal«, sagte Alex.

»Aber wer weiss, vielleicht existieren die Malereien doch«, gab Roxana ausweichend zurück. Sie hatte keine Lust mehr, das Gespräch weiterzuführen.

»Ich weiss nicht … Wegen ein paar Fresken eine Fahrt ins Ungewisse zu unternehmen … Wäre mir zu mühselig«, sagte Anna und griff zu ihrem Bierglas.

»Warum willst du eigentlich diese Malereien sehen?«, fragte Ma.

»Weil sie zeigen, dass die Uiguren früher einmal Buddhisten waren«, nahm Alex Roxanas Erklärung vorweg. Ja, soll er doch an meiner Stelle antworten, dachte Roxana und lehnte sich auf ihrem Stuhl zurück.

»Das waren wir doch alle«, meinte Ma. »Buddhismus, Daoismus, Konfuzianismus: Mao hat sie allesamt ausgerottet. Die chinesische Regierung ist auf Machterhaltung bedacht und schreckt auch nicht davor zurück, auf eigene Leute, auf Studenten, Arbeiter …«

»Warst du dabei? Damals in Peking?«, unterbrach Alex ihn.

»Ein paar Freunde von mir hatten Gedichte geschrieben, ich hab die Zeichnungen dazu gemacht, und wir gaben an unserer Uni eine Zeitschrift heraus. Am Abend des 4. Juni kamen Polizisten zu mir nach Hause, doch ich war glücklicherweise nicht da. Sie stellten mein Zimmer auf den Kopf und schüchterten meine Eltern ein. Bin dann abgetaucht und über Pakistan raus.«

Alex horchte auf: »Über Pakistan?«

»Ich hatte ja einen deutschen Pass. Und an der pakistanischen Grenze hatte man andere Sorgen, als sich mit Studenten abzugeben.«

Ein Hotelangestellter kam und nahm die Bestellungen auf: Gemüse, Nudeln und uigurische Fleischgerichte. Während sie auf das Essen warteten, gaben alle ihre Reiseerlebnisse zum Besten. Roxana hörte nur mit halbem Ohr zu und stand auf, weil im Hof Teppiche ausgerollt wurden. Ma folgte ihr, sie setzten sich an den Rand und lehnten sich an die Kissen, die nun überall herumlagen. Als ihnen Wein angeboten wurde, lehnten sie ab und bestellten stattdessen eine zweite Flasche Reisschnaps. Das rote Zuckerwasser, darin waren sie sich einig, war schlichtweg nicht geniessbar.

Anna und Alex hatten sich mitten in den Hof gesetzt, um später eine bessere Sicht auf die Musiker zu haben. Roxana konnte zwar nicht hören, worüber sie sprachen, doch jedes Mal, wenn Anna auflachte, quittierte Ma dies mit einem genervten entsprechenden Blick. Alex gestikulierte wild. Wahrscheinlich erzählt er wieder eine seiner Geschichten, dachte Roxana, und da hat er in Anna offensichtlich eine dankbarere Zuhörerin gefunden.

»Was für eine Zeitschrift war das damals in Lanzhou?«, fragte Roxana vorsichtig.

Ma antwortete lange nicht, erst nach einer Weile erzählte er. Wie sie voller Enthusiasmus zusammengesessen waren und diskutiert hatten, über Chinas Zukunft und ihre eigene, darüber, was sie am liebsten machen wollten und wie sie das erreichen könnten. Jung seien sie eben gewesen, und Dorothee, ihre Englisch-Lehrerin, habe sie unterstützt, weil sie an Papier kam und als ausländische Lehrerin unbeobachtet kopieren konnte. Als sie die erste Zeitschrift herausgegeben hatten, gab es eine grosse Party in Dorothees Wohnung.

»Ja, ich habe mich ein wenig verliebt in sie. Und kurze Zeit später heirateten wir.«

»Und dann?«

»Nach der dritten Nummer gab es Ärger zwischen uns. Die anderen wollten politische Essays drucken, ich fand das zu gefährlich, und Dorothee schalt mich einen Feigling. Einen egoistischen Maler, der nur auf seinen eigenen Vorteil aus sei. Das war's. Kurz darauf passierte dann eben das in Peking, und ich floh.«

»Und was ist aus den anderen geworden?«

»Keine Ahnung. Als ich jetzt in Lanzhou war, hab ich mich nach ihnen erkundigt, aber keiner wusste was. Dorothee unterrichtet noch immer an der Universität und glaubt, die Welt verbessern zu können. Hab sie nicht getroffen, nur von ihr gehört. Wir haben keinen Kontakt mehr. Über Freunde in Peking, die über die Kunstakademie nach Paris gegangen waren, landete ich in Frankreich.«

»War denn nicht einer der Studentenführer, Wu'er Kaixi, ein Uigure? Kennst du ihn zufällig?«, fragte Roxana. Da kamen Alex und Anna zu ihnen, weil eine uigurische Sängerin mit ein paar Musikern den Hof betrat und chinesische Kader sich auf der anderen Seite breit gemacht hatten. Stark geschminkte junge Frauen schmiegten sich an sie.

Die Männer mit ihren Saiteninstrumenten und Zimbeln nahmen die Sängerin in ihre Mitte, fast stellten sie sich so auf, als müsste sie beschützt werden, erschien es Roxana. Als die Frau zu singen begann, ging ein Blitzlichtgewitter auf sie nieder, doch sie schloss die Augen und dehnte die Silben: »Wenn die Sterne tanzen, sehen die Augen deiner Seele, wie finster die Nacht ist.« Sie liess sich nicht beirren von den lärmenden Kadern und sang sich durch ihr Repertoire bis zur Pause. In die Stille nach dem letzten Ton der Melodie stiess sie einen langen Klagelaut aus, als würde die ganze Bitterkeit eines Volkes aus ihr herausströmen.

Mitten in den spärlichen Applaus hinein sagte Alex: »Ich möchte unbedingt herausfinden, was hinter der Hinrichtung der Uiguren gestern Abend steckt.«

Roxana stand rasch auf und setzte sich mit dem Rücken zu den chinesischen Kadern, die ohnehin wegen Annas blonden Haaren ständig herüberschauten. Die räkelte sich wie eine Katze in Mas Schoss.

»Und was hast du davon? Lass sie doch machen, die Uiguren und Chinesen. Lass sie in Ruhe«, fuhr Ma hoch, sodass es für Anna ungemütlich wurde.

»Die Chinesen lassen die Uiguren eben nicht in Ruhe, das ist es ja. Und die Uiguren jagen im Gegenzug Busse und Stromleitungen in die Luft. Ist es das, was du dir unter Ruhe vorstellst?«, konterte Alex. Doch niemand liess sich von Alex Details über die Bomben im Süden Xinjiangs, über die Attentate, die jährlichen Hinrichtungen und Massenverhaftungen beeindrucken. Erstaunlich gut informiert, fand Roxana und musterte sein Gesicht. Was er falsch verstand und sie anlächelte.

Anna reckte ihre Glieder und mischte sich in das Gespräch ein. »Die Uiguren sind Muslime, sie haben im Westen halt keine Lobby wie die Tibeter mit ihrem Dalai Lama.«

»Und genau das weiss China zu nutzen und geht hier um einiges brutaler vor als in Tibet«, fuhr Alex fort. »Gewalt ruft aber Gegengewalt hervor und dubiose Mächte auf den Plan. Lässt euch das denn alles kalt?«, fragte er in die Runde.

Nach einer Weile meinte Ma. »Also ich weiss nicht. Ich hab keine Lust, mich da einzumischen. Die Uiguren sind schliesslich selbst schuld an ihrem Schicksal. Und den Uiguren, die ich kenne, geht's doch gut. Die haben sich wunderbar arrangiert. Und die anderen wollen sich halt nicht helfen lassen, obwohl China so viel in Xinjiang investiert hat.«

»Gerade du solltest doch Fiktion von Fakten unterscheiden können. Aber wenn's um die anderen geht, dann haltet ihr Chinesen eben zusammen«, eiferte sich Alex.

»Mich interessieren die Uiguren herzlich wenig«, fuhr Ma hartnäckig fort. »Sie sind es doch, die ständig Streit suchen, die mit dem Messer auf andere losgehen. Wer zettelt denn in Lanzhou die meisten Raufereien an? Was weisst du denn schon? Hast doch keine Ahnung und willst dich hier aufspielen.«

»Das ist es ja gerade«, versuchte Alex zu beschwichtigen. »Schon verrückt, denn die, die Ahnung haben, lehnen sich zurück und sagen: Interessiert mich nicht. Da vegetiert ein Volk vor sich hin …«

»Jetzt übertreib mal nicht«, unterbrach ihn Ma.

»… wird all seiner Rechte beraubt, ihr reist einfach so zum Spass durch die Gegend, damit ihr erzählen könnt: Ich war auf der Seidenstrasse. Ein Reiseziel mehr abgehakt. Oder forscht nach uralten Spuren einer längst vergangenen Kultur für irgendeinen hohlen wissenschaftlichen Diskurs. Gebt euch egoistischen Hirngespinsten hin, die nichts bringen, und der Rest ist euch gleichgültig. Wer, wenn nicht ihr mit euren Kenntnissen vom Land und von der Sprache, kann hier helfen? Leute befragen, Fakten sammeln, im Westen verbreiten …«

»Gehörst du zu denen, die eine Gänsehaut kriegen, wenn sie anderen helfen?«, spöttelte Anna.

Roxana warf ihr einen bösen Blick zu und meinte an Alex gewandt: »Okay, okay. Wenn ich von meinem Höhlenausflug zurückkomme, helfe ich dir dabei, mehr über die Uiguren herauszufinden. Einverstanden?« Dankbar lächelte er sie über den Rand seines Bierglases an.

Anna erhob sich langsam, schüttelte ihr langes blondes Haar, sodass sich die chinesischen Kader erneut nach ihr umdrehten. »Wollt ihr den zweiten Teil auch noch anhören?«, fragte sie. Da niemand antwortete, sagte sie: »Ich hol mir jedenfalls was zum Trinken. Wer will noch, wer hat noch nicht?«, versuchte sie die Stimmung etwas zu heben.

Ein Mann, der unweit von Roxana am Boden sass und den sie vorher nicht bemerkt hatte, lehnte sich zu ihr hinüber und flüsterte: »Die Sängerin wird nicht mehr kommen.« Leise summte er das letzte Lied vor sich hin. »Wo ist mein Vaterland? Wo ist mein altes Heimatdorf? Wo ist meine Liebste?« Er räusperte sich: »Sie wird nicht mehr kommen. Das Lied ist verboten.« Schliesslich stand der Mann auf, trat aus dem hell erleuchteten Hof und wurde vom dunklen Hotelgarten verschluckt. Ein lauer Wind wehte von dort herüber. Roxana sagte den anderen nichts.

Anna kehrte leichtfüssig zurück mit ein paar Flaschen Bier auf dem Tablett und Schälchen mit Nüssen, Aprikosen und Rosinen.

Die Chinesen wurden immer betrunkener, immer lauter. Alex wollte erneut über Politik und Gewalt sprechen, doch keiner ging mehr darauf ein. Über allen kreisten die schweren Melodien und verschmolzen mit den Gedanken, denen jeder für sich nachhing. Doch die Sängerin, da hatte der Mann Recht gehabt, kam nicht mehr wieder.

Ein Mann mit dunklem, langem Bart steht in der prallen Sonne auf der Treppe vor dem Guesthouse. Die Ärmel seiner Jacke hängen in Fetzen, blutige Schrammen überziehen sein Gesicht. Staub bedeckt seine Hose. Er blinzelt, als er geradeaus sieht in die Gewehrmündungen. Die alle auf ihn gerichtet sind. Den Schweiss wischt er sich mit der linken Hand von der Stirn, der rechte Arm hängt leblos an ihm herab. Plötzlich zerreisst ein lauter Knall die Stille, alles wird weiss.

Roxana schreckte auf, und es dauerte eine Weile, bis sie merkte, dass ihr Reisewecker schrillte. Schnell griff sie nach ihrer Tasche, die sie am Vorabend noch gepackt hatte, und verliess leise das Zimmer, um Alex nicht zu wecken.

Zur verabredeten Zeit tauchte der Minibus an der Strassenecke auf. Roxana stieg ein und zuckte zusammen, als sie die beiden Pakistani, die sie gestern auf dem Basar gesehen hatte, auf der Rückbank erblickte.

Nach Kor, sann sie vor sich hin, als sich der Wagen in Bewegung setzte. Auf keiner Karte verzeichnet, jedenfalls auf keiner, die sie zu Gesicht bekommen hatte. Als sie hinausschaute auf die morgendämmrige Strasse, die aus Turfan führte, sah sie Schatten über Gehsteige huschen. Rauchschwaden stiegen schon aus Garküchen auf, die frittierte Teigstangen und warme Sojamilch verkauften. Kalt und schwer hockte der Traum in ihr.

Kapitel 9

Flecken an einer Felswand

Laut knirschten die Steinchen in der Stille. Roxana ging
schnell, doch die Rücken der Männer vor ihr wurden immer
kleiner. Nie blieben sie stehen, nie schaute sich einer nach
ihr um, sie gingen wohl davon aus – wenn sie überhaupt an
sie dachten –, dass sie den Weg alleine finden würde.

Den Wagen hatten sie unten am Fuss des Berges stehen
lassen, dort, wo seine Ausläufer wie die Klaue eines riesigen Drachens weit in die Geröllebene hineinragten. Zwischen den mittleren Krallen dieser Klaue führte ein Pfad –
den kein Reisender entdeckt, der nur zufällig in diese Gegend kommt – zuerst an sanften Hügeln entlang. In Falten
war das Gebirge hier aufgeworfen, das matt in der Morgensonne schimmerte. Der Pfad folgte einer dieser Falten,
gut versteckt, dachte Roxana und hoffte nur, dass an seinem Ende tatsächlich ein Dorf und noch unerforschte Ge-
heimnisse verborgen waren. Und schalt sich sogleich wegen ihrer Naivität. Doch musste man nicht auch naiv sein,
um Erfolg zu haben? Banale Weisheiten durchzogen wie
Schlieren ihr Hirn und waren nicht fortzutreiben, hinder-
ten sie daran, die Sanftmut der Umgebung zu geniessen.
All die Texte, die sie über diese Region gelesen hatte, die
Erzählungen, die ihr zu Ohren gekommen waren, Zeitungs-
meldungen über uigurische Unabhängigkeitskämpfer und
Attentate, über Drogenanbau und nie nachgewiesene sau-
di-arabische Einmischungen brachen über sie herein. Und
was wollten die beiden Pakistani und der uigurische Fahrer
hier?

Erst als sie fröstelte, merkte sie, dass sie eine schattige
Schlucht durchquerte. Sie ging schneller, um die Männer
nur ja nicht aus den Augen zu verlieren. Der Pfad zog sich
nun schräg an einer Bergflanke hin, sie musste aufpassen,

um nicht abzurutschen. Der blaue Himmel hing wie ein länglicher Baldachin tief über dem Tal.

Als die Felswände zurückwichen, der Weg um eine Kante und hinab in eine Senke führte, fand Roxana Ruhe im eintönigen Rhythmus ihrer Schritte. Grün war der Talboden, die unvermutete Frische in der Trockenheit liess sie stocken. Die Rücken der Männer wurden unscharf, ihre Köpfe wippten auf und ab, als sie sich immer schneller den Pfad hinunter auf die flachen Häuser zubewegten, die dort dicht gedrängt aufeinander hockten, als trauten sie der Weite ringsherum nicht.

Hinter dem Plateau mit den Häusern teilte sich das Tal, in einem lagen grüne Felder. Roxana suchte nach einem Flüsschen, einem Rinnsal, was auch immer, um diese Üppigkeit zu erklären. Im anderen Tal sah sie hoch oben drei dunkle Flecken. Das mussten sie sein, die Höhlen!

Roxana lenkte ihre Schritte hinunter zu den Häusern. Die schwarzen Punkte der Lederjacken, die die Pakistani über ihre hellen Gewänder gezogen hatten, waren zwischen den Häusern verschwunden. Schnell überschlug Roxana die Fahrt mit dem Auto, den Weg, den sie zu Fuss zurückgelegt hatte, den Stand der Sonne, bereits hoch am Himmel: Wäre sie auf der Stelle umgekehrt, hätte sie am Abend wieder in Turfan sein können. Doch da hatte sie auch schon die ersten Schritte bergab getan. Steinplatten waren hier und da wie Stufen ausgelegt, die Erde schien an manchen Stellen frisch aufgeschüttet worden zu sein, war dunkler als das ausgebleichte Geröll daneben.

Sie würde sehr aufmerksam sein müssen, ermahnte sie sich streng und war sich einmal mehr unsicher, ob sie diesem sie ständig vorantreibenden Gefühl, diesem absurden und sinnlosen Ehrgeiz nicht endlich Einhalt gebieten sollte. Da stand sie auch schon vor dem ersten Haus. Die dunkle Holztür am Ende der Mauer war verriegelt, von aussen zugehängt mit Ketten und schweren Bolzen verrammelt. Verlassen, die ganze Siedlung womöglich?

Roxana blieb stehen, vernahm ein leises Murmeln ein paar Häuser weiter und folgte ihm, legte das Ohr an die Mauer und meinte die Pakistani zu hören, die sich mit einer Frau unterhielten. Sie ging weiter. Keine zwanzig Häuser, schätzte sie, kreuz und quer zogen sich staubige Pfade durch die kreisförmig angelegte Siedlung. Ausser den leisen Stimmen kein Lebenszeichen, keine Katzen auf den Mauern oder vor den Toren, die allesamt geschlossen waren, kein Hundegebell. Plötzlich liess ein Knarren sie zusammenzucken. In einer der Lehmmauern öffnete sich eine Tür, ein schwarzer Schatten trat heraus und schüttete einen Eimer Wasser auf den Weg, erstarrte für einen kurzen Moment, als er Roxana erblickte. Eine junge Frau, ein Mädchen fast, schaute Roxana verschreckt an, bevor sie die Tür hastig wieder hinter sich schloss. Roxana blieb stehen, hörte eine Frauenstimme schnell und leise sprechen, hörte auch, wie eine andere bedächtig und tief antwortete. Wieder öffnete sich die Tür, und eine ältere Frau kam heraus, beäugte Roxana neugierig, und noch während sie den einen Flügel der Tür hinter sich zuzog, fragte sie in einem harten, kehligen Chinesisch, woher sie komme.

»Aus Deutschland«, antwortete Roxana und wusste nicht, ob das die richtige Antwort war, ob die alte Frau überhaupt wusste, wo Deutschland war. Sie fügte deshalb rasch hinzu: »Aus Europa. In Xi'an studiere ich Chinesisch.«

Die Frau legte den Kopf ein wenig schräg und schaute sie freundlich an. Hatte sie verstanden? Das wusste Roxana nicht zu deuten, redete aber vorsichtshalber einfach weiter, erzählte, dass sie sich für Xinjiang und die Oasen, für die Uiguren interessiere, wo sie schon überall gewesen war und dass es ihr hier ganz gut gefalle. Kein Wort davon, wie sie hierhergekommen war. Sie versuchte, so fröhlich und unbefangen zu klingen, wie es ihr in der seltsamen Umgebung nur möglich war, um nur ja kein Misstrauen aufkommen zu lassen. Stand breitbeinig in der Gasse, plapperte ununterbrochen weiter und kannte sich selbst nicht mehr.

Ab und zu fragte die Frau nach, wenn sie schon längst zu ganz anderen Themen gesprungen war. Deutschland eine Provinz? Ein Nachbarland von China? Mit dem Flugzeug? Davon habe sie schon gehört, aber noch keines gesehen.

Unauffällig musterte Roxana das Gesicht der Frau, versuchte ihr Alter zu schätzen, gab aber irgendwann auf. Die dunklen Augen funkelten warm, in ihnen war Leben, ihr Gesicht offen und von tiefen Falten zerfurcht, von der Sonne, vom Alter, was wusste sie schon. Vorsichtig versuchte Roxana, das Gespräch auf die Höhlen zu lenken, erzählte von Bedzelik und den Grotten dort, fragte, ob sie diese berühmten Höhlen kenne. Führte das Gespräch aber sogleich wieder auf sicheres Terrain, als ihr einfiel, dass die deutschen Wissenschaftler ja bekannt dafür waren, die Höhlen geplündert zu haben. Womöglich hatte die Frau davon gehört? Deren Misstrauen konnte sie nicht riskieren.

Prompt zeigte die Frau mit der Hand in eines der Täler, streckte den Finger hinauf zu den schwarzen Flecken, die Roxana vorher aufgefallen waren. »Dort oben haben wir auch Höhlen, ein paar kleine, für Ziegen, im Sommer, Stroh und Futter lagern wir dort.«

Höhlen? Roxana zügelte ihre Erregung, fragte, ob es sonst noch etwas gebe in diesen Höhlen. Nein, das seien einfach nur Höhlen. Sie sei schon lange nicht mehr dort gewesen, der Aufstieg für ihre alte Knochen zu beschwerlich. Und Ziegen habe sie ohnehin keine mehr. Beim letzten Satz schaute sie über ihre Schulter in den Innenhof, als erinnere sie sich plötzlich an etwas.

Roxana liess ihren Blick über die Felswand gleiten, einen Weg hinauf zu diesen schwarzen Stellen konnte sie nicht ausmachen, nur abschätzen, dass sie für die Klettertour mindestens eine Stunde brauchen würde. Die Frau nutzte Roxanas Schweigen, drehte sich um und verschwand im Hof, verriegelte das Tor hinter sich.

Zurück zu den Männern? Oder gar nach Turfan?

Als sie an die Holztür des anderen Hauses klopfte, verstummten die Männerstimmen, und schlurfende Schritte näherten sich. Knarrend öffnete sich die Tür einen Spaltbreit, eine verknitterte Frau beäugte Roxana und fragte, was sie wolle.

»Mit den Männern aus Turfan reden.«

Dann ein schneller Wortwechsel, dem Roxana nicht folgen konnte. Doch immerhin wurde die Tür ein wenig weiter geöffnet, und Roxana drückte sich an der Frau vorbei in den Hof. In einer Ecke sassen die beiden Pakistani und der Fahrer auf einem Haufen leerer alter Säcke und tranken Tee. Und vermutlich noch etwas anderes, denn die Augen des Fahrers waren rot unterlaufen. Das sah sie, als er sein Gesicht hob – die glänzende Halbglatze war vorher unter seiner Kappe nicht aufgefallen.

»Wann fahrt ihr wieder zurück?« Roxana versuchte, ihre Stimme entschlossen und fordernd klingen zu lassen.

»Wenn wir hier fertig sind.«

»Wann ist das?«

»Weiss nicht.« Die Pakistani wollten offenbar wissen, worum es geht. Harte Worte, oder vielleicht kam es Roxana nur so vor, weil sie nichts verstand. Die Stimmen wurden lauter, und immer wieder trafen sie scharfe Blicke. Sie stand und wartete. Wenn sie etwas zu verbergen hatten, hätten sie Roxana erst gar nicht mitgenommen. Und müssten schliesslich daran interessiert sein, dass sie wieder mit ihnen zurückfährt. Oder hatte der Fahrer sich das Zusatzgeschäft nicht entgehen lassen wollen und sie deshalb mitfahren lassen?

»Ich brauche ungefähr vier Stunden, um dort hinauf zu den Höhlen zu klettern. Wenn du mich mit zurücknimmst, kriegst du dasselbe Fahrgeld noch einmal.«

»So war das nicht abgemacht. Es hiess, du kommst mit und fährst wieder mit uns zurück«, brauste der Fahrer auf.

»Nichts war abgemacht, wenigstens nicht mit mir. Und andere Abmachungen gehen mich nichts an.« Roxana bot ihm einen noch höheren Betrag an, woraufhin der Fahrer langsam und umständlich eine Zigarette hervorkramte und sich zwischen seine feuchten Lippen steckte. Unbekümmert liess er die Pakistani fuchteln.

Roxana verlagerte ihr Gewicht von einem Bein aufs andere, machte verhalten ein paar tiefe Atemzüge, um nur ja nicht den Anschein zu erwecken, sie sei nervös oder warte ungeduldig auf seine Antwort. Setzen aber wollte sie sich auf gar keinen Fall; die Frau, die sie hereingelassen hatte, stand unschlüssig da. Fahrig stopfte sie immer wieder eine Haarsträhne unter ihr Kopftuch zurück. An ihrer verblichenen Jacke, die sie über der Schürze trug, fehlten ein paar Knöpfe, an den Füssen trug sie grobe Männerschuhe, in einen war sie nur hineingeschlüpft, hatte die Kappe hinten heruntergetreten, der andere sah aus wie eine räudige Ratte. Manchmal hob sie leicht den Kopf und schaute ängstlich zu den Männern hinüber.

Einer der beiden Pakistani zeigte auf sein leeres Teeglas, die steile Falte über der Nasenwurzel zog sich dabei zusammen. Die Frau huschte ins Haus, kam mit einer geblümten Thermoskanne zurück und stellte sie auf den Boden zu Füssen der Männer. Noch einmal zeigte der Mann auf sein Glas, seine Frettchenaugen glühten auf. Die Frau hob die Kanne, goss eine hellbraune Flüssigkeit ein und zog sich dann wieder zurück. Sie stellte sich ein bisschen näher zu Roxana, so als erhoffe sie sich von ihr ein wenig Schutz. Der andere Pakistani schien jünger, sein Kopf war lose mit einem fleckigen, hellen Tuch umwickelt, und jedes Mal, wenn sein Kinn sich zur Brust senkte und sie berührte, schreckte er hoch und blickte wie ein flüchtendes Tier um sich.

Unauffällig schaute Roxana sich um. In einer Ecke stand ein schmaler Webstuhl, an dem ein paar lose Fäden hingen und ein halb fertiger Teppich aufgespannt war; dessen Farben waren unter einer Staubschicht kaum zu erkennen. Eine Spule lag auf dem lehmgestampften Boden. Auf der anderen Seite des Hofes, der mit Drahtseilen überspannt war wie überall in Xinjiang – nur dass hier eine blau-rot gestreifte Plastikplane darüber ausgebreitet war –, lagen neben Holzkisten und eingedrückten Pappkartons fein säuberlich übereinander geschichtete leere Jutesäcke.

»Was gibt's da zu gucken?«, herrschte die Frau Roxana auf einmal an und rückte von ihr ab.

Roxana wandte sich um.

»Wo gehst du hin?«, rief der Fahrer hinter ihr her, war offenbar wach geworden und wackelte mit dem Kopf.

»Ich geh jetzt da hinauf, und wenn ich wieder zurück bin, fahren wir nach Turfan. So lange werdet ihr hier ja noch warten und saufen können.«

»Dann geh halt«, murmelte er ihr hinterher, das Kinn fiel herab, aus einem Mundwinkel hing ein Speichelfaden.

Auf dem Weg hinauf zu den Höhlen zerpflückte Roxana ihr halbes Leben. Warum musste sie hier den Ziegenpfad hinaufstapfen? Warum war sie nicht in Turfan geblieben und hatte zusammen mit Alex versucht, etwas über den Uiguren herauszufinden, der hingerichtet worden war? Und überhaupt Alex. Hätte sich eine gute Zeit mit einem nicht übel aussehenden Traveller machen können statt hier diesen seltsamen Typen ausgeliefert zu sein. Wegen ein paar Linien womöglich, ein paar Strichen eines Buddha-Antlitzes, im schlechtesten Fall wegen eines Hirngespinsts. Und wie käme sie zurück? Auf den Fahrer war kein Verlass. Sie würde hier irgendwo übernachten müssen. Oder zurücklaufen, in die Nacht hinein.

Sie fand aus dieser Gedankenspirale nicht mehr heraus, die sie immer schneller vorwärtstrieb. Verbissen und wütend auf sich selbst, stampfte sie jeden Gedanken in den Boden. So hat das keinen Sinn, schalt sie sich, und liess sich auf einen der Felsbrocken fallen, die verstreut herumlagen. Verfluchte sich und ihren Ehrgeiz. Liess den Blick über den Berggrat gegenüber schweifen, der sich scharf und dunkel gegen den blassblauen Himmel abhob. Die Sonne hatte sich bereits über die Berge geschoben, Schatten fielen auf das Dorf unten, während sie oben in der Hitze brütete. Im Nachbartal aber – mit einer Hand schirmte sie die Augen gegen die Sonne ab – wieder diese langgestreckten grünen Streifen. Täuschte sie sich, waren die Felder bebaut? Oder Überbleibsel irgendwelcher Anordnungen, als Dörfer und Kommunen dort Getreide anbauen mussten, wo kein Getreide wächst? Die Säcke im Hof vorhin fielen ihr wieder ein. Kein Fluss weit und breit, auch kein Rinnsal. Womöglich wurden die Felder, wenn sie überhaupt noch bewirtschaftet wurden, über unterirdische Kareze bewässert?

Vor der ersten Höhle war so etwas wie eine Plattform angelegt worden, am Rand lagen verrusste Steine. Die Frau im Tal hatte zwar gesagt, sie hätte die Höhlen für Ziegen genutzt, aber das war lange her, die Spuren hier waren frischer. Roxana holte ihre Taschenlampe und den Fotoapparat aus ihrem kleinen Rucksack, atmete tief ein, um sich der gegenwärtigen Welt zu versichern. Ging hinein. Blieb ruckartig stehen. Totale Finsternis. Als sich ihre Augen an das Dunkel gewöhnt hatten, tastete sie sich Schritt für Schritt vor, dem Schein ihrer Taschenlampe folgend. Zuerst wollte sie die Höhle abgehen, denn die Höhlenmalereien, das hatte sie beim Studium der zahllosen westlichen Expeditions- und chinesischen Forschungsberichte gelesen, folgten einer bestimmten Struktur. Zuerst musste sie herausfinden, um welchen Höhlentyp es sich handelte, ob langgezogen, eher quadratisch oder rundlich. Erst dann konnte sie Vermutungen darüber anstellen, an welcher Wand sich Malereien befinden könnten.

Roxana zitterte von innen heraus. In Gedanken ging sie alle möglichen Zeichnungen durch, die sie im Kopf hatte und hier vorzufinden hoffte, um nur ja nichts zu versäumen, um mit allem zu rechnen. Sie musste auf Anhieb das Wichtigste festhalten. Systematisch wollte sie vorgehen. Empfindlich schmerzte ihr grosser Zeh, als sie sich an einer Kiste stiess, die sie nicht gesehen hatte, da ihre Augen auf den schwachen Lichtstrahl gerichtet waren, der vor ihr über die Wände glitt. Eine dicke Staubschicht lag auf dem Deckel, der sich nicht heben liess, der mit einem Schloss versehen war, das noch glänzte. Und nicht nur eine Kiste stand hier, sondern die ganze linke Wand war zugestellt, fünf Reihen übereinandergestapelt. Roxana stöhnte. Und wenn gerade hier, hinter diesen Kisten? Sie kam nicht mehr weiter, denn nun standen diese Dinger auch vor ihr – das Ende der Höhle also, die etwa drei Meter breit war, konnte sie nicht sehen. Vermutlich aber hatten Menschen hier nicht mehr als zwei, drei Reihen hintereinandergestellt, schätzte Roxana, um leichter an ihre Waren heranzukommen.

Bevor sie in die Höhle getreten war, hatte sie von knorrigen Ginsterbüschen in der Nähe des Höhleneingangs ein paar Zweige abgebrochen und zu einem Bündel zusammengefasst, mit dem sie jetzt vorsichtig über die rechte Wand strich. Ein feiner Staubregen rieselte auf sie nieder. Zentimeter für Zentimeter arbeitete sie sich so vor. Bis kein Sand mehr herabfiel, bis sie wieder im Eingang stand, heraustrat und sich blenden liess von der Sonne, tief Luft holte und Staub hustete.

Zwischen der Sonne, die ihr auf einmal seltsam blass erschien, und der feinen Linie des Berggrats sah sie bräunliche Schlieren, die sich an einer Stelle zu einer Wand auftürmten und lose wie ein Vorhang im Wind flatterten, der an den Rändern ausfranste.

Roxana wusste nicht einmal, ob es richtig war, was sie da machte. Sie hatte sich in den Bildbänden zwar immer wieder die Zeichnungen angesehen, die Kapitel, in denen die Freilegung beschrieben wurde, aber übersprungen. Würde sie mit ihrem Bündel womöglich mehr zerstören als entdecken? Wie leichtsinnig von ihr, sie musste vorsichtiger vorgehen. Langsam arbeitete sie sich dieses Mal vom Eingang hinein ins Dunkel, ging zwischendurch hinaus, um Luft zu holen. Staub kratzte in ihrer Kehle, Wasser hatte sie nicht genug mitnehmen können. Immer wieder musste sie niesen. Unter dem Taschentuch, das sie sich vor die Nase gebunden hatte, konnte sie noch schlechter atmen und riss es bald ungeduldig ab.

Als sie vor die Höhle trat, wagte sie nur einen kurzen Blick hin zu jener braunen Wolkenwand, die zu einer riesigen Säule geworden war. Von Weitem konnte sie ein Fauchen hören, als wolle der Sandsturm wie ein Rohr alles von der Erde aufsaugen. Rasch ging sie wieder hinein. Jeden Zentimeter, den sie nun abfegte, leuchtete sie sorgfältig ab. Ging selbst dünnsten Linien nach, die sich in einer Vertiefung verloren.

Kapitel 10

Spiegel

Alex genoss den kräftigen Händedruck des Frisörs, der ihm zuerst die Haare wusch und dabei fest hineingriff in sein mittelblondes, lockiges Haar. Er schloss die Augen. Hinter seinen Lidern zuckten die Bilder des Vormittags; Gesichter, die stumm blieben, als Anna und er nach der Hinrichtung des Uiguren gefragt hatten. Mal schauten sie zu Boden, mal blickten sie ihn neugierig an. Meistens jedoch verhielten sie sich abweisend, und nichts war aus ihnen herauszuholen. Ma war im Hotel geblieben und Anna nicht wirklich eine Hilfe.

»Bringt ja doch nichts. Die werden dir Ausländer nie was sagen. Ist sowieso viel zu gefährlich. Und was willst du schon aus ihnen herauskriegen? Ja, ich kannte den Uiguren, den sie hingerichtet haben. Ja, der hat sich für die Unabhängigkeit Xinjiangs eingesetzt, für die Freiheit Ostturkestans gekämpft. Ja, er hat einen Bus in die Luft gejagt und auf dem Basar Parolen gebrüllt. Ist es das, was du hören willst?«

Ja, das wollte er. Und dann die Berichte schnell seiner Gruppe schicken und der Wochenzeitung, für die er manchmal schrieb, damit der Westen wusste, was hier vor sich ging. Das hatte Alex eigentlich vorgehabt, behielt es aber besser für sich.

»Für wie blöd hältst du mich eigentlich?«, blaffte er zurück. »Klar werden wir so keine Spuren finden, die direkt auf einen Guerillakrieg schliessen lassen. Aber eine unbedachte Äusserung, eine versteckte Sympathieerklärung würden mir schon weiterhelfen.«

»Bei was weiterhelfen?«

»Ach nichts. Ich ertrag es einfach nicht, dass hier Menschenrechte ständig mit Füssen getreten werden und der Westen nichts tut, weil er nichts weiss.«

»Und dann ohnehin wegschauen würde. Was spielst du dich hier als Moralist auf. China schätzt solche Einmischungen gar nicht, und die Uiguren werden es dir nicht danken. Und überhaupt – gegen Menschenrechte wird doch überall verstossen. Schau doch mal deine Schweiz an: Hortet noch immer Nazigold und das Geld von Diktatoren …«

»Erstens ist es nicht meine Schweiz, und zum zweiten ist das kein Grund, unterdrückten Menschen nicht zu helfen.«

»Ach kehr doch erst mal vor deiner eigenen Tür. Ich geh jetzt jedenfalls zurück zum Hotel.«

»Hätte nicht gedacht, aus einem französischen Mund so viel chinesische Propaganda zu hören«, rief Alex ihr noch hinterher, drehte sich einmal um die eigene Achse und überlegte, wie er weitermachen sollte. Cafés. Dort trafen sich doch die Leute, dann würde er eben in eines gehen, sich hinsetzen und abwarten, was passierte. Er betrat einen Laden, der ihm nach solch einem Treffpunkt aussah – immerhin hing über dem Eingang ein Schild, auf dem Getränke gemalt waren –, und sofort verstummten die Gespräche der Männer, die an den Tischen über ihrem Tee hockten. Schauten ihn an. Schwiegen.

Alex setzte sich auf einen Hocker neben dem Eingang, zog den Kopf zwischen die Schultern, machte sich klein. Sehr viel später erst begannen die Leute wieder miteinander zu reden, sehr viel leiser als zuvor, schien es ihm. Aus dem Halbdunkel weiter hinten in der Kneipe löste sich ein Schatten, kam auf ihn zu.

»Bitte stehen Sie auf.« Die Stimme des Friseurs riss ihn aus seinen Gedanken. Alex zuckte zusammen und riss die Augen auf. Ah ja, er musste den Frisörstuhl wechseln, sich vor einen Spiegel setzen.

»Nun, wie soll ich schneiden?«

»Wie heisst du?«

»Selim. Fünf Zentimeter?« Selim zeigte mit dem Daumen und Zeigefinger eine Spanne an und bewegte die Fin-

· 85 ·

ger dann langsam auseinander, wartete auf das Kopfnicken seines Kunden.

Alex war unschlüssig. Alles abrasieren, täte ihm in dieser Hitze gut, aber in seine Locken war er verliebt.

»Nur ein bisschen nachschneiden«, versuchte es Alex mit ein paar Brocken Türkisch, die er von seinem Sprachkurs an der Uni behalten hat. Zur Not würde er eben seine Recherchen ohne die Hilfe dieser blasierten Sinologen durchführen. Roxana? Die war vielleicht nicht so. Gut gelaunt machte er es sich im Frisörstuhl bequem, als plötzlich die Tür aufging, eine Gestalt vorüberhuschte und sich mit dem Rücken zu ihm vor den Spiegel an der gegenüberliegenden Wand setzte.

Und jedes Mal, wenn Alex im Spiegel den Blick des Mannes festhalten wollte, der sich den Haaransatz rasieren liess, senkte dieser wie ertappt den Blick. Einen Zufall schloss Alex aus. Der Mann hatte nach ihm diesen Frisörladen betreten und sich so hingesetzt, dass er Alex über die Spiegel im Blickfeld hatte.

Alex schloss die Augen. Müde und ein wenig frustriert von diesem Vormittag. Die Episode in dem Café war kurz gewesen. Ein junger Mann in gebrochenem Englisch sagte, er solle gehen, dies sei kein Ort für Ausländer, sie würden sonst Probleme bekommen. Als Alex fragend die Augenbrauen hob, wiederholte der andere lediglich seine Aufforderung, die nicht einmal eine Bitte war. Ein Rauswurf, wenn auch kein handgreiflicher. Bevor es so weit käme, ging Alex lieber. Woher auf einmal diese Feindseligkeit? Vielleicht lag es einfach nur an der Sprache?

Als Selim sein Stirnfransen besprühte, öffnete er die Augen wieder und fand sich erneut beobachtet. Wieder wendete der andere den Blick ab. Ungehindert betrachtet Alex nun dessen Gesicht: Kantig war es, gehörte einem vielleicht knapp vierzigjährigen Mann, die Augen huschten hin und her, das war an den zuckenden Schläfen zu sehen. Die Schultern hatte er hochgezogen, bis ihn der andere Frisör offenbar ermahnte, er solle sich gerade hinsetzen. Sofort richtet sich der Mann auf, das schnelle Gehorchen schien im eigen zu sein. Ein uigurischer Spion? Hatte der sich nach seinem Besuch in jenem Café an seine Fersen geheftet, ohne dass er es gemerkt hatte bei seiner Suche nach einem Frisör, der kein Chinese sein sollte? Damit hatte er nicht gerechnet, und Roxana würde ihn wieder schelten. Roxana? Ihr Gesicht verfing sich in seinen Gedanken – ja, doch, Roxana könnte ihm helfen. Wenn er sie überzeugen könnte, von diesen Höhlen zu lassen.

Ohne dass es ihm bewusst gewesen wäre, hatte Alex seinen Blick nicht von seinem Gegenüber im Spiegel abgewendet, der noch immer den Kopf gesenkt hielt und Alex zwischen seinen fettigen Strähnen hindurch beobachtete. Ja, doch, der hatte einen Haarschnitt dringend nötig. Vielleicht habe er sich das alles auch nur eingebildet, hörte er Roxanas Stimme sagen.

Selim griff nun tief in seinen Haarschopf, noch immer mit diesen fahrigen und ruckartigen Bewegungen, die Alex ein ums andere Mal den Atem anhalten liessen. Wie ein Tänzer hüpfte Selim um den Frisörstuhl herum, schnippte hier hinein, liess seine Schere nervös auf- und zuklappen, kehrte wieder zurück zu einer Strähne, die ihm nicht gefiel, und machte sich zuletzt an die Locken, die Alex noch immer in die Stirn fielen und Selim zu lang schienen. Manchmal entfuhr ihm ein Laut, ein Zischen, wenn ihm etwas missfiel, ein Schnalzen mit der Zunge, wenn er mit einem Schnitt zufrieden war. Schliesslich pfiff er zwischen den Zähnen hindurch, als er zum Handspiegel schritt und Alex die zurechtgestutzten Locken zeigte.

»Kanntest du den Uiguren, den sie neulich hingerichtet haben?«, fragte Alex leise.

Selim schaute ihn fragend an, zeigte auf den Spiegel, schien nicht zu verstehen.

»Neulich wurden doch hier in der Nähe Leute verurteilt und weggekarrt. Nichts davon mitbekommen?«

Selim zuckte nur mit den Schultern, wollte wissen, was nun mit den Haaren sei. Ja, beide waren zufrieden, und Alex drückte Selim beim Gehen ein Trinkgeld in die Hand, was dieser ihm mit einem strahlenden Lächeln dankte.

Der andere Mann fiel Alex erst wieder ein, als er auf der Strasse stand und hörte, wie hinter ihm die Tür ins Schloss fiel. Er drehte sich um und sah, wie der Mann den Rasierschaum offenbar mit den Ärmeln seines abgewetzten Jacketts schnell abgewischt und dabei seine Ohrläppchen besprenkelt hatte. Der andere tat keinen Schritt. Schliesslich wurde es Alex zu dumm, und er schlug die Richtung zum Basar ein, gefolgt von einem Schatten. Rasch bog er in eine kleine Gasse ein, ganz in der Nähe des Busbahnhofs. Es dämmerte bereits, dichte Schwaden stiegen von den Grillständen auf. Plötzlich wurde er von hinten geschubst, ein anderer rempelte ihn an, Alex fing sich mit zwei schnellen Schritten wieder und stand auf einmal mitten in einer dunklen Kneipe. Eine schwache Glühbirne, die in der Mitte des Raums von der Decke baumelte, gab wenig Licht, schwerer Zigarettenqualm lag in der Luft, Gesichter waren nur schemenhaft zu erkennen.

»Was schnüffelst du hier rum und fragst nach diesem Uiguren?«, blaffte ihn ein massiger Kerl in hartem Englisch an, der sich Alex langsam näherte.

Alex schwieg, musterte den Mann. Hinter dem Zigarettendunst wirkte dessen Gesicht fahl, der Mund klappte auf und zu. Undeutlich drangen die Worte an sein Ohr.

»Los, komm schon. Den ganzen Vormittag haben wir dich beobachtet. Solche Ausländer können wir hier nicht gebrauchen, die sich auffällig benehmen und nach irgendwelchen Uiguren fragen, ihre Nase in Dinge stecken, die sie nichts angehen.«

Alex stutzte. Hatte er richtig verstanden? Es müsste ihnen doch gefallen, wenn er sich für ihre Lage interessierte. Er erzählte ihnen von Gruppen im Westen, die sich für die

Anliegen der unterdrückten Völker auf der Welt einsetzten: Nicaragua, Südafrika, Kurden und Tibeter.

»Ach, ihr mit eurem Kinderkram. Du wirbelst zu viel Staub auf. Lass gut sein und mach dein Touristenprogramm.«

Zwei Männer packten Alex unter den Achseln, stellten ihn vor die Tür, in die Gasse hinein, und verschwanden. Wie ein Spuk das Ganze, er könnte noch einmal hineingehen, Dinge klären, ihnen die Unterstützung westlicher Menschenrechtsgruppen zusagen, die sie doch so dringend bräuchten. Doch der Mann aus dem Frisörsalon hatte sich frech vor der Tür aufgebaut und schaute ihn abwartend an. Wie um einen schlechten Traum loszuwerden, an den er nicht glaubte, schüttelte er den Kopf; eine Locke, die dem Frisör offenbar entwischt war, fiel ihm ins Gesicht.

Roxana steckte sich eine Locke hinters Ohr und rieb sich müde den Staub aus den Augen. Ungewollt schweifte ihr Blick erneut zur braunen Wolkenwand, die sich langsam auf sie zuzubewegen schien.

Auch in der zweiten Höhle hatte sie nichts gefunden – ausser einigen Holzeimern, die wahrscheinlich irgendwann einmal unter Ziegenzitzen gestellt worden waren, und ein paar zusammengezurrten trockenen Heuballen. Die Hirtenhöhle nannte sie diese in Gedanken, sie war runder und kleiner als die erste Höhle. Hier hätte die Rückwand bemalt sein müssen. Sie legte neue Batterien in die Taschenlampe und machte sich auf zur dritten Höhle, die ein gutes Stück entfernt oberhalb der beiden anderen lag. Schräg und steil führte der schmale Pfad dort hinauf, Ziegen waren hier schon lange keine mehr durchgekommen. Der drohende Sturm kümmerte sie nicht mehr.

Kapitel 11

Bruchstücke

»Tee?«

Sonnenstrahlen, die zwischen Rebenspalieren hereinfielen, blendeten Roxana, als sie aufblickte. Lächelte die Alte? Oder schien es ihr nur so, weil ihr Gesicht von Millionen kleiner Falten zerfurcht war, die ihre Mundwinkel nach oben zogen; die Augen in diesem Faltenmeer glänzten schwarz wie Knöpfe.

Roxana nickte und sagte, sie habe gut geschlafen. Was nicht stimmte, gerädert war sie von dieser schlaflosen und eiskalten Nacht; der Stapel Decken hatte, statt sie zu wärmen, schwer auf ihr gelastet. Doch sie war froh, überhaupt hier untergekommen zu sein, denn in der Nacht war der Sandsturm heulend das Tal hinaufgezogen. Hätte der sie oben bei den Höhlen erwischt …

Die alte Frau schlurfte zurück ins Haus, von drinnen war Klappern zu hören und ein Murmeln. War das Mädchen schon wach, mit der Roxana sich bislang nur lächelnd und kopfnickend verständigt hatte?

Als die Alte wieder in den Hof trat, hielt sie ein Tablett in den Händen, auf dem eine dampfende Teetasse stand, frisches, noch warmes Brot lag, Rosinen, Aprikosen und eine Handvoll Nüsse in kleinen Schälchen angerichtet waren. Erst da spürte sie ihren Hunger – ihre letzte Mahlzeit waren am Vortag die trockenen Fladen aus Turfan gewesen –, und erst da fiel ihr auf, dass diese Frau keine gewöhnliche Bäuerin sein konnte, so wie sie das Essen angerichtet hatte. Sie stand eine Weile unschlüssig vor Roxana, bis diese sie bat, sich zu ihr zu setzen. Da ging sie schnell zurück ins Haus, holte ihre eigene Teetasse, deren Griff längst abgeschlagen war, die Keramikwunde braun. Langsam liess sie sich an der Wand herabgleiten und schlug stöhnend die Beine unter.

Während Roxana an ihrem Tee nippte, überschlugen sich die Fragen in ihrem Kopf. Woher in dieser Einöde diese Früchte? Das Holz für Feuer? Das Wasser? Sie schaute sich um, fand keinen Halt für ihre Gedanken, die aufsprangen wie Fische in einem Teich und gleich wieder abtauchten, nur Kreise hinter sich lassend, die immer grösser wurden, bis sie sich auflösten. Diesen Kreisen sann Roxana nach, sie führten ins Nichts. Die Stimme der Alten riss sie aus ihren schläfrigen Gedanken.

»Höhlen hast du also gesucht. Wegen den Höhlen war schon lange keiner mehr hier. Du kommst aus Deutschland, hast du gesagt. Warst du schon mal in Russland?« So plötzlich, wie die Alte zu sprechen begonnen hatte, verstummte sie wieder und schaute Roxana an.

»In Russland war ich noch nie, Deutschland liegt noch weiter weg. Man kann aber mit dem Zug von Ürümqi nach Russland fahren und von dort weiter mit dem Zug nach Deutschland.«

»Wie lange?«

»Eine Woche, so ungefähr«, antwortete Roxana.

»Ja, damals gingen sie in die Höhlen. Zuerst waren sie halb verdurstet hier im Dorf angekommen, ein Dorf war das hier früher, viele Menschen haben hier gelebt, wir waren acht Familien. Da kamen sie, hatten eingefallene Wangen, übersät mit Bartstoppeln, hui, die kratzten«, kicherte die Alte auf einmal in sich hinein.

»Sechs Männer waren es gewesen und eine Frau. Wir gaben ihnen Ziegenmilch, wollten sie aufpäppeln, doch die gingen gleich weiter. Fragten wie du nach den Höhlen, ich zeigte ihnen den Weg hinauf. Was sie dort oben wollten, sagten sie nicht; hatten nichts zu essen, nichts zu trinken. Einer aber war zu erschöpft, der blieb bei mir.«

Da trat das Mädchen mit völlig zerzausten Haaren in den Hof, ihr Gesicht mit dem halb geöffneten Mund strahlte. Die Alte winkte sie zu sich. Schon liess sich das Mädchen auf den Teppich fallen, lehnte sich an die Lehmmauer, schloss die Augen und streckte ihr Gesicht den Sonnenstrahlen hin, die weisse Tupfer auf ihr braunes Gesicht sprenkelten.

»Meine Enkelin. Die hat mir mein Sohn gebracht, mein zweiter, als er damals verschwinden musste«, erklärte die Alte. »Nach Russland wollte er.« Eines Tages sei er hier aufgetaucht, hatte seine kleine Tochter auf dem Arm, zwei Jahre alt sei sie damals gewesen. »Pass auf sie auf, hat er zu mir gesagt. Ich muss weg von hier, vielleicht für immer. Ich hab nicht viel gefragt, er hat nicht viel erzählt. Nur dass sie auf die Strasse gegangen sind vor irgendeiner Fabrik, die alles schmutzig macht und kaputt. Die Erde, die Luft. Und dass deswegen Ma Li noch immer nicht sprechen kann. Viele Menschen sind auf die Strasse gegangen, viele.«

»Dein Sohn ist also gekommen und hat seine Tochter hier abgegeben. Und die Mutter des Mädchens?«

»Weiss nicht, hab nicht gefragt, er hat nichts gesagt. Ist nur einen Tag hiergeblieben, mit düsterem Gesicht. Wenn ich ihn gefragt habe, hat er nur kurz geantwortet, hab aber nicht alles verstanden. War froh, ihn hier zu haben.« Sie konnte sogar aufzählen, was sie ihm gekocht hatte: Gerstenbrei, gefüllte Fladen und warme Milch, bitterer schwarzer Tee aus den Kräutern hier, das habe er als Kind gern gehabt. Und damit hatte sie damals schon seinen Vater aufgepäppelt. Doch ihren Sohn sah sie danach nie mehr wieder.

»Wie lange ist das schon her?«

Die Alte schaute Ma Li an, fragte sie in einer Roxana unverständlichen Sprache offenbar nach ihrem Alter, jedenfalls antwortete die mit nur einer Silbe.

Nach einer Weile aber erst murmelte die Alte: »Zwölf Jahre. Ma Li ist vierzehn. So alt war ich, als mich mein erster Mann entführte.«

Roxana sah sie verwundert an. Was erzählte sie da? Mit einem Zeigefinger malte Roxana die Personen in den Staub, stellte sie wie in einem Stammbaum neben- und übereinander, zeigte es der Alten, doch die liess nur leere Blicke zwischen dem Sandbild und Roxana hin- und herwandern. Stand auf, ächzte, stützte sich an der Wand ab und ging schweren Schrittes hinein ins Haus, kam nach einer Weile mit einer Thermoskanne heraus, deren Blumenmotive aus Email völlig zerkratzt waren, streckte Roxana etwas hin: ein Foto. Vergilbt und mit gezacktem Rand. Die Gesichter schon immer unscharf vermutlich, nun überzogen von haarfeinen Rissen. Die ausgefranste Kante verriet, dass es vor langer Zeit auseinandergerissen worden war. Der Riss ging mitten durch die Familie, die sich für ein Foto in einem Hof aufgestellt hatte.

»Meine Familie. Meine Mutter, meine Schwestern, ich war die Älteste, standen auf der einen Seite, mein Vater und meine Brüder auf der anderen.«

»Die fehlen aber hier?«, fragte Roxana vorsichtig.

»Mein Mann war eines Abends gekommen, als mein Vater und meine Brüder auf einer Versammlung waren. Ich sass vor dem Haus, hatte eine Spindel in der Hand, schwatzte und lachte mit meinen Schwestern und Freundinnen.« Die Stimme der Alten klang auf einmal jung.

»Oft sassen wir abends so da, erzählten uns Geschichten von schönen Männern, die wir tagsüber auf dem Basar gesehen haben. Aber leise, damit uns die Eltern und Brüder nicht hörten. Meine Freundinnen kamen immer zu mir, weil wir es guthatten. Mein Vater war reich.«

Sie schüttelte den Kopf, überlegte. »Nein, nicht reich. Aber wir hatten das schönste Haus, meine Mutter war die schönste Frau im Dorf, mein Vater ein angesehener Mann. Er war der Klügste von allen, stand im Dienst von diesem …« Sie suchte nach dem Namen, kramte in ihrer Erinnerung, Roxana half ihr weiter: »Einem, der damals in Xinjiang regierte, in Ürümqi? Ein hoher Mann?« Und Roxana nannte ein paar Namen, bis die Alte nickte: »Ja, Yang, so hiess er. Mein Vater war Kirgise, weisst du. Er sprach Russisch, kam als junger Mann nach Turfan, war gebildet, wir hatten viele Bücher zu Hause. Nur wir.« Die Alte sprach leise, ihre Stimme kam von weit her. Roxana musste

· 93 ·

sich vorbeugen, um alles zu verstehen. Der älteste Bruder ging zur chinesischen Schule, die Töchter hatte der Vater selbst unterrichtet. Als junges Mädchen lernte sie lesen und ein wenig schreiben. Oft war der Vater fort, wurde immer wieder weggeschickt, sollte mal den Russen, mal den Chinesen helfen, die irgendwas in der Erde suchten. »Da stand auf einmal dieser Mann breitbeinig vor uns hin, packte mich am Arm, zog mich hoch und zerrte mich zu seinem Pferd. Ich schlug mit meiner Spindel auf ihn ein, doch er liess nicht los. Hab diesen Mann einmal kurz im Basar gesehen, ein anderes Mal hat er mit meinem Vater gesprochen. Ich hab die beiden nicht verstanden, sie sprachen kirgisisch. Das sprach mein Vater nie zu Hause. Meine Mutter war Uigurin.« Die Alte schweifte ab, Roxana wartete schweigend. Die Alte erzählte, wie sie die ganze Nacht ritten, der Mann sie quer über den Rücken des Pferdes vor sich hin gelegt hatte wie einen Sack, er ritt wie der Teufel, eine Hand immer auf ihrem Rücken. Nach sieben Tagen kehrten sie wieder zurück, sie sass nun auf einem eigenen Pferd in einem bunt bestickten Sattel, rote Zügel hielt sie in der Hand, und ihre Stiefel aus Leder reichten bis unter die Knie. »Er ging zu meinem Vater und sagte: Das ist meine Frau. Mein Vater gab ihm einen heftigen Schlag ins Gesicht, sodass er taumelte und ebenfalls zum Schlag ausholen wollte, doch mein Vater fing den Arm in der Luft auf, zog ihn daran in ein Nebenzimmer. Ich weiss noch, wie meine Schwestern mich bestürmten, als die beiden Männer weg waren, wie meine Mutter mich schluchzend umarmte und küsste und weinte. Ich war wie versteinert. Gehörte nicht mehr zu ihnen, zu viel war in diesen sieben Tagen geschehen, ich seine Frau geworden, immer wieder und wieder, das Reiten schmerzte. Doch ich liess mir nichts anmerken. Wusste, dass ich nicht mehr zurück zu meiner Familie konnte, mich jetzt verabschieden musste, für immer nun mit diesem Mann … meinem Mann.«

Roxana zog ihre Schultern ein, machte sich klein, wollte die Alte vergessen lassen, dass sie neben ihr sass. Sie sollte weitererzählen, Roxana war ganz Ohr, alles in ihr war Ohr, jede Faser. Gierig kam sie sich vor, wie eine Diebin stahl sie Wort um Wort von den Lippen der Alten, um sich die Geschichte anzueignen für später. Malte auch nicht mehr länger Figuren in den Sand. Hielt in allem inne.

»Meine Mutter hatte heimlich noch ein paar Dinge in ein Bündel gepackt, da stand der Mann schon wieder da und zog mich fort. Sie schien gewusst zu haben, was geschehen war, was kommen würde. Ich sah sie nie mehr wieder.«

Sie waren davongeritten, immer der Sonne entgegen, das wisse sie noch. »Vor dem Dorf wartete eine Gruppe Männer auf Pferden, sie grüssten kurz meinen Mann, ich schaute in das Gesicht der einzigen anderen Frau, die sah weg. Da wusste ich, dass ich allein war.« Die Sonne blendete, trocknete ihre Tränen, zwang sie, ihre Augen zu schliessen, und nie wieder habe sie geweint. Am ersten Tag ritten sie bis tief in die Nacht hinein, dann erreichten sie ein Dorf. Mit ihrem Mann kam sie in einem Haus unter, das zweite Paar in der Gruppe ebenfalls, die anderen verteilten sich. Die Männer sprachen wenig, mal chinesisch, mal uigurisch und kirgisisch. Sie verstand nicht, worum es ging, wagte nicht zu fragen. Da klopfte es an der Tür, die sofort aufschwang. Ein gross gewachsener Mann, er gab Anweisungen, hart und laut. Die Männer sprangen auf, folgten ihm, holten die anderen. Sie hatten sich bereits hingelegt, sie aber war nicht sofort eingeschlafen, auch nicht die andere. Die drehte und wälzte sich und seufzte und stöhnte. »Ich sprach sie an, doch sie schüttelte nur den Kopf. Zeigte auf ihren Bauch. Erst jetzt sah ich, dass der gewölbt hervorstand. Kasachin war sie. Sprach kein Wort chinesisch, auch nicht uigurisch.«

Gedankenverloren starrte die Alte auf das Foto in ihren Händen. Plötzlich, mit einer Behändigkeit, die Roxana der trägen Enkelin gar nicht zugetraut hätte, sprang diese auf und riss der Alten das Foto aus der Hand, grinste und kicherte, wiegte es in ihren verschränkten Armen hin und her. Summte eine Melodie dazu und machte einen Schritt hierhin, einen dorthin, drehte sich um sich selbst, das Foto flog hoch hinauf und wirbelte langsam hinunter in den Staub. Die Alte liess es geschehen, folgte mit teilnahmslosem Blick den Bewegungen des Mädchens, als sähe sie diesen Tanz nicht zum ersten Mal, als bedeute ihr das Foto nichts.

»Hat sie einfach hiergelassen. Hat nie richtig sprechen gelernt, mich immer nur blöd angesehen. Nutzloses Ding. Als die Kasachin damals ihr Kind zur Welt brachte, mit sechs Fingern an einer Hand und verwachsenen Zehen, wollte das Kind nicht schreien nach der Geburt, immer wieder schlug die Mutter es auf die Backen, den Kopf, dann drückte sie zu, drückte den Hals zusammen. Vergrub es unter einem Busch, dem dornigen, unter dem sie gelegen hatte. Die Männer sassen etwas abseits und rauchten. Ich wollte ihr helfen, kauerte mich neben sie, doch da gab es nichts zu helfen. Und wir zogen weiter. Wie schon all die Wochen zuvor. Wie noch viele Wochen danach. Immer auf der Flucht.«

»Hatten die Männer denn etwas verbrochen?«, wagte Roxana dieses Mal leise nachzufragen.

»Nein, die anderen waren doch die Verbrecher, die Chinesen, die gekommen sind und uns das Land weggenommen haben, uns nicht erlauben wollten, unsere Sprache zu sprechen, die wollten, dass wir Schweinefleisch essen, die uns die Rinder gestohlen haben«, hob die alte Frau laut an, die Worte sprudelten aus ihr heraus, doch plötzlich hielt sie inne.

»Hat mein Mann gesagt, der hat zusammen mit den anderen gegen die Chinesen gekämpft. Tote hat es gegeben. Wir mussten fliehen.« Immer wieder waren neue Leute zu ihnen gestossen, oder sie trafen unterwegs andere Gruppen, die sich ihnen anschlossen. Manche warteten auch an Wegkreuzungen, als wären sie verabredet. Fast immer waren sie nachts unterwegs. Bis sie eines Tages hierher in dieses Tal kamen. Von aussen sah man es nicht. Die Männer hielten es für ein gutes Versteck und liessen die Frauen Steine schleppen für die Unterkünfte. Und sassen im Kreis zusammen und redeten. Tagelang. Die Frauen kletterten die Hänge hinauf, stiessen die grösseren Steinbrocken an, die mit lautem Getöse hinunter donnerten und dann auf der Ebene liegen blieben. »Das erste Mal seit langer Zeit lachten wir wieder, sangen Lieder, die uns einfielen, jede ein anderes, je nachdem, wo sie herkam. Eine gute Zeit, eine fröhliche. Auch wenn wir kaum etwas zu essen hatten. Damals aber führte der Fluss noch viel Wasser. Einmal wurde ein Mann losgeschickt, der kam nach einigen Tagen wieder zurück mit Samen, die hatte er alle in seine Taschen gepackt, mit einem Spaten und einer Hacke, einer kleinen.«

Versonnen blinzelte die Alte, auch sie liess nun ihr Gesicht von den Sonnenstrahlen wärmen, hielt die Augen geschlossen und seufzte: »Eine gute Zeit. Mein erster Sohn wurde geboren. Ein Mädchen hab ich unterwegs geboren, hab's aber gemacht wie die Kasachin. Wir hatten Felder, uns gehörte dieses Haus. Und weil ich die Frau des Anführers war, hörte man auf mich, wenn die Männer weg waren. Die zogen aus und kehrten zurück, manchmal schwer verletzt, und starben dann hier. Wir fragten nicht. Hätten eh keine Antwort erhalten. Wollten nichts mehr wissen von der Welt da draussen. Ich sehnte mich nach meiner Familie, meiner Mutter, meinen Schwestern, doch dann immer weniger, hab sie nie mehr wiedergesehen.«

Die Alte rief ihre Enkelin zu sich, die quer durch den Hof hüpfte, das Foto wie eine Feder hochwarf und jauchzend wieder auffing. Schmollend und mit vorgeschobener Unterlippe kam sie nun näher, streckte ihr das Foto hin. War es ein Ritual, ein Spiel, das die beiden da schon viele Jahre spielten?

»Wüstenmütter« – auf dieses Wort war Roxana bei ihren Recherchen einmal gestossen, jetzt fiel es ihr wieder ein. Oft waren es Wüstenväter, die zu Hunderten in die

Wüste zogen, nur vereinzelt Frauen. Aus unterschiedlichen Gründen brachen sie in karge Einöden auf. Aussteiger, die bewusst die Abgeschiedenheit suchten, aber auch zwielichtige Gestalten. Und dann, so hiess es, war es schwer, die Wüste auszuhalten. Hielt man durch, kam man zu innerem Frieden, erinnert sich Roxana an den Text, den sie übersetzt und mit den anderen Fragmenten in ihrer Kladde in Turfan gelassen hatte. In der Wüste leben zu wollen, wo es nichts gab ausser dem Nichts – Roxana reizte dieser Gedanke.

»Mein Vater hat mich verstossen, hat gesagt, er hat keine Tochter mehr. Zur Tür jagte er uns hinaus. Und verriet meinen Mann an die Chinesen. Hat mein Mann mir erzählt. Deshalb waren wir ständig auf der Flucht, deshalb musste ich damals meine Tochter töten, um selbst zu überleben. Das erste Mal ist es immer schwierig. Einmal, als ich spät nachts am Feuer sass und das Einzige, was ich noch hatte, dieses Foto, immer wieder und wieder anschaute, zog es mein Mann mir mit einem Ruck aus der Hand. Ich hielt die eine Hälfte mit den Frauen, er die andere mit den Männern und warf sie ins Feuer.«

»Und dein Mann, dein erster Sohn, wo sind die?«

»Der Mann kam irgendwann nicht mehr zurück. Zwei andere aber, zerschunden am ganzen Leib, hatten sich mit letzter Kraft hierhergeschleppt. Wir hatten Glück, sie waren nicht verfolgt worden, sonst wären die Chinesen gekommen und hätten womöglich alles mitgenommen.« Die Männer hatten erzählt, dass es ein neues China gebe, mit einem neuen Mann an der Spitze, der Mao heisse. Und dass auf einmal viel mehr chinesische Truppen im Land seien. Immer mussten sie kämpfen, hätten sich in kleinere Gruppen aufgeteilt. Die, die noch konnten, seien eines Nachts nach Indien aufgebrochen, die anderen wollten zurück nach Kor. Doch unterwegs waren sie in einen Hinterhalt geraten, alle tot, ausser den beiden eben. »Ob mein Mann nach Indien gegangen oder erschossen worden war, konnten sie nicht sagen. Der eine ist ohnehin kurz danach gestorben, hat wirr geredet. Der andere wurde nie mehr wieder richtig gesund, machte aber noch viele Jahre den Frauen hier dicke Bäuche«, kicherte die Alte vor sich hin. Roxana fragte nicht noch einmal nach dem ersten Sohn, begann stattdessen den Stammbaum im Sand von Neuem.

Alle drei lehnten nun mit dem Rücken an der Mauer, schwiegen, blinzelten in die Sonnenstrahlen, die zwischen den über dem Hof gespannten Reben hindurchschienen. Aus dem Haus trottete plötzlich ein Hund, durchquerte den Hof, legte sich in der fernsten Ecke nieder, den Kopf auf seine Pfoten gelegt, schaute Roxana in die Augen und schloss schliesslich seine.

»Dann wurde ich wieder schwanger. Kurz bevor mein Mann weggegangen ist. Das zweite Mädchen, das ich geboren hatte, starb kurz nach der Geburt. Wir hatten keine Vorräte mehr, die Männer waren ja weg, niemand brachte uns was zu essen. In jener Zeit wurde der Fluss zum Bach, die Felder reichten nicht mehr für alle. Wir hungerten. Mein Mädchen starb, ich hatte keine Milch. Nichts.« Zu schwach wären sie gewesen, um fortzugehen. Da habe sie ihren Sohn auf den Rücken gebunden und sei das Tal hinaufgegangen. Hoch oben kam Wasser aus einem Felsen, die Frauen gruben die Wurzeln der Sträucher aus, die dort wuchsen, und assen sie. Wurden krank davon. Schlimme Zeit. Frauen und Kinder starben, nur eine Hand voll war übriggeblieben. Schafe hatten sie noch, die schlachteten sie eins nach dem anderen. Bis nur noch das Schaf der Alten übrig war. Da ging sie eines Nachts mit ihrem Sohn hinauf zur Höhle. Und machte für jeden Tag, den sie dort waren, einen Strich. Die Taschen voll mit den letzten Gerstenkörnern. Als die leer waren, hatte sie 23 Striche an die Wand gemalt. Und ging wieder hinunter ins Tal.

»Striche hast du an die Wand gemalt?«, fuhr Roxana hoch. »Hast du noch andere Sachen gemalt, oder hat da schon jemand vor dir was an die Wände gemalt?«

»Was weiss ich, warum willst du das wissen?«, fragte die Alte Roxana. »Da gibt's nichts. Nichts, hörst du! Männer sind einmal gekommen, da war mein Sohn schon gross und fortgegangen, die waren völlig erschöpft und haben sich dort oben versteckt. Kluge Männer, die haben uns Frauen in Ruhe gelassen, wollten nur was zu essen. Damals haben wir uns hier gut eingelebt, das Korn der Felder reichte, wir hatten neue Bewässerungskanäle angelegt, ich hab sie gegraben.«

»Also, du weisst nicht, ob da oben noch andere Zeichnungen waren. Und Männer hatten sich hier versteckt. Wann war das ungefähr, während der Kulturrevolution?«

Lange schwieg die Frau, hielt die Augen geschlossen, Roxana merkte, wie schwer ihr Atem auf einmal ging. Hatte sie Roxana überhaupt gehört? Die Enkelin nestelte am Saum der weiten Hosenbeine, liess ihn langsam durch die Finger gleiten. War sie bei einer Naht angekommen, wanderte der Stoff wieder zurück, ihre Finger waren hell und kreidig vom Staub.

»Einer war dabei, der war freundlich, höflich, wusste sich zu benehmen. Der kam nachts manchmal herunter, kam zu mir, erzählte mir von der Welt da draussen. Dass sie Menschen wie ihn, die Bücher haben, verfolgten. Wie sie Bücher verbrannten und die Menschen töteten. Wie er zusammen mit anderen aus Ürümqi geflüchtet ist, wo er in einem Haus voll mit Büchern gearbeitet hat. Interessierte sich für Höhlen, so wie du. Was ist an diesen Löchern nur so aufregend, sag du es mir!« Doch die Alte wartete Roxanas Antwort nicht ab, erzählte rasch weiter, verhaspelte sich, als wolle sie die Geschichte hinter sich bringen. Der Mann, so fuhr sie fort, habe sich hier ausgekannt, irgendwo von Kor gehört, gelesen. Von ihm war der zweite Sohn, doch als der auf die Welt gekommen sei, war der Mann schon wieder fort. Hatte versprochen, sie nachzuholen, ihr einen Boten zu schicken.

»Und die haben sich die ganze Zeit da oben in den Höhlen versteckt? Haben die etwas von Zeichnungen erzählt?«

»Nein, Zeichnungen hat er mir auch nicht geschickt. Nichts. Sass hier allein mit einem kleinen Kind, hab nichts gehört, hab gewartet und irgendwann mit dem Warten aufgehört. Bis eines Tages das Wasser wieder knapp wurde.«

Die Alte schloss die Augen. Wie Lichtpunkte in Säulen aus gebündelten Strahlen, von der Sonne durch die Spaliere geworfen, flimmerten die Staubteilchen. Es musste um die Mittagszeit sein. Das Mädchen hatte sich bis auf ihre viel zu weite Unterhose ausgezogen, sass auf dem Boden mit dem Rücken zur Wand, der Kopf war auf die Brust gefallen, Speichelbläschen hockten in einem Mundwinkel.

Roxana hatte Mühe, der zunehmend verworrenen Erzählung der Alten zu folgen und sich alles einzuprägen, was möglicherweise für ihre Forschung von Bedeutung sein konnte. Sie musste alles aufschreiben, nicht jetzt, sonst würde die Frau misstrauisch. Roxana nippte an ihrem Tee, doch der Satz aus dunklen Teeblättern rutschte mit dem Rest Flüssigkeit in ihre Kehle, und sie verschluckte sich. Hustete. Da öffnete die Alte wieder die Augen, die etwas anderes gesehen haben mussten, denn ihr Blick kam aus weiter Ferne. Sie krächzte, als hätte sich Rost auf ihre Stimme gelegt, als wäre die Sprache in dieser Ferne verloren gegangen. Roxana verstand zunächst nichts, vernahm nur das leise Murmeln der Alten, wie sie eher zu sich als zu Roxana sprach: »Auf allen vieren … jeder, der noch konnte von den Frauen und Kindern … dort hinauf, wo die Felder waren … rissen unsere Kleider vom Leib, die Hände blutig, leckten das Blut mit der Zunge auf, durstig waren wir. Wir gruben die Erde auf, mit blossen Händen. Bis die Erde immer feuchter wurde. Mit erdverschmierten Mündern fanden uns dann die Männer.«

Männer? Roxana horchte auf, waren die denn nicht allesamt geflohen oder gestorben?

»Sie gruben Kanäle wie sie die Uiguren schon immer gegraben haben, gruben und gruben, bis das Wasser aus dem

Innern des Berges auf die Felder floss. Seither geht es uns gut, seit es diese Felder gibt. Die Männer gingen, manche Frauen folgten ihnen mit ihren Kindern.«

»Wie viele Frauen lebten hier eigentlich, und wie viele sind es heute?«

»Sie kommen und gehen. Mal bringen Männer ihre jungen Frauen hierher, weil das Leben da draussen zu gefährlich ist. Holen sie später ab, vergessen sie oder sterben irgendwo. Wir wissen es nicht. Oder Frauen gehen, weil sie es hier nicht mehr aushalten, werden verrückt, verschwinden eines Tages von allein. Ich nicht, ich bleibe hier.«

Roxana dachte daran, wie sie nach ihrer Rückkehr von den Höhlen zuerst an die Tür geklopft hatte, hinter der am Vormittag der Fahrer gesessen hatte. Sie musste mehrmals klopfen, bis die junge Frau die Tür einen Spalt breit öffnete und den schiefen Kopf schüttelte, als sie Roxana erblickte, dann schnell die Tür schliessen wollte, doch Roxana hielt dagegen. Fragte, wo die Männer seien, doch die Frau schüttelte nur immer wieder den Kopf. Wie dumm, dachte Roxana, fragte fordernd, ob sie hierbleiben könne, legte ihre Hände aufeinander und beugte den Kopf seitlich. Gesten, von denen sie wusste, sie würden auch hier verstanden. Doch die Frau schlug mit einem heftigen Ruck die Tür zu. Da fielen Roxana die beiden Frauen ein, die sie am Morgen kurz gesehen hatte, und sie machte sich zu deren Haus auf. Lehmbraun waren all diese Häuser, ob bewohnt oder nicht, war nicht festzustellen, denn fensterlose Häuserfassaden bildeten staubige Gassen. Ab und an klopfte sie an eines der Tore, die in die Wände eingelassen waren. Doch nichts rührte sich. Nur Staub und Hitze. Auch vor dem Haus der anderen Frauen kein Hund, der anschlug, kein Huhn, das vor sich hin gackerte.

»Wie komme ich wieder zurück nach Turfan?«, fragte Roxana die Alte, die sie verständnislos anblickte, so tief war sie erneut in ihre eigene Welt versunken.

»Weiss nicht. Männer kommen und gehen, von den Frauen kehrte keine zurück, um zu erzählen, wie es da draussen ist.«

»Und wovon lebt ihr, was esst ihr?«

Klack, klack machte es da auf einmal. Die Enkelin hielt eine verbeulte Emailleschüssel in ihren Händen, deren Muster zu den verblichenen Farben ihrer Pluderhose hätte passen können, wäre sie nicht an vielen Stellen mit blauen und roten Stoffflecken ausgebessert worden. Etwas rollte in dieser Schüssel hin und her. Roxana sah eine Handvoll harte Erbsen sich im Kreis verfolgen und an die Wand der Schüssel klackern.

Erbsen?

»Männer bringen andere Männer und Mehl und Bohnen, ich gebe ihnen dafür Blumen.«

»Blumen?«

»Ja, wachsen dort auf den Feldern, jetzt nicht mehr. Früher hatten wir Gerste, jetzt eben Blumen, rote. Wachsen schneller. Den Samen haben die Männer gebracht und versprochen, immer wieder zu kommen und uns dafür Nahrungsmittel zu bringen und was wir sonst so brauchen. Das ist gut, kann in meinem Alter nicht mehr auf dem Feld arbeiten und ernten und Korn dreschen. Manchmal bringen sie der Kleinen auch was mit. Doch ich mag sie nicht, sind immer bei der anderen vorne.«

Roxana nickte. Sie würde also eine weitere Nacht hier verbringen und am nächsten Morgen sehr früh aufbrechen müssen. Fragte die Alte, ob das ginge, die tat, als hätte sie nichts gehört, hatte sie vielleicht auch nicht. Erst als Roxana aufstand und in Richtung der Felder unten im Tal zeigte, hob sie den Kopf.

»Ich geh mal ins Tal da unten. Kann ich noch eine Nacht hierbleiben?«

Lange schaute die Frau Roxana an, zu lange, als dass Roxana auf eine Antwort hätte hoffen können.

Kapitel 12

Stillstand

Linda schreckt hoch. Wird von einer gelben Staubwolke gewürgt, die ein Geländewagen im Hof aufwirbelt. Also doch, nachdem gestern Abend noch nicht mal klar war, ob sie beide jemals würden aufbrechen können in die südliche Taklamakan, die Wüste, aus der es keine Rückkehr gibt. Diesen Namen lässt sie gern und immer wieder auf der Zunge zergehen. Mit ahnungsloser Wollust.

Herrmann tritt aus seinem Zimmer. Stockt kurz, gleissendes Sonnenlicht blendet auch ihn, der schon viele Jahre »im Feld« war, wie er ihr gleich bei der ersten Begegnung in Berlin zu verstehen gab. Es gibt keine Gewöhnung, auch wenn alles wie eine Wiederholung scheint. Dieses Spiel reizt sie stets aufs Neue, das Aufeinandereingehen, sich zurückziehen, ein Schritt vor, dann wieder Stillstand. Immer ist etwas ein wenig anders. Manchmal fast unmerklich. Manchmal fehlt ihr die Lust dazu, und dann geht auch meist prompt etwas schief. Achtsamkeit im Kleinsten, nicht als buddhistische Weisheit, sondern als Überlebensstrategie. Funktioniert nur leider nicht immer. Die meisten Mitarbeiter kommen damit nicht klar, geben irgendwann zermürbt auf.

Da fällt ihr Blick auf den Fahrer, es ist Behruz, der sie schon zu dieser Tanzveranstaltung gefahren hat. Zum Fahrer degradiert?, fragt sie sich. Oder nur eine Maskerade der Gegenseite. Leicht zu durchschauen, wenn man Behruz' Biografie kennt. Hat man ihn abgestellt, um sie zu diesen frustrierenden Sitzungen zu fahren, soll er sie beobachten? Sie hat ihn sofort erkannt, doch bislang konnte sie nie allein mit ihm reden, deshalb hat sie lange nichts gesagt. Auch nicht zu Herrmann.

Linda schiebt ihre staubbesprenkelte Sonnenbrille auf die Nase, durchschreitet langsam den Hof. Behruz. In Kasachstan hat sie ihn kennengelernt, ihre erste Station in dieser Weltgegend, ihr allererstes Projekt überhaupt. Jung, unerfahren, wissbegierig hing sie an seinen Lippen, wenn er morgens vor den Abstechern zu den jeweiligen Aussenstationen die Lage erklärte. Und Behruz erzählte gern, wusste sie mit seinem Wissen zu beeindrucken, das sich später als aufgeblähte Halbwahrheiten herausstellen sollte. Später. Da hatte sie bereits sämtliche Täler der Desillusionierung durchwandert, war ihm an den Lippen gehangen, liess sich demütigen vor allen anderen, hielt auch dann noch zu ihm, als das Projekt in einem politischen Wirbelsturm in sich zerfiel, den er mit seinem sogenannten Insiderwissen hätte voraussehen können. Hart und schmerzhaft war der Abschied, und nein, nach Deutschland nahm sie ihn nicht mit. Lange Jahre her. Lange dauerte es, bis sie sich davon erholte, um den nächsten Schlag einzustecken. Michael. Da war es wieder, dieses Ringen um Anerkennung, noch einmal wegen einer Liebe leiden, sich abhängig machen von diesem Gefühl. Ein Leben im Kokon seither. Hat immer gut funktioniert.

Bei der Abreise in Berlin stand Behruz' Name nicht auf der Liste der Mitarbeiter hier vor Ort. Tadschike war er, ja, aber wie kam er nach Khotan? Vielleicht weil die zentralasiatischen Staaten das Shanghaier Abkommen mit China unterzeichnet hatten? Sie würde es herausfinden. Später.

»Behruz erzählt gerade, die Arbeitseinheit hätte nicht genügend Benzin für dieses Projekt beantragt, wir müssten für unsere Fahrten Sprit auf dem freien Markt kaufen. Und wir sollen ihm das Geld jetzt geben. Weisst du was davon?«, fragt Herrmann.

»Man sollte meinen, China hätte diese Arbeitseinheiten längst aufgelöst. Andererseits sind alle Institutionen und Verbände angehalten, zusätzlich Geld einzuspielen, weil die staatliche Finanzierung nicht ausreicht«, erklärt Linda.

»Aber das ist doch gar nicht budgetiert. Jedenfalls wird mein Institut die Kosten nicht übernehmen.«

Behruz' Blick wandert zwischen den beiden hin und her. Als er Lindas Hand drückt, die sie ihm hinhält, erstarrt er. Hat er sie jetzt erst erkannt?

»Ich werde der Sache nachgehen«, meint Linda bloss und wendet sich an Behruz. »Du hier? Mit dir hätte ich wahrlich nicht gerechnet. Was hast du all die Jahre gemacht?«

»Ihr kennt euch«, platzt es aus Herrmann heraus, doch Linda winkt ab.

Ein wenig angespannt findet sie Behruz, als er ihr von diesem und jenem Projekt berichtet. Wie auswendig gelernt, rattert er Zahlen und Namen der verschiedenen Organisationen herunter, für die er gearbeitet hat. Und es sind grosse Namen darunter. Linda fragt sich, wann der Abstieg zum Fahrer begann. Doch sie bohrt nicht weiter, Herrmann soll nicht wissen, wie gut sie Behruz kennt.

»Eigentlich wollten wir heute Nachmittag aufbrechen, bis wann hast du das mit dem Benzin geregelt?«, fragt Herrmann mitten in Lindas Gedanken hinein.

Ein ruhiges, ihr letztes Projekt hätte es werden sollen. Und da sie ein wenig Chinesisch spricht, ist sie für die Kommunikation zuständig, und das hiess, für alles. Vielleicht besser so.

»Man könnte meinen, du bist das erste Mal im Feld«, schnappt Linda zurück. »Zuerst muss ich jemanden finden, der sich dafür überhaupt zuständig fühlt. Offenbar habt ihr Männer über vieles gesprochen, nur nicht über so profane Dinge wie Benzin.«

»Wir können Behruz auch einfach das Geld in die Hand drücken.«

»Lass gut sein! Komm, fahr mich zu deinem Chef, wer auch immer das sein mag. Wer weiss, ob die Männer, die wir bisher getroffen haben, überhaupt etwas zu sagen haben.«

»Fängt ja gut an«, stöhnt Herrmann, lässt sich dabei theatralisch mit erhobenen Armen in den Korbsessel fallen.

»Fängt an wie immer.« Linda dreht sich langsam um, öffnet die Seitentür, schiebt sich auf den Beifahrersitz. Erst da löst sich Behruz aus seiner Erstarrung, folgt ihr und klemmt sich schliesslich hinters Lenkrad. Dick geworden, fällt ihr auf, wie viele Männer in seinem Alter, entschuldigt sie ihn.

»Überrascht?«, fragt sie, obwohl es nicht offensichtlicher hätte sein können. »Hast in diesem Leben nicht mehr mit mir gerechnet, was?«

Behruz brummelt etwas in sich hinein, lässt den Motor an, würgt ihn gleich wieder ab. Herrmann nähert sich der Fahrerseite. »Ist was? Ach ja, kümmere dich bitte noch um die Wasservorräte, wir wollen spätestens morgen los.«

Selbst wenn sie hier die Geld- und Tonangeber sind, musste Herrmann das doch nicht gleich so raushängen, aber der hat offenbar in all den Jahren noch nie die Höflichkeitsform in irgendeiner Sprache verwendet, stöhnt Linda innerlich und zwingt sich zu einem Lächeln.

Behruz ist unmerklich zusammengezuckt, starrt auf sein Lenkrad, rammt schliesslich den Schlüssel noch einmal ins Zündschloss, der Wagen macht einen Satz, und Herrmann hustet laut auf. Nur nicht lachen, keine Komplizenschaft mit Einheimischen, auch nicht mit Behruz, das verbietet sich Linda; mit fest zusammengepressten Lippen schaut sie ihn an, bis er aus dem Hof gefahren ist.

»So, und nun erzähl mal, was wirklich passiert ist in all den Jahren. Wie bist du hier in Khotan gelandet?«

Behruz muss offenbar zu vielen Rindern, Schafen und Hunden ausweichen, um ihr antworten zu können. Konzentriert richtet er seinen Blick auf die staubige Strasse vor ihm.

»Seit wann bist du in Khotan?« Linda lässt nicht locker. Sie muss so viel wie möglich über Behruz herausfinden, bevor sie mit ihm in die Wüste fährt.

»Vor einem Jahr hat mein Cousin bei den Amerikanern aufgehört, dort in Usbekistan, da musste ich mich um einen anderen Job kümmern. Fuhr in Alma Aty so einen Chinesen herum, der zu irgendeiner Delegation gehörte. Der meinte, Leute wie mich könnte er in Kashgar gebrauchen, so mit internationaler Erfahrung eben, jemanden, der wie ich so viele Sprachen spricht.«

»Leute wie mich.« Diese Worte kennt Linda, dieses leise Auftrumpfen, das irgendwann zur unangenehmen Aufschneiderei wird.

»Wie viele Sprachen sprichst du denn mittlerweile?«

»Na halt alle eben. Usbekisch, Kirgisisch, Tadschikisch, Afghanisch.« Beim letzten Wort sieht Linda ihn von der Seite an. »Dann jetzt auch Chinesisch, und mein Englisch habe ich bei den Amerikanern auf Hochglanz gebracht. Spreche jetzt fast so gut wie du.« Er schaut sie beim letzten Satz nicht einmal aus den Augenwinkeln an. Offenbar meint er, was er sagt.

»Wie ist das doch gleich mit Afghanisch? Und Uigurisch kannst du auch?«

»Das ist wie die anderen Sprachen, eine Turksprache, am besten kommen hier ohnehin die Türken durch. Die sind mit allen Wassern gewaschen, kennen die westlichen diplomatischen Tricks genauso wie die chinesischen, die man draufhaben muss, wenn man hier was erreichen will.«

»Und was willst du hier erreichen?«

Linda wirft es auf einmal ruckartig nach vorn. Behruz hat heftig auf die Bremse gedrückt, weil von rechts ein Hund über die Strasse gelaufen ist. Das Auto steht still. Der Motor springt nicht mehr an. Schon zum zweiten Mal heute. Und mit so einem Gefährt in die Wüste? Linda muss darauf drängen, nicht nur Benzin, sondern auch einen anderen Wagen zu bekommen, vielleicht auch gleich einen anderen Fahrer.

»Nun, was ist, sollen wir zu Fuss weitergehen?«

Schweissperlen rinnen Behruz von den Schläfen. Unzählige Male schon hat er den Zündschlüssel umgedreht. Der Motor stottert nicht einmal mehr.

»Immerhin streikt der Motor hier in Khotan und nicht erst, wenn wir in der Wüste stehen.«

»Es gibt keinen anderen Wagen, die neuen werden alle
von chinesischen Kadern gefahren, die rücken die nicht für
euer Projekt raus. Da musst du dir schon was einfallen lassen, Linda.« Das erste Mal schaut Behruz sie an, sieht ihr in
die Augen. Doch da ist nichts mehr, nicht bei Linda, nicht
bei Behruz. Er wendet den Kopf wieder ab. Linda steigt
schliesslich aus, atmet durch, geht ein paar Schritte. Vielerlei Flüche gehen ihr durch den Kopf, kein einziger darf ihr
über die Lippen kommen, wenn sie den Verantwortlichen
gegenübersteht.

»Wo geht's lang?«

»Du willst doch nicht etwa zu Fuss gehen?«

Mit staubigen Schuhen an die Tür klopfen, ein ungün-
stiger erster Eindruck, wie wahr.

»Los, du kommst mit!«

»Lass mich zuerst telefonieren. Ich organisiere jemanden,
der uns abholt.«

»Gute Idee, kann Stunden dauern.«

»Nein, nein, geht ganz schnell.« Behruz malträtiert auch
schon sein Handy, spricht offenbar mit verschiedenen Leuten, wählt immer wieder eine neue Nummer.

»Nun?«

»Haben alle keine Zeit. Oder keinen Wagen. Warte, der
hilft bestimmt.«

Wie immer. Wie damals schon. Der unverrückbare Glaube, dass andere einem helfen, wenn man in der Patsche steckt.
Nur nie selbst Hand anlegen. Abwarten und nichts tun.

»So, und jetzt sagst du mir, wo der Chef steckt, oder, noch
besser, du kommst einfach mit.«

»Ich kann das Auto doch nicht hier auf der Strasse stehen
lassen. Die anderen werden es in Nullkommanix auseinan-
dernehmen, kaum haben wir ihm den Rücken gekehrt.«

»Die anderen?«

»Die Uiguren eben. Ist doch ein chinesisches Armeeauto.
Was glaubst du denn! Das ist für die ein gefundenes Fressen.«

»Kannst ja einen Zettel auf Uigurisch an die Windschutz-scheibe kleben, dass eine westliche Organisation diesen Wa-gen braucht, damit sie Brunnen bauen und Bäume pflanzen kann. Vielleicht lassen sie dann die Finger davon.«

»Kann nicht schreiben, nur sprechen. Zudem würde sie das überhaupt nicht beeindrucken, das ist anders hier, glaub mir. Bei uns hat man sich immer gegenseitig geholfen, hier nicht. Da hält auch keiner an, wenn man auf der Schnell-strasse eine Panne hat, die fahren einfach weiter, auch die Lastwagenfahrer, und das sind keine Chinesen.«

»Wie weit ist es?«

»Mindestens eine Stunde zu Fuss.«

»Übertreib nicht und komm jetzt. Schliess die Wagentür zu, vielleicht hilft's.«

Und da bei der letzten Nummer niemand rangeht, trottet Behruz endlich los.

Nach zwanzig Minuten stehen sie vor einem flachen Ge-bäude, schiefliegende Platten führen durch einen verdorrten Rasen. Sie gehen die Treppe hinauf zu einer Doppeltür. Beh-ruz gibt ihr einen Stoss, Linda drückt gegen einen Flügel, doch nach dem grellen Sonnenlicht draussen steht sie nun vollkommen im Dunkel. Muffig riecht es, ist hier überhaupt jemand? Totenstille. Keine Machtinsignien, keine Porträts in holzstichigen Rahmen deuten auf ein Amtsgebäude hin. Abstellgleis.

Behruz folgt Linda dicht auf den Fersen, sie spürt sei-nen schweren Atem in ihrem Nacken. Er schiebt sich an ihr vorbei hinein in einen schlauchartigen Flur, verharrt einen Augenblick vor einer Tür, bevor er anklopft.

Kapitel 13

Roter Mohn

Eine Staubwolke hob sich hellbraun vor der schwarzen Nacht ab, bevor sie sich auf den Platz hinter dem Basar legte. Dort hatte der Fahrer Roxana aussteigen lassen. Einen Moment lang war sie ganz versunken in den Anblick dieser Wolke, bis ein Ruck durch ihren Körper ging und sie die Richtung zum Gästehaus einschlug. Schwer zog sie die Füsse durch den Staub, liess breite Streifen hinter sich.

Der Wächter im Erdgeschoss döste, als sie den Eingang betrat. Roxana stützte sich an der Wand ab, von der Farbe herabrieselte, und beobachtete seinen Schlaf, bevor sie die Treppe hinaufging. Klopfte an die Tür, die von innen verschlossen war. Kurz nach Mitternacht war es, als Alex merkte, dass das Klopfen kein Traum, sondern echt war. Roxana wäre fast mit dem Rücken in seine Arme gefallen, weil sie sich an die Tür gelehnt hatte, wand sich nun an ihm vorbei ins Zimmer und liess sich aufs Bett fallen.

Fragend schaute Alex sie an, doch sie schüttelte nur den Kopf, ihre weissen, aufgesprungenen Lippen formten das Wort »Wasser«. Er reichte ihr seine knallrote Flasche. Gierig schluckte sie. Ohne ein einziges Mal abzusetzen, trank sie alles in einem Zug leer. Streifte erst dann die Riemen ihres kleinen Rucksacks von den Schultern, liess sich zurück aufs Bett sinken und schloss die Augen.

»Nun los, sag schon, wie war's?«

»Du siehst doch ...«

»Hab mir Sorgen um dich gemacht. Du warst länger weg, als du geplant hast.«

Roxana schlug die Augen auf und schaute ihn ungläubig an. Sorgen? Er?

»War schwieriger, wieder von Kor wegzukommen als hinzufinden. Musste stundenlang gehen. Als ich endlich zur

Strasse kam, überholte mich ein kleiner Traktor, der mich ein Stück mitnahm. Dann wieder zu Fuss weiter. Schliesslich, gegen Abend, ein Auto. Hat mich dann bis nach Turfan gefahren.«

Mit jedem Wort klang Roxanas Stimme rauer und heiserer, bis sie sich überschlug. Sie machte ein Zeichen, dass nun genug sei.

»Bin jedenfalls froh, dass du wieder da bist. Sonst hätte ich auch noch nach dir suchen müssen.«

Roxana schaute ihn lange an, zu lange, das merkte sie seinem Gesicht an, da schloss sie rasch die Augen, schlief jedoch erst sehr viel später ein. Mit roten Blumen im Kopf, mit unendlichen Steinwüsten, Geröllhalden, mit Bildern von dunklen Höhlen, Ginstergestrüpp und einem Klacken im Ohr, das wie Schüsse aus der Ferne im schwarzen, bodenlosen Traum widerhallte.

Nur schon das Hochklappen der Lider fiel Roxana am nächsten Morgen schwer, denn sie waren verklebt. Im Gegensatz zu ihr zog Alex stets die schweren und dunklen Vorhänge zu, die dennoch das gleissende Licht an den Rändern nicht vollkommen aussperren konnten. Für Alex, der im verschimmelten Bad mit Wasser um sich spritzte – so hörte es sich jedenfalls an – musste sie aufstehen und so tun, als sei alles ganz normal, als sei sie wie immer oder wenigstens so, wie er sie in den wenigen Tagen kennengelernt hatte.

Erst nach einigen Tassen herben Schwarztees in einer Teestube war sie wieder bei Sinnen, riss grosse Stücke von einem Fladenbrot und stopfte die in sich hinein. Roxana bewegte sich wie eine stumme Puppe; die Menschen, die sich in den engen Marktgassen drängten, schienen ihr wie Imitationen ihrer selbst, rempelten und wälzten sich wie eine zähe Masse vorwärts. Milchig weiss war das Licht. Schlieren am Himmel. In ihrem Kopf, der war schwer und dumpf, pochte es.

»Heute Abend ist das Fest, du weisst ja. Schon gestern sind viele Leute von überallher gekommen, selbst unsere

Unterkunft ist ausgebucht, sagte mir der Kerl unten an der Rezeption. Der Hof steht voller Lastwagen, und auch hier auf dem Basar merkt man eine gewisse Spannung. Findest du nicht auch?«, fragte Alex und schaute Roxana an. Hatte sie ihn überhaupt gehört? Was war in Kor geschehen?

Roxana duckte sich, als seine Worte an ihr Ohr drangen. Zu laut war ihr alles und ihr Gesicht ausdruckslos wie eine weisse Wand.

»Hab vorgestern nach den Leuten geforscht, die hingerichtet wurden, vor allem nach dem Uiguren. Bin aber nicht weit gekommen. Manche reagierten seltsam feindselig, als ich das Gespräch darauf brachte. Kam mir jedenfalls so vor. Begriffen gar nicht ...«

»Wollte Anna dir nicht helfen?«

»Am Anfang ist sie noch mitgegangen, hat dann aber bald keine Lust mehr gehabt. Abends haben wir uns noch einmal kurz getroffen, die beiden fahren heute zum Tianshan weiter.«

»Hm«, meinte Roxana nur und starrte geradeaus auf die wogende Menge. »Haben also Glück, dass wir in unserem billigen Guesthouse untergekommen sind, wie? Hättest doch auch mit ihnen fahren können.«

»Aber deine Sachen waren doch noch im Zimmer. Und so hatte ich einen Tag für mich, bin durch die Strassen gegangen und hab einfach gewartet. Ich habe gehofft, per Zufall noch irgendwas herauszufinden. Und ich war gespannt, was du von den Höhlen erzählst, ob es sich gelohnt hat. Und, hat es sich gelohnt?«

Roxana hörte keinen Spott aus seiner Stimme und antwortete nach einer Weile. »Wenn ein paar dünne Linien eines möglichen Faltenwurfs und die Andeutung eines Fussknöchels ausreichen ... Die ich jedoch ohne entsprechendes wissenschaftliches Equipment nicht verifizieren kann ... Müsste dafür noch einmal hingehen. Aber«, und hier stockte Roxana, weil sie sich über das, was sie jetzt sagen würde, selbst noch nicht im Klaren war, »gefunden habe ich ein seltsames Dorf der Frauen, von denen ich drei gesehen habe, die merkwürdigen Geschichten einer Alten, die mich glücklicherweise bei sich übernachten liess. Denn die kalte Nacht draussen in der freien Natur hätte ich kaum überstanden. Die lebt dort mit ihrer Enkelin, einer Idiotin, wie sie selbst sagt, geistig behindert, würde ich sagen. Hängt vermutlich mit den Atomtests in der Gegend hier zusammen.«

»Ich weiss, die ganze Gegend hier ist verseucht, die Uiguren haben dagegen demonstriert, doch einmal mehr hat es nichts genützt. Hat sie dir davon erzählt?«

»Angedeutet, dass ihr Sohn da in etwas verwickelt war und fliehen musste. Aber wie gesagt, vieles von dem, was sie erzählte, war wirr, einiges passte nicht zusammen. Und ich hab mich gefragt, wieso sie nicht schon längst diesen Ort verlassen hat.«

»Und, hast du sie gefragt?«

»Nicht direkt, sie meinte nur, sie würde eben bleiben. Wegen der Blumen, der roten.« Roxana hielt inne, wollte sehen, ob und wie Alex reagierte. Erst als nichts von ihm kam, sprach sie weiter. »Nach meinem Höhlenausflug bin ich in ein benachbartes Tal abgestiegen, das ich von oben gesehen habe. Weil dort zwischen kahlen Felswänden und Geröllhängen grüne Felder lagen. Die passten nicht in die Gegend. Früher hatten sie Getreide angebaut, doch heute sind es Mohnfelder. Erst vor Kurzem war offensichtlich geerntet worden. Weisst du, was das bedeutet?«

»Gibt's überall, in Afghanistan, Usbekistan und Kirgistan. Wundert mich gar nicht, dass hier auch Mohn für Opium angebaut wird.«

»Ich hab noch nie was davon gehört, und in China geht die Regierung viel strenger dagegen vor als in den Nachbarländern. Meine ich zumindest. Ich frag mich aber, was mit dem Geld passiert aus diesem Opiumanbau. Und wer waren die Männer, mit denen ich nach Kor gefahren bin und die mich dort haben sitzen lassen?«

Alex schwieg, schwieg sogar recht lange.

Roxana wurde immer mulmiger bei dem Gedanken, dass es einzig die Geldgier des Fahrers war, die sie nach Kor gebracht hatte. Denn wenn die Hintermänner herausfänden, dass eine Ausländerin in Kor war und womöglich die Mohnfelder entdeckt hatte …

»Könnte ungemütlich werden«, sprach Roxana zu sich selbst.

»Was?«

Roxana erzählte Alex von ihren Befürchtungen.

»Du bist doch sonst nicht so paranoid, warum jetzt auf einmal?«, neckte Alex sie, doch Roxana war nicht nach Lachen zumute: »Du warst eben nicht dort. Auch die Alte war seltsam, fast ein wenig unheimlich war es mir in den beiden Nächten. Ich bin am nächsten Morgen sehr früh aufgestanden, um möglichst schnell wegzukommen. Hab ihr etwas Geld dagelassen, mit dem sie vermutlich ohnehin nichts anfangen kann.«

»Sie können dich nicht einfach ausschalten, das können sie mit einer Ausländerin in China nicht tun. Einschüchtern vielleicht, ja, aber wie? Damit du ganz schnell die Gegend verlässt? Ach, ich weiss nicht.«

Roxanas Kopf war wie von einem Schraubstock fest umklammert, wegen des Wassermangels am Vortag und der brennenden Sonne vermutlich, der sie stundenlang ausgesetzt war. Und sie fühlte sich zerschlagen, ihr ganzer Körper war leblos, sie spürte ihn kaum, lag wohl an den Nächten, die sie auf dem lehmgestampften Boden im Haus der Alten gelegen hatte. Sie hielt jedenfalls dieses Licht, den Staub und den Lärm nicht mehr länger aus und ging zurück zum Guesthouse. Auf der Treppe wurde sie von Uiguren angerempelt, die sie breit angrinsten und offenbar irgendwelche Witze über sie rissen, die Roxana zwar nicht verstand, doch deren Grimassen verrieten alles. Sie fluchte auf Chinesisch. Die Männer waren verblüfft und starrten sie böse an. Der, der ihr so unverschämt ins Gesicht schaute, trug einen Vollbart, ungewöhnlich für China, dachte sie noch.

Eigentlich wollte sie sich ein wenig hinlegen, aber ihre innere Unruhe trieb sie nach wenigen Minuten wieder hoch. Sie ordnete ihre Sachen, packte den Grossteil ihres Geldes und ihrer Wertsachen wieder zurück in den grossen Rucksack und behielt einen kleineren Teil bei sich. Das musste Alex ja nicht wissen. War ihre alte Reiseregel, nicht alles am Körper zu tragen, falls sie einmal bedroht werden würde und alles Geld rausrücken sollte.

Als Alex zurückkehrte, nahm er zuerst eine Dusche. Unglaublich, wie oft dieser Mann sich duscht, ging es Roxana durch den Kopf, als er auch schon neben ihr stand.

»Ich hab's mir überlegt. Lass uns doch gleich morgen weiterfahren, Richtung Kashgar. Dort in der Nähe ist ein Dorf, in dem gerade eine Schule mit Schweizer Geldern aufgebaut wird.«

»Uns?«

»Ja, auf diese Weise könntest du die vermeintlichen Hintermänner abschütteln!« Er lachte sie aus seinen brunnentiefen Augen an, sie spürte wieder diesen Sog und kramte rasch weiter in ihren Sachen.

»Weiss nicht ...«, murmelte sie vor sich hin.

In diesem stickigen Zimmer hielt sie es zusammen mit Alex nicht lange aus. Es war inzwischen vier Uhr nachmittags, die Hitze hatte sich ein wenig gelegt, sie würde einen kleinen Spaziergang über die Felder machen, die im Süden der Oase lagen.

»Ich komm mit«, sagte Alex ungefragt und kurz entschlossen. Immer wieder mussten sie den zahlreichen Eselkarren ausweichen, die ihnen entgegenkamen oder sie überholten. Langsam schlenderten sie über die Feldwege und schauten den blauen, grünen und roten Rücken der Frauen zu, die sich tief zwischen den Baumwollsträuchern bückten. Sonnenlicht rieselte wie Papierschnitzel durch die Pappelblätter auf den Weg vor ihnen. Hier und da plätscherte Wasser durch die Bewässerungskanäle. An manchen Stellen waren Reben über den Weg gespannt, in deren Schatten sich Frauen in den knapp bemessenen Pausen erholten. Ruhig, fast friedlich schien es hier, doch keine, die sie grüssten, erwiderte den Gruss, alle schauten sie nur fragend mit leerem Gesicht an.

Roxana überlegte hin und her, ob sie schon jetzt mit Alex weiter nach Kashgar fahren sollte. So ein Entwicklungshilfeprojekt könnte auch ihr etwas bringen, sie könnte sich nützlich machen, das sähe in ihrer Vita gut aus. Wäre ja auch eine Möglichkeit, später einmal dort einzusteigen. Immer noch besser, als ziel- und planlos durch die Gegend zu reisen und Höhlen aufzusuchen, in denen nichts zu finden war. Konkrete Arbeit leisten, da musste sie Alex zustimmen.

Sie gingen in einem Bogen um die Oase herum und gelangten schliesslich über die breite Einfallstrasse wieder in die Stadt. Hatten sich vorher die Menschen in den engen Gassen gedrängt, so verliefen sie sich hier auf den breiten Boulevards, die von der chinesischen Regierung der Übersichtlichkeit wegen vielerorts angelegt wurden, nachdem die traditionellen dörflichen Strukturen zerschlagen worden waren. Überall dort, wo sogenannte Minderheiten lebten, hatte man die Altstädte, früher als anderswo in China, abgerissen, Plätze und breite Strassen angelegt, erklärte Roxana Alex, der immer wieder stehenblieb und fotografierte.

Zu beiden Seiten der Strasse standen Verkaufs- und Essbuden; Huis, chinesische Muslime, und Uiguren stellten abends hier ihre Grillstände auf, und Rauchschwaden stiegen auf, weil die billige Holzkohle nicht richtig brennen wollte. Einige spannten zwischen ihren Händen den Teig zu langen Nudeln, um sie dann in einem stark gewürzten Sud zu kochen.

»Ziehnudeln heissen die«, erklärte Roxana. Aus ganz China waren Händler gekommen, die hofften, ihre Taschen, T-Shirts und Röcke, die in den chinesischen Grossstädten schon längst keiner mehr haben wollte, hier loszuwerden.

Viele Menschen strömten in Richtung Stadion, denn dort sollte eine Militärparade abgehalten werden. Alex und Roxana setzten sich an einen Stand, der Tee mit Kandiszucker, Chrysanthemenblüten, roten Beeren, getrockneten Orangenschalen und Litschis servierte. Der Tee wurde immer wieder von einem kleinwüchsigen Mann mit heissem Wasser aus einem verbeulten Wasserkessel aufgefüllt. Merkwürdig still war es hier, wie gedämpft, zu ruhig für ein Fest: Niemand lachte, alle unterhielten sich leise und nur, wenn es unbedingt sein musste, so schien es, bloss die Händler priesen lautstark ihre Waren an. Kinder liessen sich, widerwillig zwar, aber ohne zu murren, hinter ihren Müttern herziehen. Und nur die chinesischen Kinder hatten einen Lutscher in der Hand.

Alkohol wurde nirgends ausgeschenkt, Roxana hatte jedenfalls keinen gesehen und wunderte sich, woher die betrunkenen und grölenden Männer, die gerade an ihnen vorübertorkelten, ihren Stoff herhatten. Als zwei, drei junge Polizisten auf die Gruppe zugingen und sie ermahnen wollten, fuchtelte einer der Uiguren mit seiner Faust in der Luft herum, holte aus und schlug glücklicherweise ins Leere. Sogleich sprangen ein paar Alte herbei und gingen dazwischen, doch wie aus dem Nichts tauchten Männer in grauen Anzügen mit Funkgeräten auf und eine Gruppe schwer bewaffneter Soldaten.

Roxana stand auf, wollte gehen, Alex hielt sie am Arm fest, so verharrten sie für einen Augenblick, und aller Augen waren auf einmal auf sie gerichtet. Als ob nichts geschehen wäre, löste sich das Handgemenge auf, die Uiguren torkelten die breite Strasse entlang, die Soldaten zogen sich zurück in eine dunkle Einfahrt zu einem staatlichen Gebäude, wo sie vermutlich schon die ganze Zeit gelauert hatten.

Wenn es immer so einfach wäre, dachte sie und ging. Alex folgte ihr in einigem Abstand.

»Siehst du, allein schon unsere Präsenz bewirkt, dass sie sich nicht trauen, die Uiguren zusammenzuschlagen oder noch Schlimmeres. Ist es nicht wahnsinnig, wenn man das so direkt miterlebt, wie viel man eigentlich ausrichten könnte, wenn man nur wollte und den Mut dazu hätte?«

»Bist wohl grössenwahnsinnig, was?«, lachte Roxana auf. Ja, wenn es tatsächlich so wäre, hätte ihre Reise, ihre Gegenwart hier womöglich einen Sinn? Trügerische Hoffnung, aber immerhin eine, der sie sich für diesen Augenblick, an diesem Abend gerne hingab.

Kapitel 14

Seidener Faden

Um 22.30 Uhr hatten sie es gemerkt. Entsetzt zählten sie ihre Verluste, Roxana rannte hinunter zur Rezeption, klopfte und hämmerte und rief, bis endlich jemand auftauchte, sich verschlafen die Augen rieb. Hellwach war, als Roxana erzählte. Sich nochmals alles erzählen liess, dabei das Registrierbuch hin und her blätterte, bis der Finger an einem Eintrag hängen blieb.

»Da, ich erinnere mich, die checkten plötzlich aus, hatten es furchtbar eilig. Nachmittags um 17 Uhr. Hatten die Nacht schon im Voraus bezahlt und wollten nicht einmal das Geld zurück. Ich ruf die Polizei.«

Roxana ging wieder zurück in den ersten Stock.

»Wie konntest du nur das ganze Bargeld im Zimmer lassen! Ich hab's dir ja gesagt.«

Dabei hatte es ihn weniger hart getroffen als sie. Ihr Geld würde wahrscheinlich nur noch knapp reichen für die Reiseroute, die sie zurück nach Deutschland hatte nehmen wollen, über Kashgar und den Karakorum, von Islamabad nach Peking und dann ihre restlichen Sachen in Xi'an abholen.

Nun mussten sie warten. Im Innenhof eines einstöckigen Gefängnisses, die Fenster vergittert, dahinter bewegte sich nichts, überhaupt war es still. Vielleicht gab es derzeit keine Gefangenen, vielleicht war das nur eine Art Kurzzeitgefängnis und die in den Augen der chinesischen Regierung wirklich schweren Fälle wurden gleich nach Ürümqi verlegt.

Sie wartete nun schon mehr als eine Stunde, um ihre Aussage erneut zu Protokoll zu geben. Alex war schon nach dreissig Minuten gegangen. Sie sass im Schatten eines Vordachs an einem Tisch, dachte an Helene, ihre Cousine. Deren Brief mit der Nachricht vom Tod ihres Vaters hatte sie unbeantwortet gelassen, hatte ihr nicht mehr geschrieben, hatte überhaupt wenig geschrieben, abgesehen von ihren Höhlennotizen, war in ihre eigene Höhle gekrochen, verstummt. Helenes Briefe waren wie ein Anker in ihrem oft eintönigen Studentendasein gewesen. Sie hatten sich regelmässig geschrieben, und ihre Cousine half ihr immer wieder heraus aus ihren Gedankenkreiseln, auch früher schon.

Liebe Helene,
diesen Brief schreibe ich auf einer schmalen, wackligen Bank in einem quadratischen Gefängnishof in West-China. Ich muss warten, bis man mich ein zweites Mal verhört. Ja, »verhört«, denn Aussagen von Opfern werden einer peinlich genauen Überprüfung unterzogen, sodass man sich selbst wie eine Täterin fühlt. Wieder alles von vorn erzählen, wie es sich zugetragen hat. Das Protokoll musste ich heute Nacht selbst schreiben, denn der alte Polizist mit seinen müden Augen konnte nicht gut genug Chinesisch, wusste auch nicht, was Traveller Cheques sind, geschweige denn, wie die Schriftzeichen dafür aussehen könnten. Also verfasste ich kurzerhand selbst ein paar Zeilen, beschrieb, wie offenbar durch das schmale Fenster im Bad in unser Zimmer eingebrochen wurde – vergass auch nicht, die Schuhabdrücke an der Wand zu erwähnen –, dass Fotoapparat, Bargeld, Walkman und eben Traveller Cheques gestohlen wurden.
Von meinem Verdacht erzählte ich dem Besitzer des Gästehauses, beschrieb ihm die Männer, die mich noch am Nachmittag auf der Treppe dumm angemacht hatten, sagte nicht, dass ich ebenso böse zurückkeifte. Und genau diese Männer sind gestern Nachmittag überstürzt abgereist! Zwar fand das der Besitzer ein wenig merkwürdig, liess die Jungs – aha, es waren mehrere, fragte der Polizist nach – aber ziehen. Ja, der eine hatte einen Vollbart, bestätigte er meine Beschreibung. Auf einmal wurde der Alte hellwach, liess sich die Adresse geben, die der Kerl ins Melderegister eingetragen hatte, und heute Morgen fuhren zwei seiner Kollegen nach Ürümqi, in die Hauptstadt der Provinz Xinjiang.
Ich muss schon zugeben, dass ich verdammt wütend bin. Wenngleich ich natürlich hoffe, sie finden diesen Idioten,

bei ihm die Sachen und vor allem das Geld, können sie ihn dann aber meinetwegen laufen lassen. Denn wer weiss, welche Strafen auf Einbruch und Diebstahl stehen, wenn Ausländer involviert sind. Würden sie womöglich direkt auf den Stufen vor dem Gästehaus abknallen, jedenfalls hatte ich mehrere Male zuvor schon so einen seltsamen Traum. Finden sie diese Männer nicht, war's das, denn ich hätte keinen Pfennig mehr. Dieses Mal wäre es endgültig. Könnte meine Reise, die ohnehin ihrem Ende zugeht, nicht fortsetzen, müsste zurück.

Zeit also, ein wenig nachzudenken. Dich, die du mitbekommen hast, wie ich diese Reise vor etwas mehr als vier Jahren geplant hatte, die eigentlich nur ein halbes Jahr dauern sollte, wieder einmal mit Überlegungen allgemeiner Art zu überhäufen, die einem auf langen Fahrten durch den Kopf gehen, vom rhythmischen Rattern des Zuges zerstückelt oder vom Schaukeln im Bus durcheinandergewirbelt. Dann setzen sie sich fest, werden zu fixen Ideen, und ich muss sie wieder ordnen, in Briefen zum Beispiel, um sie loszuwerden. Wer weiss, vielleicht werde ich ja mal alle Briefe, die ich dir in den letzten Jahren von meinen Reisen geschrieben habe, bündeln und als Buch herausgeben? Eitle Wünsche, man sollte sie allesamt verbrennen, denn der Sinn des Reisens leuchtet mir heute weniger ein denn je.

Wenn ich so zurückdenke, fand ich zu Beginn alles genauso aufregend, wie ich es mir vorgestellt hatte: die fremden Länder, auf die ich so gespannt war, Abenteuer, die auch schlecht hätten ausgehen können, wie zum Beispiel die Verhaftung als vermeintliche Prostituierte im Norden Indiens, weil ich mit einem Inder nach Kashmir reiste. Ich liebte die Länder, durch die ich kam, war wie berauscht von den Leuten, den Strassen mit ihren Gerüchen, den Farben, ging nachts alleine ins Kino, konnte mich gar nicht satt sehen! Noch schmunzelte ich, wenn ich von Einheimischen übers Ohr gehauen wurde. War ich einfach nur naiv, wie es mir heute scheint? Jedenfalls kühlte diese anfängliche Begeisterung rasch ab. Landschaften gingen ineinander über, in der Erinnerung konnte ich sie schon bald nicht mehr auseinanderhalten. Gesprächen mit Leuten, vor allem mit Reisenden, wich ich aus; alle redeten ohnehin immer nur über die billigsten Hotels, die günstigsten Fahrkarten, das beste Essen. Ich wollte aber bleiben, Grund für eine Rückkehr habe ich nun erst recht keinen mehr, seit mein Vater gestorben ist ... Den Kontakt zu meiner jüngeren Schwester habe ich schon lange abgebrochen, wobei eigentlich gab's da noch nicht einmal einen Bruch, denn es gab nie etwas zwischen uns.

Wie dem auch sei, einen Grund, bleiben zu können, fand ich schliesslich: Ich wollte in China studieren und versuchen, entlang der Seidenstrasse den vorislamischen buddhistischen Spuren nachzugehen. Der »buddhistische Korridor« zeichnete sich vor meinem inneren Auge ab, ihn wollte ich abschreiten, wie und mit welchen Verkehrsmitteln auch immer, aber langsam sollte es sein.

Ich ging nach Xi'an, von wo vor tausend Jahren der buddhistische Mönch Xuanzang zu seiner Reise in den Westen aufbrach, um zum Ursprung des Buddhismus zu gelangen.

Wie sehr genoss ich es, mir die chinesische Sprache anzueignen, mit der ich bald und gerne wie mit einem Spielball jonglierte; schnell wurde ich mit den Leuten warm, hatte – wie ich meinte – rasch Freunde gefunden: eine aufregende Zeit, diese drei Jahre. Wie gut tat es zu Beginn in Xi'an, einmal innezuhalten in unbefriedigender Bewegung. Doch schon bald krochen wieder alte Selbstzweifel in mir hoch.

Habe ich dir jemals geschrieben, dass mich deine Briefe wie ein seidener Faden am Leben hielten? Damit ich nicht abtrieb. Deine Briefe, die in schöner Regelmässigkeit eintrafen, ohne dass ich jedoch zu sagen gewusst hätte, an welchem Tag ein Umschlag im Briefkasten liegen würde. Unermüdlich erklärtest du mir, wie sinnlos die Reiberei mit mir selbst sei. Und die Distanz, aus der heraus du meine Situation beurteiltest, war wohltuend.

Nun wird es bald zu Ende sein; ich werde zurückkommen, es ist beschlossen. Ich wollte nur noch die Seidenstrasse bis zu ihrem chinesischen Ende bereisen. Es ist aber eine Frage der Zeit und des Geldes, ob es mir gelingen wird, noch all die Orte abzuklappern, die ich besuchen müsste, um mein Projekt abzuschliessen. Damit ich nach meiner Rückkehr all meine Funde und Erkenntnisse in eine wissenschaftliche Form packen kann.

Oben erzählte ich von »unserem« Zimmer. Bin wieder einmal nicht allein unterwegs, wenngleich ich mich gerade auf Reisen nach dem Alleinsein sehne, um die Umgebung unverfälschter zu spüren. Egal, wen ich mir als Reisebegleiter ausgesucht habe oder wer sich an mich gehängt hat, ob sich eine kleine Affäre ergab oder nicht, ob die Zeit des Zusammenseins nur wenige Tage dauerte oder Wochen – ist es jemand aus dem eigenen Kulturkreis, hält man die alten Gewohnheiten bei, bleibt den eigenen Mustern verhaftet, die man doch gerade in fernen Ländern loswerden möchte, weil sie einen wie eine Zwangsjacke einengen. Und auch die Einheimischen behandeln einen anders. Dabei geht es mir doch darum, tief in die andere Kultur einzutauchen, mit ihr zu verschmelzen. Doch immer ist da irgendetwas, was mich zurückhält vor diesem letzten Schritt. Das Weggehen hat mich nicht von mir befreit.

Liebe Helene, die Reise geht zu Ende. Ich freue mich nicht auf die Rückkehr, aber es gibt keinen Ort, an dem ich mich vor mir selbst verstecken könnte. Nun denn.

Roxana

Roxana legte den Stift zur Seite, faltete das Papier, schob es in ihre Hosentasche.

Wenn sie die Diebe finden würden? Ein Mann mit dunklem, langem Bart würde in der prallen Sonne auf der Treppe vor dem Guesthouse stehen. Die Ärmel seiner Jacke in Fetzen hängen, blutige Schrammen würden sein Gesicht überziehen. Er würde blinzeln, wenn er geradeaus sieht in die Gewehrmündungen. Den Schweiss würde er sich mit der linken Hand von der Stirn wischen. Dann würde ein lauter Knall die Stille zerreissen, alles weiss werden.

Kapitel 15

Warten

»Wissen Sie, Ihr Partner, Herr Herrmann, er ist zu hart.«
Hart? Was meinen sie? Ein ungewöhnlich direkter Einstieg
in ein Gespräch, nachdem Behruz die Tür aufgestossen hat
und sie sich in das enge Zimmer drängten. Linda wartet.
Bislang war doch Li das Problem, der noch immer nicht von
seiner Geschäftsreise zurückgekehrt ist. Oder der fehlende
Wagen. Das Benzin.

»Wir haben Erkundigungen eingeholt. Ein Projekt in der
Inneren Mongolei hat er nicht zu Ende geführt, Unstim-
migkeiten vor Ort mit den Behörden.«

Linda schweigt. Die beiden Männer nippen an ihrem
Tee, ihr hat man dieses Mal keinen angeboten. Behruz steht
neben der Tür.

»Nun, wir halten es für besser, wenn Sie in den nächsten
Tagen zurückfliegen, denn hier können Sie ohnehin nichts
ausrichten. Dieser Herrmann, er ist hart. Vertritt Positio-
nen, die für uns nicht akzeptabel sind. Andere Meinungen
akzeptiert er nicht. Und er handelt egoistisch. Nur seine Interessen stehen im Vordergrund. Die Folgen in der Inneren
Mongolei waren verheerend. Beamte wurden versetzt, das
Budget des Bezirks gekürzt.«

Woher sie diese Informationen wohl haben? Die zudem schon vor der Abreise in Berlin auch der chinesischen
Seite bekannt gewesen sein dürften. Warum haben sie
nicht darauf bestanden, dass Herrmann nicht mitkommt?
Um später unter einem Vorwand das Projekt zu blockieren?

»Herrmann vertritt die Interessen seines Instituts, und
das Aufforstungsprojekt hilft den Menschen hier vor Ort.«

»Er hat damit den Leuten in der Mongolei nur gescha-
det. Und uns bringt diese Aufforstung gar nichts. Herrmann

wirbelt nur Staub auf«, fährt der ältere der beiden Männer sie an, kalt klingt seine Stimme.

»Wie denn?«, will Linda wissen. Vorhänge sperren das Licht aus, im Halbschatten ist die Mimik der Männer nur schlecht zu erkennen. Stickig ist es im Raum, und nirgends ein freier Stuhl, auf den sie sich setzen könnte.

»Er wollte mit einem Bus nach Yokawat fahren, dabei sind Touren auf eigene Faust ausdrücklich untersagt. Unsere Leute mussten ihn aus dem Bus holen. Alles muss mit uns abgesprochen werden, das wurde so vereinbart. Sie sind diejenigen, die sich nicht an den Vertrag halten.«

Wie konnte er nur? Von diesem Schlag wird sich das Projekt nicht erholen.

»Ihre Regierung hat einen Kooperationsvertrag mit unserer Regierung und unserer Organisation unterzeichnet und uns Unterstützung vor Ort zugesagt. Sie tun genau das Gegenteil.« Hohl klingt es, was sie da sagt, merkt sie in dem Moment, als sie ihre eigenen Worte hört.

»Wir verdächtigen Hermann, mit ausländischen Kräften zu kooperieren, die daran interessiert sind, Xinjiang von China zu trennen.«

Linda schluckt. »Herrmann ist Geograph, dieser Vorwurf ist absurd.« Und der Verdacht kann einem Einheimischen den Kopf kosten. Und muss als Generalverdacht für vieles herhalten. Nun auch für die Unfähigkeit oder den Unwillen der hiesigen Behörden, sich in die Karten schauen zu lassen.

Der jüngere der beiden Männer lockert seinen oberen Hemdenknopf. Lässig lässt er den Arm über die Lehne baumeln. »Dieser Herrmann ist also Geograph. Wenn er unbedingt nach Yokawat will, dann soll er sich unsere Plantagen ansehen. Wir haben viel Geld dort investiert, doch die Uiguren haben das Bewässerungssystem zerstört. Ihr Freund könnte doch sicherlich … sich um die Oasen kümmern und dafür sorgen, dass die Bewässerung der Plantage wieder funktioniert. Im Gegenzug …«

Linda unterbricht ihn: »Gut, ich werde mit ihm darüber sprechen.« Zwei Projekte mit demselben Budget, das käme auf keinen Fall infrage. Herrmann würde toben, so gut kennt sie ihn und ihr Ministerium auch. »Sehr gern schauen wir uns Ihre Plantage einmal an. Schicken Sie uns morgen dann einen Wagen?«

Der junge Mann nickt, grinst. Und Linda glaubt, was sie sieht, nicht, was sie hört.

»Wenn der Wagen nicht kommt, werde ich mich ganz oben«, sie wiederholt Silbe um Silbe die Worte, die man ihr vorher entgegenhielt, »über Ihre mangelnde Kooperationsbereitschaft beschweren.«

Sie ärgert sich sogleich über diesen Satz, denn eine Drohung, ausgestossen von einer Frau, hat hier noch nie etwas bewirkt.

Fratzen hatten sich ineinander verschlungen, schoben sich dicht vor ihr Gesicht, Hände streckten sich nach ihr aus, rissen ihr das Herz aus der Brust, ein toter Mann lag auf dem Kellerboden, erschlagen mit Heizrohren, lag in seinem eigenen Blut. Wer war der Mann? Sie konnte sein Gesicht nicht erkennen. Ihre Träume, schon so manches Mal waren es Visionen, die wahr wurden. Und wieder entzieht sich der Traum, das Gesicht. Behruz, war er es? Michael? Eine wilde Verfolgungsjagd, wer wen jagte, war ihr auch im Traum nicht klar, war sie deshalb aufgewacht? Anderthalb Wochen, in denen nichts passiert ist. Dafür tobt es nachts in ihr, seit drei Nächten nun schon. Weil Linda das erste Mal Zeit hat, verdammt ist zum Nichtstun in einem Leben, das sie mit Hilfsprojekten in der ganzen Welt angefüllt und die Vergangenheit darunter begraben hat. Unter Zement, aus dem das Gedächtnis zusammengesetzt ist, wohl wissend, dass Zement verwittert, zerfällt und eines Tages enthüllt, was immer er verbergen sollte. Vielleicht ist es das.

Zerrieben und innerlich wund ist sie aufgestanden, hat sich hinaus unters Vordach geschleppt, sich schwer in den

Korbsessel fallen lassen, von dem die abgebrochenen Rohre abstehen wie bei einer durcheinandergeratenen Frisur. Noch ist es still, der Tag dämmert vor sich hin, mit den ersten Sonnenstrahlen würde das Leben erwachen, die Hitze kommen, das Leben wieder zum Erliegen bringen.

»Soll ich dir einen Tee bringen?«, fragt eine Frauenstimme wie aus dem Nichts. Linda hat die Frau nicht kommen hören, die sie am ersten Tag in Empfang genommen hat, und schreckt hoch. Sieht das Namensschild auf ihrer Brust: Ayse. Die Frau steht da, schaut sie fragend an. Linda nickt, schämt sich, denn es ist ihr klar, dass Ayse keine Bedienstete ist, die Tee für ausländische Experten kochen muss. Und Linda lässt sich ohnehin nur ungern bedienen. Mit dem Tee hat Ayse eine Kladde gebracht. Und seit sie hier sind, setzt sie sich das erste Mal zu ihr.

»Von einer jungen Frau, die nach buddhistischen Höhlen in der Gegend suchte, auf eigene Faust und schlecht ausgerüstet. Sie waren auch hier untergekommen, die Zimmer wurden damals an Traveller vermietet.«

»Sie war nicht alleine unterwegs?«, fragt Linda und fächelt sich mit der Kladde Luft zu. Nein, doch der Mann war nicht mitgegangen, erinnert sich Ayse. Hat sie nicht verstanden, sie schüttelt den Kopf, noch viele Jahre später. Der liess dieses Mädchen einfach allein losgehen in diese Wüste, es war ein trotziger, ein rascher Aufbruch gewesen, so war es ihr zumindest vorgekommen. Und dennoch, als sie gegangen war, schien er auf sie zu warten. Nur, sie kam nicht mehr wieder. Und lange wartete er ohnehin nicht. Unter all den Sachen, die sie zurückgelassen hat, seien auch diese Blätter gewesen. Niemand habe bislang die Schrift lesen können, aber sie, Linda, sei doch Deutsche, oder? Man habe ihr gesagt, das sei Deutsch, denn immer wieder habe sie das Bündel, ja, so nannte es Ayse, Bündel, den hier durchreisenden Ausländern gezeigt. Ayse spricht zwar einigermassen gut Englisch, doch jetzt stockt sie, fügt Formulierungen aneinander, die sie sich im Laufe der Zeit angeeignet hat, wie Fremdkörper, mit denen man sich irgendwie durchschlägt. Im Alltag, unter miserablen Umständen, die einen ins Abseits drängen, auf ein Abstellgleis hier in einer ausgestorbenen Karawanserei. Immerhin kann sich Linda mit Ayse leidlich unterhalten. Immerhin bekommt sie, was sie braucht, und manchmal auch ein bisschen mehr, so wie jetzt diesen Papierstoss.

Linda blättert mit einem Daumen den Packen durch, sucht nach einem Namen, einer Adresse. Hinten, auf dem Innendeckel des grün verblassten Kartons, findet sie einen unregelmässig geschriebenen Schriftzug. Roxana Fiedler. Die zentralasiatische, mythische Roxana, die Amazonenfürstin, die Einzige, die Alexander dem Grossen die Stirn geboten, ihn bezwungen hatte, und das banale Fiedler.

Sie klappt die Kladde auf, nimmt das erste Blatt, nickt Ayse zu, als bitte sie um Erlaubnis.

Prolog

Was vergangen war, lag vor ihr, lag auf den Gesichtern der Menschen, die ihr entgegenkamen. Frauen mit Kindern am Rockzipfel und Säuglingen auf dem Arm stockten, als sie sahen, dass sie in die entgegengesetzte Richtung ging. Stockten nur kurz und liefen weiter, als ob sie ja nicht zu spät zur Hinrichtung kommen wollten. Männer fuhren mit Fahrrädern und knatternden Mopeds vorüber, zogen dunkle und stinkende Rauchwolken hinter sich her, manche trieben ihre Maultiere an, keiner würdigte sie eines Blicks. Schwerfällig setzte sie einen Fuss vor den anderen, immer den Weinreben entlang, die an beiden Seiten der Dorfstrasse standen und zu Bögen zusammengebunden waren.

Noch war es kühl an diesem Morgen, feucht beinahe. Die Beine schmerzten, die Wunde am linken Oberarm pochte, nur gelegentlich schaute sie in die erstaunten Gesichter, starrte stumm auf die Strasse, die bald in einen Feldweg übergehen würde. Dann läge das Dorf weit hinter ihr, ihre Füsse wirbelten Staub auf, immer weniger Menschen begegneten ihr, bis sie auf die Baumwollfelder gelangte.

Weit hinten auf dem Feld pflückten Frauen weisse Büschel von den Sträuchern, sie mussten sich beeilen, denn die Mittagsonne erstickte jegliches Tun mit ihrer Hitze. Und wenn die Sonne alle Schatten gefressen hätte, würde die Luft flirren, die Zeit und alles andere stünde still. Sie spürte ihren trockenen Gaumen, die pelzige Zunge, sie fieberte wie schon all die Tage zuvor.

Ein Grenzstein, totgebleicht von der Sonne wie alles hier, schob sich in ihr Blickfeld. Langsam ging sie auf ihn zu, setzte sich, ans Ende ihrer Kräfte gelangt. Ihr wurde schwarz vor Augen.

Am nächsten Tag war sie verschwunden. Unter falschem Namen im Morgengrauen abgereist.

Linda wendet das Blatt. Der Text endet hier. Die Blätter darunter passen nicht dazu. Eintrittskarten mit unscharf abgebildeten Gebäuden und hier: eine Karte von Xinjiang in chinesischer und uigurischer Schrift. Woher Roxana die wohl hatte? Manche Orte sind unterstrichen, andere nicht, obwohl Roxana offensichtlich dort gewesen war, den Tickets nach zu urteilen. Tagebuchnotizen mit Namen der Dörfer und Städte, mit Datum versehen. 1992 war die junge Deutsche also hier in Xinjiang umhergereist, und zwar recht lange. Das ging damals nicht mit einem gewöhnlichen Touristenvisum, überlegt Linda. Zahlreiche Skizzen von buddhistischen Abbildungen, von Menschen und bizarren Wüstenformationen liegen in der Kladde, jede ist nummeriert, aber einige tragen dieselben Nummern, als gehörten sie zusammen. Und einige sind kommentiert, wenngleich Linda die unruhige Handschrift nicht immer entziffern kann. Sie schüttelt den Kopf. Sucht nach konkreten Hinweisen, liest aber immer nur die Überschriften, Daten, die nicht chronologisch sind. Obenauf liegt dieser Text. Prolog wovon, wie geht es weiter? Sie liest noch einmal die erste Zeile.

Es ist noch früh, zehn Uhr. Von Herrmann ist nichts zu sehen, auch nichts zu hören. Sie wüsste nicht, wusste es schon in den letzten Tagen nicht mehr, was sie miteinander reden sollten. Gingen sich aus dem Weg. Dieses Warten zermürbte. Jedes Geräusch im Hof liess sie aufhorchen, vielleicht würde jetzt endlich etwas in Gang kommen. Doch nach jedem Geräusch gleich Enttäuschung. Seit Tagen.

Linda bittet Ayse, ein Taxi zu rufen. In die Stadt fahren, auf andere Gedanken kommen. Im Internet surfen, denn hier in ihrer Unterkunft haben sie noch immer keinen Zugang. Sie lässt sich auf dem breiten Boulevard absetzen. Menschen ziehen langsam an ihr vorüber, als wollten sie möglichst nicht auffallen. Still ist es hier. Ihr Blick bleibt an einem gemalten Schild mit einem Computer hängen. Eine Stimme fragt nach ihrem Ausweis, das Gesicht sieht sie erst, als sie sich an das schummrige Licht gewöhnt hat. Linda legt ihren deutschen Führerschein auf die Theke, trägt sich ein in ein Buch, biegt um die Ecke. Dunkle Köpfe, dicht über Tastaturen gebeugt. Sie geht durch die Reihen auf der Suche nach einem freien Platz, keiner hebt den Kopf. Wom, zack, krach, auf allen Bildschirmen flackern Kriegsspiele. Als sie sich setzt, wirft sie einen raschen Blick nach links, wo ein massiger Kerl auf die Tastatur hämmert und mit der Maus Blöcke hin und her bewegt, die Feuer spucken und hüpfende Ziele ins Visier nehmen. Rechts von ihr hat ein junger Mann ein Mailprogramm aufgerufen, kräuselt die Lippen, spricht leise vor sich hin, tippt Buchstabe um Buchstabe ein; nach jedem Wort sich vergewissernd, schreibt er von einem handgeschriebenen Zettel etwas ab, was, kann Linda nicht lesen. Sie startet den Internet-Browser, tippt den Namen Roxana Fiedler in die Suchmaske ein. Nichts. Öffnet das Mailprogramm. Betrachtet das drehende Rad. Wartet. Als sich das Mail-Fenster endlich öffnet, schreibt sie einer Bekannten im Innendienst, sie solle bitte einmal nach Roxana Fiedler suchen. Internet-Zugang hätte sie noch keinen, käme aber wieder hierher in ein Internet-Café, um ihre Mails zu checken. Gruss. Name. Und zögert. Schreibt rasch noch eine Mail an einen ehemaligen Mitarbeiter, bittet ihn um Informationen über Herrmann und vor allem dessen türkische Frau, möglichst diskret. Rasch. Sie sitze hier auf Kohlen. Und Behruz Ibrahimi. Alles, was du über ihn findest.

Als sie sich erhebt, schaut sie wieder zu dem jungen Mann, der noch immer mit gespitzten Lippen den Zettel abtippt. An der Theke wird sie aufgefordert, zu unterschreiben, die Uhrzeit hat man bereits eingetragen. Zwanzig Minuten für zwei Mails. Über ihrem Eintrag sind zahllose Spalten ausgefüllt und abgestempelt worden.

Kapitel 16

Keine Spur

Gegen Mittag kamen die beiden Polizisten aus Ürümqi zurück und berichteten stockend, dass sie unter der Adresse, die der Verdächtige ins Gästeregister eingetragen hatte, lediglich die Mutter des Mannes mit Vollbart angetroffen hätten. Die wiederum sei alt und völlig ahnungslos, hätte ihren Sohn lange nicht mehr gesehen.

»Sagt sie«, meinte Roxana nur. Der eine der beiden Polizisten hatte seine Uniformjacke streng zugeknöpft. Roxana drehte sich um, ging zurück an den Tisch im Hof und packte ihre Sachen.

Alex hatte schon am Vormittag in Peking angerufen, um die Nummern der Traveller Cheques durchzugeben und sperren zu lassen, in Kashgar würde er neue erhalten. Wütend war er vor dem Expressschalter hin und her getigert, während sie wie in Trance funktionierte und alle Gespräche einfädelte. Hoffte, irgendwie diese zweitägige Busfahrt nach Kashgar zu überstehen. Log, als Polizisten – dieses Mal kamen wieder andere in ihre Unterkunft – sie fragten, wie lange sie bleiben würden. Man bräuchte sie nun als Zeugen, und sie antwortete: »Zwei Wochen.«

Nun hatte Roxana ringsherum Landkarten ausgebreitet: Pakistan, West-China, Tibet, Indien ... überschlug die Distanzen, die Summen, die sie bräuchte, um diese zu überwinden, doch die Rechnung ging nicht auf: Den Weg über Pakistan und von dort nach Peking, Xi'an und zurück nach Europa konnte sie sich definitiv nicht mehr leisten.

Am Abend dann hatte sie sich entschieden: Die Bemühungen der Polizei, ihr Geld und die anderen Dinge zurückzubekommen, würden im Sand verlaufen, sobald sie abreiste. Gab es einen Grund, hier auszuharren, um sich womöglich in irgendwelche Spielchen zu verstricken, deren Spielregeln sie nicht kannte? Jetzt gleich zurück nach Xi'an und über Peking ausreisen, wäre vernünftig gewesen, die sicherste und kürzeste Route. Doch mit Alex nach Kashgar und Khotan zu fahren, reizte sie ungleich mehr. Nur was wollte Alex? Und was hatte das mit ihr zu tun, was er wollte?

Tickets gab es für den ersten Bus am Morgen keine mehr, nachdem sie in der Morgendämmerung aus dem Gästehaus geschlichen waren. Sie hatten auch Anna und Ma nicht mehr Bescheid gegeben, denn womöglich würden die beiden von der Polizei befragt. Was Ma Schwierigkeiten bereiten könnte. Besser, sie im Ungewissen lassen. Am Abend zuvor hatte sie zu Alex gesagt: »Ich fahr auch weiter nach Kashgar«, die Worte sorgfältig auswählte, um nur ja kein Missverständnis aufkommen zu lassen. Er meinte nur, sie müssten um fünf Uhr aufstehen.

Aus den Teebuden rund um den Innenhof, in dem die Busse mit laufendem Motor standen und Abgaswolken in die kühle Morgenluft stoben, quoll Dampf von kochendem Wasser. Die besseren Gerüche stiegen Roxana erst in die Nase, als sie direkt vor den Garküchen stand. Duft von frischer Sojamilch und frittierten Teigstangen, die aus Sichuan stammende Kleinhändler zubereiteten. Während Alex seinen Hunger sofort stillen musste, feilschte sie in der Eingangshalle des Busbahnhofs mit Ticketverkäufern, Busfahrern und Schaffnern um Tickets, denn daran hatte er nicht gedacht. Sie behielt dabei die Abfahrtstafel im Auge, auf die mit Kreide die absurdesten Uhrzeiten notiert waren wie 10.23 Uhr örtliche Zeit – 12.47 Uhr Peking-Zeit. Sie mussten so schnell wie möglich weg, sie fielen ohnehin schon auf, ein Bus am Nachmittag wäre auf jeden Fall zu spät. Die Polizei würde sofort vom Chef des Gästehauses benachrichtigt werden, sobald der mitbekam, dass sie ausgeflogen waren. Und wo würden sie als Erstes nachsehen wenn nicht am Busbahnhof?

Irgendjemand hatte mitbekommen, was sie suchte. Ein kleiner, dunkelhäutiger Mann mit schäbigem Jackett über staubigem Mantel zog sie am Arm, sie zuckte zurück. »Lass das! Was willst du?«, fragte sie ihn laut auf Chinesisch. Er redete leise auf sie ein, sie wich seinem faulen Atem aus. Als er sah, dass sie ihn nicht verstand, zog er sie so lange am Ärmel, bis sie ihm in einen Seitengang folgte, der zu den Toiletten führte. Ein beissender Geruch, sie hielt kurz den Atem an.

»Was soll das?«

Er streckte ihr zwei Tickets hin, sie schaute misstrauisch drauf, immerhin mit dem heutigen Datum, 8. August. Konnte sie diesem Kerl trauen? Waren die Tickets echt, wie viel kosteten sie, wollte sie von ihm wissen. Ein chinesischer Strassenhändler, der gerade einen Eimer mit Schmutzwasser zum Abort brachte, ging dicht an ihnen vorüber. Radebrechend redete der kleine Mann auf Roxana ein, sie verstand nur Bruchstücke, die nicht reichten, um sich einen Reim auf das Angebot zu machen. Der Chinese sagte skeptisch dazwischenfahrend, die verstehe doch eh kein Chinesisch.

»Doch, doch, aber was hat es mit diesen Karten auf sich?«

»Seine Mutter, mit der er nach Kashgar zum Verwandtenbesuch fahren wollte, ist plötzlich krank geworden. Und jetzt muss er die Tickets unbedingt loswerden, er braucht das Geld, kann es sich nicht leisten, sie verfallen zu lassen.«

»Sind die denn echt?«

»Woher soll ich das wissen? Ich war noch nie in Kashgar, und als ich hierherkam, sahen die Tickets anders aus, das war vor acht Jahren.«

Brummelnd ging er schnell weiter, das Schmutzwasser schwappte über den Eimerrand und Roxana auf die Schuhe, gelbgesprenkelt waren die nun.

Der Kerl zog sie wieder am Ärmel, fuchtelte mit den Tickets vor ihren Augen herum.

Selbst wenn sie falsch waren, gäbe es vielleicht im Bus noch Plätze, notfalls müssten sie stehen, aber wichtig war, aus Turfan wegzukommen. Umständlich zog sie ihren Brustbeutel hervor, das Männchen liess sie nicht aus den Augen, schnappte sich rasch die Scheine, kaum hatte Roxana sie ihm hingehalten, und war weg. Ein wenig zu schnell, fand Roxana, als sie die Schalterhalle durchquerte und noch überlegte, jemanden zu fragen, ob diese Tickets echt wären. Draussen traf sie schliesslich Alex über eine Schüssel mit Milch gebeugt, wie er ein Hefeklösschen nach dem anderen verdrückte. Immerhin schob er ihr einen Teller mit gefüllten Teigtaschen hin, Tee und Milch musste sie selbst bestellen. Immerhin fragte er zwischen zwei Bissen, ob es geklappt hätte.

»Ja, ja, schon gut.« Nichts würde sie ihm erzählen, von ihrem unguten Gefühl schon gar nicht. Könnte ja auch gutgehen. Und vielleicht würde verdammt nochmal endlich was klappen.

Alex war mit der Antwort zufrieden, wie er ja überhaupt leicht zufriedenzustellen war, sobald er etwas zu essen bekam. Wie ein chinesischer Bauer. Sie war wütend auf ihn, wütend auf sich. »Hauptsache, der Ranzen spannt, was?«

Grinsend schaute Alex sie an, sich keiner Schuld bewusst, meinte womöglich noch, besonders charmant dreinzuschauen mit seinem ölverschmierten Mund.

· 136 ·

Kapitel 17

Leere Karawanserei

Lindas Blick gleitet über den Kiesplatz. Noch ist es früh am Morgen, noch ist die Temperatur angenehm, deshalb sitzt sie hier. Sie rutscht hin und her. Der Korbsessel piekste sie durch den dünnen Baumwollstoff hindurch. Die Kladde liegt neben ihr auf dem Tisch, sie blättert darin herum, mit Roxanas Handschrift hat sie Mühe. Wahllos greift sie nach einem Blatt.

Morde: Die Terroristen töteten einen Islamgelehrten in Xinhe am 22. März 1990 und am 12. Mai 1990 einen Mullah der Idagh Moschee, der gleichzeitig stellvertretender Leiter der Politischen Beratenden Kommission von Xinjiang war. Im selben Jahr wurden am 9. April Verwandte des ehemaligen Parteisekretärs in Alahake getötet. Im Juni überfielen Terroristen sieben Mitglieder einer han-chinesischen Familie in Wushi, am darauffolgenden Tag töteten sie ein älteres hanchinesisches Ehepaar.
Brandstiftung: Am 23. Mai 1991 planten Terroristen, 15 Warenhäuser in Brand zu stecken, scheiterten jedoch.
Vergiftung: Zwischen 30. Januar und 18. Februar 1992 wurden Terroristen beschuldigt, in 23 Fällen Personen vergiftet zu haben.
Aufstände: Am 7. Juli 1991 brachen Terroristen in das Parteigebäude in Khotan ein und schlugen das Mobiliar zusammen. Am 5. Februar 1992 wurden sieben Personen getötet und 200 verletzt bei einem Aufstand in Yining. Mehr als 20 Autos wurden in Brand gesetzt. Am 5. April 1992 kam es zu Unruhen in Baren, und neun Polizisten wurden getötet.
Attentate: Am 5. Februar 1992 verübten Terroristen Attentate auf Videohallen und Wohnhäuser, drei Personen wurden dabei getötet und mehr als 20 Personen verletzt. Schon 1991 hatten Terroristen 10 Anschläge ausgeführt und mehrere Attentate in Kashgar, Khotan und Aksu, zwei Per-

sonen wurden getötet und 36 verletzt. Zwischen Februar und März 1991 wurden in Yecheng sechs Anschläge verübt und eine Gaspipeline zerstört. Am 9. August 1992 wurde von einem Attentat auf einen Bus berichtet, der von Turfan nach Ürümqi fuhr. Neun Personen kamen ums Leben, 20 wurden verletzt.

Chinesische Pressemeldungen, übersetzt und zusammengestellt. Warum war das Attentat auf den Bus unterstrichen? Das muss in der Zeit gewesen sein, als Roxana und Alex hier in der Gegend reisten. Solche Meldungen lassen sich bis in die Gegenwart fortschreiben, wöchentlich erscheint Xinjiang in den Schlagzeilen, die Lage spitzt sich seit den Unruhen im Jahr 2009 weiter zu, als in Ürümqi Tausende auf die Strassen gegangen sind, es Hunderte von Toten gab, weil Han-Chinesen und Uiguren aufeinander losgingen. Angestiftet vom Ausland seien die Uiguren gewesen, sagten die chinesischen Behörden wie immer. Und die uigurische Exilgemeinschaft dementiert, zwei uigurische Arbeiter seien in Südchina von einem chinesischen Mob gelyncht worden, die Polizei nicht eingeschritten, deshalb hätten die Uiguren in Ürümqi demonstriert. Dass die zwei Seiten nicht in Übereinklang zu bringen sind, hat Linda bei ihren Recherchen zu diesem Projekt begriffen, und dass sie zwischen diesen beiden Seiten geschickt lavieren muss.

Als Linda Ayses Schritte hört, klappt sie die Mappe zu. Braun gefleckt, einst grün, an den Ecken schon leicht verschimmelt. Diese Auflistung über Anschläge passt nicht zu Roxanas Tagebuchnotizen, nicht zu den Skizzen von den Höhlenmalereien. Terroristen? So bezeichnet die chinesische Regierung Uiguren, aber auch Tibeter, wenn sie mit Gewalt ihre Ziele durchzusetzen versuchen. Oder hat Roxana diese Meldungen für diesen Alex übersetzt, von dem immer wieder die Rede ist und der angeblich für eine Schweizer Wochenzeitung schrieb? Linda wird nicht schlau aus ihm. Und noch weniger aus Roxana.

Ayse stellt ein Tablett mit einer Kanne Tee und bauchigen Gläsern ab. Streicht den Rock glatt, setzt sich zu Linda. Als müsse sie sich selbst dazu erst die Erlaubnis geben, als traue sie sich nicht, schmunzelt Linda insgeheim und nickt ihr aufmunternd zu.

»Warum ist dieses Gästehaus so leer?«, fragt Linda, bevor sie einen ersten Schluck heissen Tee nimmt.

»Früher war das anders. Anfang der neunziger Jahre übernachteten viele junge Leute hier, weil ihnen die alte Karawanserei gefiel, obwohl sie dem Staat gehörte. Bis in die Nacht hinein sassen sie im Hof und rauchten. Ein Geheimtipp in der Travellerszene. Von ihnen hab ich ein bisschen Englisch gelernt. Manchmal kamen auch junge Uiguren hierher, sie machten zusammen Musik. Keine Partys«, Ayse schüttelt den Kopf. »Sie wollten ihren Spass haben, das schon, aber sie waren ruhig. Es ging uns gut, ich hab jeden Tag gearbeitet, mein Chef musste noch mehr Leute einstellen. Doch irgendwann tauchten Polizisten in zivil auf, wollten die Zimmerschlüssel von mir, wenn die Gäste gerade nicht da waren, gingen einfach in die Zimmer und haben sich umgesehen. Das sprach sich herum. Und dann kamen immer weniger.«

»Und als dieses Mädchen und ihr Freund hier waren?«

»Da war schon nicht mehr so viel los. Kurz darauf haben sie auch den Chef ausgewechselt. Und dann wollten sie aus der Karawanserei ein modernes Hotel machen, doch auf einmal war kein Geld mehr da. Und ich habe nur noch auf das Gebäude aufgepasst. Wenn Experten kommen ...«

»... werden hier tatsächlich ausländische Regierungsgäste untergebracht?«

»Ja, schon«, Ayse legt den Kopf schief. »Manchmal. Nicht oft.«

Linda wartet. Schaut sie an.

Ayse betrachtet ihre Fingernägel. Reste von Nagellack. Sie schiebt eine Haarsträhne unter ihr Kopftuch, wirft einen Blick Richtung Eingang, als fürchte sie, es käme jemand.

»Selten. Sie kommen, bleiben ein paar Tage, und gehen wieder. Ich weiss nicht, was sie tun. Sie scheinen zu warten. Ihre Laune wird von Tag zu Tag schlechter. Oft lassen sie die dann an mir aus.«

»Und dieses Mädchen, Roxana. Wie lange war sie da? Erzähl mir von ihr.«

»Ich erinnere mich nicht mehr so genau an sie. Tut mir leid.« Ayse steht auf, schaut auf die Kladde. »Steht was Wichtiges drin?«

Linda schüttelt den Kopf. »Nur private Notizen, über sie und ihren Freund. Und Skizzen. Warum?«

»Nur so. Hätte ja sein können. Wenn du was Interessantes findest, sagst du es mir, ja?«

Linda sieht lange ihrem gebeugten Rücken nach, bis er im dunklen Büro neben dem Toreingang verschwindet. Wenn sie etwas findet? Diese Kladde ist doch sicherlich schon durch sämtliche Hände gegangen. Und die Meldungen, die sie gerade gelesen hat, stammten schliesslich von einer chinesischen Presseagentur.

Linda gibt sich einen Ruck, wendet den Blick ab vom Kiesplatz, der in seiner Ebenmässigkeit Ruhe spenden könnte, aber nur jenen, die innerlich ruhig sind, sie ist es jedenfalls nicht. Dann doch lieber die zahllosen Blätter sichten. Ein Bericht mit Fragezeichen am Rand über Brautentführungen bei Kirgisen, ein Telegramm, in dem eine Anna ihr Kommen ankündigt, adressiert an Alexander Gisler in Kashgar, General Post Office. Und diese Anna musste ihn dringend sprechen. Linda dreht das Blatt hin und her, hält es gegen das Sonnenlicht. Sie selbst hatte sich früher unzählige Briefe ans Zentralpostamt schicken lassen. Hat immer gut funktioniert. Warum hat Roxana dieses Telegramm aufgehoben? Und eine unfertige Übersetzung.

Als langjähriger Beobachter des Machtkampfes innerhalb der Kommunistischen Partei Chinas kommt mir oft ein Bild aus der chinesischen Akrobatik in den Sinn: Ein Stuhl steht auf einem anderen, und dieser wieder auf einem, der Akrobat baumelt herunter und schwingt sich im nächsten Moment erneut hinauf. Auch die Partei stellt Stühle in- und aufeinander, bis der Turm eine ungeheuerliche Höhe erreicht. Doch der steht nicht ewig im Gleichgewicht, Stühle können nicht immer weiter gestapelt werden. Und je höher der Turm, desto schmerzhafter wird der Zusammenbruch.

Autor des Textes ist Wang Lixiong, der Name kommt Linda bekannt vor. War das nicht ein chinesischer Autor, der viel über Tibet schrieb? Dann wieder ein Blatt aus einem Tagebuch, lose eingestreut, einzelne Passagen markiert. Ein Brief an eine Helene, den sie in Turfan geschrieben hat. Linda blättert weiter. Legt die Texte nebeneinander, übereinander, schiebt alles wieder zusammen, steht entnervt auf. Vielleicht findet sie in ihrer Mailbox eine Nachricht über Roxana Fiedler.

Sie geht zurück in ihr Zimmer, legt sich hin. Zu heiss. Dämmert vor sich hin. Wacht auf, schaut auf ihre Uhr. Dämmert wieder weg.

Kapitel 18

Wüstenlinien

Sie würden lange unterwegs sein, zwei volle Tage, allein
der Gedanke daran ernüchterte Roxana. Alex' Kopf wurde
immer schwerer, das Kinn schlug bei jedem Schlagloch auf
seine Brust, dabei war kaum eine Stunde vergangen, seit sie
in Turfan um diese zwei Plätze gekämpft hatten. Die Tickets
waren doppelt verkauft worden, denn als sie einstiegen,
waren alle Sitze schon belegt, und zwar schon eine halbe
Stunde vor Abfahrt. Roxana schob Alex vor, der sollte mit
den Karten wild umherfuchteln und Eindruck schinden,
doch beeindrucken liess sich niemand. Als ob es keinen
etwas anginge, schauten alle in die Morgendämmerung
hinaus – wo doch sonst jeder Streit auf der Strasse Menschen geradezu anzog. Es nützte nichts. Roxana wollte
aussteigen und nach jemandem suchen, der so etwas wie
eine uniformierte Jacke trug, der aussah, als kümmerte er
sich um irgendetwas. Da tauchte unvermutet ein Ticket-
Kontrolleur auf und fuhr sie an, was sie hier wolle, sie sehe
doch, alle Sitze seien besetzt, es hätte schon seine Rich-
tigkeit. Mürrisch stiess er die Worte hervor, sah sie dabei
nicht an, starrte nur böse auf Alex. Als Frau auch noch die
Sprache der gehassten Chinesen sprechen, das ging offenbar gar nicht, hier jedenfalls nicht, das merkte sie einmal
mehr, da gerinnen in der Morgenkälte die Gesichter zu ei-
sigen Masken. Erst als Alex hartnäckig auf ihn einredete,
gab der Kontrolleur nach, und ebenso unfreundlich, wie er
gerade noch zu ihnen war, fuhr er nun zwei Männer an und
jagte sie aus dem Bus.

»Fahren die jetzt nicht mit?«, wollte Alex wissen. »Hatten
die denn Tickets, hast du sie dir zeigen lassen?«

»Warum sonst hätten sie wohl auf dem Platz gesessen,
was meinst du?«, gab Roxana gereizt zurück. Ihre Nerven

· 142 ·

lagen blank. »Vielleicht haben sie es einfach ohne Fahrkarten probiert, keine Ahnung.«

Roxana wachte auf, weil auf ihrer Schulter das Gewicht von Alexanders Kopf lastete, der immer wieder abzurutschen drohte. Sie setzte sich nun so hin, dass der Kopf ruhig zu liegen kam. Offenbar hatte sie länger geschlafen und nicht mitbekommen, dass der Bus unterwegs Passagiere aufgesammelt hatte, denn ihnen gegenüber sassen nun ein Mann und eine Frau. Die grinste sie an, ein wenig vulgär mit ihrem breiten Mund, in dem die Goldzähne nur so blitzten, den geblümten Rock aus leichtem Stoff hochgeschoben, der den Blick freigab auf bleiche Oberschenkel. Das bunte Kopftuch am Hinterkopf zusammengebunden, die Männerjacke lose über die Schulter gelegt, tief geknöpfte Bluse unter faltigem Hals und immer eine Hand auf dem Unterarm des Mannes, wenn sie ihm etwas zuflüsterte. Dem war es offensichtlich peinlich, sich mit dieser Frau in der Öffentlichkeit zu zeigen, und er quittierte ihre Zudringlichkeit mit einem gequälten Lächeln. Roxana verstand nicht, was sie sprachen, konnte den Blick aber nicht abwenden und rätselte unentwegt, was sie wohl miteinander verband, welches Geheimnis sie teilten, welche Nacht sie hinter sich hatten? Den anderen Reisenden schien es ähnlich zu gehen, denn verstohlen schaute der eine oder die andere vor zur ersten Reihe hinter dem Fahrer, zu wunderlich war dieses Quartett aus Ausländern und einem einheimischen Paar, das man schliesslich nicht alle Tage in dieser Gegend zu sehen bekam.

Und draussen nichts als Steine, Wüstengeröll, keine Möglichkeit, den Blick woanders hinzuwenden, da fühlte Roxana sich plötzlich angesprochen. Die Frau schaute ihr direkt ins Gesicht, Roxana zuckte mit den Schultern. Erst als sie meinte, chinesische Worte ausmachen zu können, horchte sie genau hin und beantwortete knapp die Fragen nach dem Woher und Wohin. Alles wurde dem Mann in regelmässige und ineinander übergehende Silben übersetzt. Verschmitzt hob sie ein wenig die Knie und schob sie in Richtung Alex, wollte von Roxana wissen, ob Alex ... Was?

»Ist das dein Mann?«

Roxana schaute zum Fenster hinaus, doch die Frau liess sie nicht in Ruhe, stiess sie wieder mit den Knien an, bohrte ihr den Zeigefinger in den Oberschenkel, fuchtelte mit den Händen vor ihrem Gesicht herum. Roxana nickte endlich, die Frau gluckste, und hinter vorgehaltener Hand erzählte sie dem Mann eine lange Geschichte. Immer wieder unterbrach sie ihre Erzählung, weil sie lachen musste. Ungläubig und dann wieder weise lächelnd schaute der Alte auf Alex bartstoppeliges Gesicht, kreuzte die Hände vor dem leicht vorgewölbten Bauch und rückte näher an die Frau heran.

Plötzlich griff diese nach Roxanas Hand, lachte sie golden an, strich die Falten ihres Rocks glatt und legte die Hand auf ihren Oberschenkel. Roxana konnte unmöglich ihre Hand, die schwitzte und immer schwerer wurde, wegziehen, das wäre ein Affront gewesen, das Gezeter nicht auszudenken, das vulgäre Lachen.

Die Goldzahnige betrachtete die Linien, sagte immer mal wieder was zum Mann hin, wollte ihre Beobachtungen von Roxana bestätigt wissen, bis sie Roxana ernst anschaute, das Lächeln sich plötzlich aus ihrem Gesicht verflüchtigte. Nichts mehr fragte und nur noch auf Alex starrte. Sie schob Roxanas Hand von ihrem Schenkel, zog den Rock über die Knie, setzte sich aufrecht hin und wandte das Gesicht ab.

»Was ist?«

»Nichts.«

»Da muss doch was sein, warum sagst du plötzlich nichts mehr?«

»Da ist nichts. Wer ist Alex?«

»Mein Mann, sagte ich doch schon.«

»Habt ihr Kinder?«

»Nein.«

Die Frau schaute kurz aus dem Fenster, stand auf und lief durch den Bus, setzte sich in die hinterste Reihe, wo Kartons gelagert waren, doch nach einer Weile kam sie wieder zurück. Der Mann fragte sie etwas, aber sie schüttelte den Kopf, sprach nicht mehr.

»Nun sag schon, schliesslich hast du mit den Händen angefangen, da kann man nicht einfach mitten drin aufhören«, drängte Roxana.

»Hab alles gesagt.«

»Glaub ich dir nicht. Warum sagst du nicht, was du noch gesehen hast? Stehst auf und läufst weg?«

»Weil da nichts ist, weil …«

»Was?«

»Ach nichts.«

Als weiter vorn ein paar Lehmhäuser in Sicht kamen, sprach die Frau mit dem Fahrer. Der hielt an, und die beiden stiegen aus, doch eigentlich – das hatte sie vorher Roxana erzählt – wollten sie auch nach Kashgar.

Feiner, sandiger Staub, der durch die Fensterritzen drang, hatte viele Stunden später Roxanas Kehle aufgeraut; immer wenn sie schluckte, zog sie die Mundwinkel ein wenig nach oben, ihr Gesicht geriet zu einer Grimasse. Alex schlief. Der Fahrtwind zerrte an ihren Nerven, kaum hielt es sie auf ihrem Platz, das bisschen Recken und Strecken half nicht, um ihre innere Spannung bis hinab in die Zehenspitzen zu lösen, ein Sandkorn mehr, und sie wäre gerissen wie eine überspannte Saite. Alles war völlig verdreht in ihr, drehte sich immer weiter um die eigene Achse, sollte sie, was, wollte sie, ja … Jede Faser, jeder Nerv, zum Zerreissen gespannt, klare Gedanken wurden aufgesogen vom graubraunen, zähen Nichts da draussen. Sie ging die Partitur ihrer Zweifel auf und ab. Ihr Leben, wie sie es bisher gelebt hatte, bot ihr keinen Ausblick; nichts blieb ihr mehr. Da hatte ihr diese Verrückte gerade noch gefehlt. Was soll's. Einfach weiter, weiterfahren, sich fahren lassen, ohne zu denken, nur mit diesem Wüten in der Seele und dem Kratzen im Hals; irgendwelchen Zielen, Träumen hinterherhechelnd. Wen würden ihre Skizzen von vorislamischen uigurischen Höhlen denn schon interessieren? Was erzählten ihr diese alten Wandmalereien denn, was sie nicht schon wusste, und grub sie nur ein wenig tiefer, verstummten sie und blieben ihr die Antwort schuldig. Alles sein lassen. Hier in einer Oase ein kleines Leben leben, Gemüse anpflanzen, mit Alex. Ja, mit ihm, warum nicht? Wüstenmutter werden. Alles hinter sich lassen. Wünsche, Träume, Illusionen. Der Gedanke beruhigte sie, beruhigte gleichsam ihre zerdehnten Nerven. Das trübe Licht draussen wurde ein wenig heller, der Sandsturm hatte nachgelassen, sie fragte sich, wie lange es noch dauern würde bis zum nächsten Halt, wo man über Nacht bleiben würde, irgendjemand murmelte fast unhörbar, noch zwei Stunden, was waren zwei Stunden angesichts ihres Lebens, das sich ins endlose Nichts erstreckte.

Kapitel 19

Vertrieben

Verschlungen, die Glieder, die Gier nacheinander, aus Gesten entstanden und Blicken und zufälligen Berührungen müder, zerschlagener Körper nach der Busfahrt beim Auspacken, wie kleine elektrische Entladungen jedes Mal, britzeln, kitzeln, scheue fragende Augen, die Zungen ineinander, die Hände überall, die Lust. Daran erinnerte sich Roxana am nächsten Morgen, als sie seine Hand schwer auf ihrer Brust spürte. Sie entwand sich ihm noch im Halbschlaf, legte sich auf den Rücken und starrte an die Decke, an die aufgeplatzten Gipsballons, die in Fetzen herabhingen. Dabei hingen diese Blasen womöglich schon seit Monaten, Jahren so in der Schwebe. Was hielt sie, wann würden sie herunterfallen? Ihre Augen tasteten die Fransen ab, gern hätte sie ein wenig daran gezogen, doch fürs Aufstehen war sie noch zu müde, liess sich lieber treiben von den Schleiern, die durch ihre Gedanken zogen. Im fensterlosen Zimmer leckte ein Sonnenstrahl unter der Tür herein, das reichte schon für das matte Licht, das sich auf alles legte. Auch auf seine schweissnassen Unterarme. Sie drückte sich sanft an seinen Rücken, fühlte sich auf einmal umschlungen von einem festen Arm, der nach hinten griff, sie an sich zog, sie roch seine Haut, leckte an seinem Hals, die Schweissperlen, das Ohr, tief hinein mit der Zunge, er stöhnte leise auf, drehte sich nun ganz um, schob sich auf ihren schmalen Körper, schaute ihr in die Augen, dass ihr schwindlig wurde, und sie sich verlor in diesem tiefblauen Brunnenblick.

Als sie vor die Baracke trat, verharrte sie unwillkürlich auf der Stelle, geblendet vom grellen Sonnenlicht. Dass sie sich einfach nicht daran gewöhnen konnte! Der Bus war längst ohne sie weitergefahren, das Gepäck hatten sie glücklicherweise mit sich genommen. Verlassen lag der

· 147 ·

Platz da, auf dem sich morgens und abends die Fahrzeuge
drängten.

Am anderen Ende der langgezogenen Baracke lagen
Schaufeln, ein rostiger Betonmischer stand etwas abseits.
Offensichtlich bezogen Strassenarbeiter hier Quartier,
wenn es etwas auszubessern galt. Irgendwo schepperten
Kochtöpfe, und Roxana lenkte ihre Schritte in diese Richtung. Eine Frau mit buntem Kopftuch hockte am Boden,
schrubbte mit Sand die verkohlten Topfböden.

»Was tut ihr hier?«, fragte sie erschrocken, denn sie hatte
Roxana nicht kommen hören. Sie hätten wohl verschlafen,
erklärte Roxana und spürte, wie sie rot wurde. Die Frau warf
einen flüchtigen Blick auf Alex, der Roxana gefolgt war, und
wandte sich dann wieder ihren Töpfen zu.

»Wann fährt der nächste Bus weiter nach Kashgar?«,
fragte Alex.

»Wenn ihr Glück habt, kommt der verrückte Mehmed
um vier Uhr hier durch, vielleicht hat er noch ein paar Plätze frei und nimmt euch mit.«

Roxana ging neben der Frau in die Hocke, fragte, ob sie
ihr helfen könne, damit sie in den nächsten sechs Stunden
etwas zu tun hätte. Doch die schüttelte nur ein wenig verlegen den Kopf. Roxana blieb trotzdem bei ihr. Alex lehnte
sich im Schatten an die Hauswand und schaute die Strasse
entlang, die in den Süden führte.

»Gibt es in der Gegend irgendwo Höhlen?« Roxana hatte
gelesen, dass westlich von hier am Fuss einer niedrigen Hü-
gelkette Gräber vermutet wurden.

»Höhlen? Was willst du denn damit? Die nächste Oase
liegt ein paar Stunden von hier, weit und breit aber keine
Höhle, kein Berg.«

»Und Ruinen? Von einem verlassenen Dorf?«

Die Frau schrubbte weiter.

»Lebst du alleine hier? Und kochst jeden Abend für all
die Leute, die hier übernachten? Kümmerst dich um alles,
ganz allein?«

Die Frau schüttelte den Kopf, drehte einen Topf um, sodass sich der Boden wie ein kahl geschrubbter Hintern zur Sonne hinstreckte. So sonnte sich ein Topf neben dem anderen, und dahinter lag in einer Pfütze ein Haufen aus Löffeln.

»Du fragst viel. Ich weiss nichts. Bin noch nicht lange hier. Was soll's auch.« Etwas Hartes hatte sich über das Gesicht der Frau geschoben, wie eine Eisentür. Sie stand auf und verschwand in einer Türöffnung, die finster und bedrohlich wirkte in dieser von der Sonne ausgebleichten Umgebung.

»Hast du sie gefragt, ob wir hier etwas zu essen kriegen?« Roxana richtete sich mit einer unwirschen Handbewegung auf, so als verscheuche sie eine Fliege. Oder den Gedanken, dass er nur immer Essen im Kopf hat.

Sie ging vor zur Strasse, schaute am Asphaltband entlang, platt war das Land links und rechts davon, und schier endlos. Am Horizont gleissende Schlieren, die Hitze flimmerte über dem Teer, sie wandte die Augen ab. Sah Alex ratlos an, der ihr wieder gefolgt war und sie anlächelte. Ein Lächeln, das sie verlegen machte. Sie setzten sich auf ein klappriges Gestell im Schatten, das an die Baracke gelehnt stand. Zwei Beine der Bank waren etwas kürzer, deshalb fiel Roxana leicht gegen Alex, als sie sich niedersetzte. Zutiefst erschöpft seufzte sie auf. Alex hob sacht den Kopf, schaute sie fragend an und legte den Arm um ihre Schulter. Roxana liess ihn gewähren. Steif sass sie da, bemüht, nur ja nicht die leiseste Regung zu zeigen, nachzugeben, sich an ihn zu lehnen. Warum nicht einfach mit Alex zusammen weiterreisen? Im Moment schien ihr dies verheissungsvoller zu sein, was hielt sie bloss zurück? Was stellte sich immer zwischen sie und die Menschen? Sie konnte einfach nicht. Ausgerechnet Anna kam ihr in den Sinn. Einmal nicht denken, nicht zweifeln. Ihre Gedanken türmten sich hinter sonnenschweren Lidern zu wuchtigen Gebilden auf.

Sie stand auf, setzte langsam einen Fuss vor den anderen, ging zu ihrem Rucksack. Ihre Kladde wollte sie haben, holte

sie ganz zuunterst hervor. In ihr Tagebuch hatte sie schon
länger nichts mehr geschrieben, jetzt wollte sie dieses braune Nichts zeichnen, die Hütten, diese unheimliche Stille, ihre Müdigkeit.

Da dröhnte es auf einmal. Roxana horchte auf, es brummte, wurde immer lauter, ein rasendes Gedröhn, sie überquerte die Strasse, ging ein paar Schritte über das feine, braune Geröll, das knirschte unter ihren Turnschuhen, blieb stehen, drückte die Hände fest auf beide Ohren, das Dröhnen sollte verstummen. Es war die Stille, die da so dröhnte. Von irgendwoher kam eine Windböe, umfing sie, liess sie nicht mehr weiter, Roxana schloss die Augen.

Auf der anderen Seite der Strasse war die Frau aus der Baracke getreten, fragte, ob sie etwas essen möchten, zehn Yuan für einen Teller Nudeln mit Paprikagemüse.

»Ja, zwei Teller wären gut, danke«, rief Roxana hinüber zu ihr, nachdem sie einen kurzen Blick auf Alex geworfen hatte. Zehn Yuan war viel, würde er vielleicht denken, aber schliesslich mussten alle Nahrungsmittel hierher transportiert werden, würde sie die Frau verteidigen, wenn er fragte, was er nicht tat.

Sie setzte sich und hielt die Hand vor die Augen, weil sie dort, woher sie in der Dämmerung am Abend zuvor gekommen waren, etwas sah. Abgerückt von der Strasse ein riesiger, unförmiger Hügel.

»Was ist da?«, rief Roxana zur Frau hinüber.

»Chinesen.«

»Und was machen die hier mitten in der Wüste?«

»Bauen eine Tankstelle, ein Restaurant, was weiss ich.«

»Warum denn ausgerechnet hier? Du bist doch schon da!«

«Ist denen doch egal. Die kamen vor ein paar Monaten mit ein paar Lastwagen hierher. Und gingen nicht mehr fort.«

»Woher weisst du denn, dass es Chinesen sind?«, fragte Roxana später über ihren Nudelteller gebeugt.

»Die sind zuerst zu mir gekommen, wollten sich hier niederlassen, doch mein Chef hat sie weggescheucht. Sie haben erzählt, wie man sie verjagt hat, aus den Häusern ihrer Eltern, die vor mehr als fünfzig Jahren als Siedler hierhergekommen waren. Hätten eben bleiben sollen, wo sie waren.«

»Und dann?«

»Geh doch und frag sie, ich will mit ihnen nichts zu tun haben.«

Alex schob den leeren Teller von sich und sah sie an. Zuerst die Frau, die rasch eine Haarsträhne unter ihr Kopftuch schob, dann Roxana.

»Gut, gehen wir ein Stückchen.« Roxana streckte das Kinn Richtung Hügel und stand auf.

»Was hat sie gesagt?«

»Ach nur, dass dort ein paar Chinesen wohnen.«

»Sollten wir nicht besser hier warten, bis ein Lkw oder ein Bus kommt?«

»Da kommt keiner vor Nachmittag.«

»Und deshalb willst du nun, wenn es am heissesten ist, dort hinüber?«

»Wann denn sonst?«

Roxana erhob sich, ging ein paar hundert Meter in diese Richtung, bis sie aufgetürmte leere Ölfässer sah, das ganze Areal umzäunt mit Stacheldraht. Als die Hunde immer schärfer bellten, blieben sie stehen. Alex war plötzlich neben ihr. »Hab wenigstens noch Wasser mitgenommen.«

Ein lilafarbener einzelner Frauenschuh in einem rostigen Metallhaufen, Baracken mit Wellblech abgedeckt, eine Zapfsäule unter einem zur Seite herabhängenden Vordach. Zwei Männer, die abwechselnd mit Hämmern auf Fässer einschlugen. Bis einer aufsah und Roxana anstarrte. Sie ging langsam näher, nun schaute auch der zweite Mann hoch. Breitbeinig standen sie da und warteten.

»Halten Sie die Hunde fest!«, rief Alex. Roxana übersetzte reflexartig. Doch die beiden Männer rührten sich nicht. Eine ältere Frau mit einem Stock in der Hand trat aus der Hütte und pfiff laut. Die Hunde trabten zurück zu ihrem Käfig und legten sich in den Schatten, beäugten wachsam die beiden Fremden.

»Guten Tag«, grüsste Roxana freundlich, Alex nickte.

Die Frau grummelte etwas, die Männer kamen näher.

Roxana sah Werbeschilder an der Hütte, aus der die Frau gekommen war. »Haben Sie etwas zu trinken?«, rief sie zu ihr hinüber.

»Bier und Zigaretten.«

»Gut, zwei Flaschen Bier und Streichhölzer«, sagte Roxana laut, als sie sich durch die schmale Öffnung im Stacheldraht schob, Alex wusste sie dicht auf den Fersen, sonst hätte sie diesen Schritt nicht gewagt.

Leere Getränkekisten stapelten sich an einer Seite der Hütte, hinter der Theke lief ein Fernseher. Ihr fiel ihr ein, dass sie nirgends Strommasten gesehen hatte. Da hörte sie das Brummen des Generators.

»Wie lange sind Sie schon hier?«, die abgestandene Luft würgte Roxana.

»Warum wollen Sie das wissen?«

»Als ich letztes Jahr hier vorbeigekommen bin, gab es diese«, Roxana machte eine weit ausholende Bewegung mit dem Arm, »noch nicht.«

»Sind vertrieben worden. Von unserem eigenen Land.«

Hinter ihnen ging die Tür auf, ein Geräusch von Eisen schabte über den Boden. Das rechte Bein des Älteren steckte bis zum Knie in einem Eisengerüst. Beide Männer stellten sich dicht neben Alex und Roxana.

»Was wollt ihr? Nehmt eure Sachen und geht!«

»Wo kommen Sie denn her?«, fragte Roxana weiter, als hätte sie nichts gehört.

»Bingtuan, Shihezi. Kennen Sie eh nicht.«

Roxana erklärte Alex rasch, was es mit diesen Bingtuans auf sich hatte. Militärcamps, in denen die ersten chinesischen Siedler untergebracht worden waren, die hierher in den wilden Westen gekommen waren. Vor vierzig Jahren oder noch früher. Ganze Einheiten mit Schulen, Spitälern, Milizen. Ihnen gehörten Fabriken und Gehöfte, ihnen waren auch die Arbeitslager angegliedert. Am längsten konnten sich die Bingtuans in Xinjiang halten, während sie überall sonst im Land geschlossen worden waren. Hier sollten sie für Ruhe und Stabilität sorgen, so Roxana. Staatsbetriebe eben.

»Ja, hab davon gehört, auch von den Aufständen der Uiguren in Shihezi. Und warum sind Sie hier? Sie sind doch Chinesen.«

Der Ältere scharrte mit seinem Eisenschaft auf den Holzdielen, als läge darunter etwas verborgen. »Verjagt sind wir worden«, kommt es dumpf zwischen seinen fest aufeinander gepressten Lippen hervor. »Wie Hunde. Haben alles zerstört, Rowdys, von der Regierung geschickt, die wollten das Land, neue Häuser bauen, die mehr Geld bringen.«

Der andere, der vom Alter her sein Sohn hätte sein könne, zeigte auf das eingerüstete Bein, rasch schlug der Alte auf dessen Arm.

Als Roxana Alex erzählte, was geschehen war, murmelte der nur: »Geschieht ihnen recht.«

Sie runzelte die Stirn, legte ein paar Geldscheine neben den überquellenden Aschenbecher und ging hinaus, Alex wieder dicht hinter ihr. Und schwere Schritte folgten ihnen.

»Und ihr, was macht ihr hier?«

Roxana zeigte nach vorn, auf die langgestreckten Riegel, die dort in der braunen Wüstenhitze flimmerten. »Warten auf einen Bus nach Kashgar.«

»Was, bei der da?«

Roxana schauderte trotz Mittagssonne, als sie höhnisches Gelächter vernahm.

»Die ist doch plemplem, die Kirgisin da.« Der Alte tippte sich an die Schläfe und machte dabei ruckartige Bewegungen mit dem Unterkörper.

· 153 ·

Draussen standen die Hunde, fletschten die Zähne. Roxana drehte sich zu den Männern um und zeigte auf die Hunde. Es war wieder das Pfeifen der Frau, das die Hunde zurück zu ihrem Käfig führte. Ohne sich ihre Angst anmerken zu lassen, ging Roxana in Richtung Stacheldraht, schlüpfte durch das Loch im Zaun und rief erst dann: »Alles Gute noch!«

Die Männer hatten sie da schon nicht mehr gehört, nur die Frau stand vor der Hütte und schaute ihnen nach.

Als Stunden später Roxana neben der Frau auf der Türschwelle zur lichtlosen Küche sass, stieg am glimmenden Horizont eine braune Staubwolke empor.

»Komm, schau!« Rasch sprang die Frau auf, ging hinein ins kühle Haus, fachte Feuer an, holte Wasser aus ölverschmierten Kanistern, schliesslich wollte sie den übermüdeten Fahrgästen etwas anbieten.

»Was ist?«, wollte Alex wissen, der sich zu einem Nickerchen zurückgezogen hatte und nun verknittert auftauchte. Schweisstropfen perlten auf seiner Stirn.

»Ist der verrückte Mehmed«, antwortete die Frau, die seine Frage richtig deutete. »Kommt immer so gegen vier Uhr hier an, hält eine halbe Stunde und fährt dann weiter. Abends ist er in Kashgar.«

»Kann doch gar nicht sein, sind doch noch mehr als hundert Kilometer?«, wandte Roxana ein.

»Hat mich einmal mitgenommen, am nächsten Tag war ich wieder da, keiner hats gemerkt.« Roxana meinte, ein versonnenes Lächeln über ihr Gesicht gleiten zu sehen.

»Pack deine Sachen, Alex, vielleicht können wir mit dem nach Kashgar weiterfahren.«

Schläfrig rieb er seine Augen. Wie ein kleines Kind, dachte Roxana.

Kapitel 20

Sich verbrennen

Skizzen von Landschaften und Höhlen, der Brief an Helene, den sie noch immer herumtrug, Notizen zum Teil schon leicht vergilbt, manche angerissen, weil das Papier so dünn ist, dass sie bei blossem Druck mit dem Kugelschreiber Löcher ins Papier bohrte. Roxana sichtete die Blätter, als würden sich allein dadurch die vergangenen Wochen und Monate ordnen. Versuchte eine chronologische Abfolge, dann sortierte sie thematisch, schichtete vor sich auf dem staubigen Fussboden ein Häufchen mit Zetteln übereinander, die müsste sie fein säuberlich abheften, sobald sie zurückkäme, müsste in einem Schreibwarenladen kartonierte Hefter besorgen. Sie schaute in den Spiegel, sah eine Frau, die zwanzig Jahre älter war als sie.

Wie immer in den letzten Tagen sitzt Linda vor ihrem Zimmer, früh am Morgen geniesst sie die einzig kühlen Momente des Tages. Schaut hinaus auf den Hof. Und wie immer in den letzten Tagen hat Ayse ein Tablett mit Tee vor Linda hingestellt. Die wie jeden Morgen in der Kladde blättert. Im Leben einer anderen herumstochert. Unangenehm ist es ihr noch immer. Sie nimmt ein mit der Schreibmaschine getipptes Papier hoch, am oberen Rand der Schriftzug eines Hotels. Sie hält das Blatt gegen das Licht, schaut durch die Löcher, die p und o durch das dünne Papier gestanzt haben. Eine Überschrift hat dieser Text nicht.

Am westlichen Ende der alten Seidenstrasse war Kashgar während vieler Jahrhunderte Dreh- und Angelpunkt des transkontinentalen Verkehrs. Hier stiessen die Nord- und Südroute der alten Handelswege aufeinander, hier legten die Kamelkarawanen, aus dem Reich der Mitte kommend, nach der anstrengenden Durchquerung der Taklamakan-Wüste eine längere Pause ein, um sich auf die Überquerung des Pamirgebirges vorzubereiten.

Türkischer Herkunft ist das Volk der Uiguren, sie sind die grösste Nationalität in der Provinz Xinjiang, und Kashgar ist die älteste uigurische Siedlung. Zweistöckige Häuser mit verzierten Balkonen und geschwungenen Arkaden säumen die Strassen, und die Altstadt mit ihren verwinkelten Gässchen mutet auch heute noch orientalisch an. Alten Fotos und Reisebeschreibungen von Marco Polo, Sven Hedin und Peter Fleming kann man entnehmen, wie hier einst das Leben pulsierte, wie sich vor der Id-Kah-Moschee, der grössten Moschee Chinas, ein buntes Völkergemisch zusammenfand. Auf dem Platz der Moschee mit seinem Basar wurde nicht nur mit Waren, sondern auch mit Meinungen gehandelt. Die Gliederung in Berufssparten, die den Angehörigen Schutz vor staatlicher Willkür und soziale Sicherheit geben, gilt auch für den Basar in Kashgar. Die Grenzen zwischen Zünften, Orden und Bruderschaften sind jedoch fliessend, und sie gefährdeten in der Vergangenheit auch immer wieder die innenpolitische Stabilität Turkestans.

Um diese Gefahren, die vom Basar im Zentrum Kashgars ausgingen, zu entschärfen, zerstückelte man den Platz vor der Moschee und legte riesige Blumenbeete an, die von Zäunen umgeben sind. Um der Ortszeit im Basar etwas entgegenzusetzen, stellte man mitten in diese Blumenbeete eine Uhr, die die Pekingzeit anzeigt – die offizielle Zeit in Xinjiang. Doch wenn die 8-Uhr-Abendnachrichten Pekings in Kashgar ausgestrahlt werden, erhebt man sich gerade vom Mittagsschläfchen und beginnt die zweite Hälfte des Tages, kein Mensch lässt sich in den eigenen Tagesrhythmus hineinregieren.

Heute liegt der Basar am Stadtrand und gilt als einer der grössten Märkte Zentralasiens.

Enttäuscht ist jedoch, wer sich auf ein wohlgeordnetes Chaos freut, wo Händler von weither kommen und ihre Waren unmittelbar vor sich ausbreiten, wo Spontaneität und

Lebensfreude herrschen. Denn auf dem Sonntagsmarkt in Kashgar hat man nicht etwa Stände aus Holz oder Ladenbuden, sondern der Einfallslosigkeit halber Betonklötze hingestellt, auf denen nun die Waren liegen. Die Industriewaren Made in China und die Errichtung von immer mehr Kaufhäusern bedrohen indes die einheimische Industrie.

Heute ist Kashgar vom ehemals so bedeutenden transkontinentalen Handel abgeschnitten und wirtschaftlich völlig abhängig von Peking, wobei die wenigen Industrieunternehmen, die sich hier angesiedelt haben, von Han-Chinesen geleitet werden, was zusätzlich zur Unzufriedenheit der einheimischen Bevölkerung beiträgt. Die Zentralregierung engt die Nationalitäten sowohl politisch als auch wirtschaftlich ein, die kulturellen Eigenheiten reduziert sie auf Embleme, die sich wiederum touristisch auswerten lassen, wie die Folkloretänze der Uiguren. Sobald Uiguren oder Kirgisen, die zweitgrösste Nationalität in Kashgar und Umgebung, jedoch mehr kulturelle Autonomie fordern, wie zum Beispiel 1990, als die chinesische Regierung den Bau einer Moschee nicht erlaubte, kommt es zu Unruhen, die damals vielen das Leben kostete – Kashgar wurde total gesperrt –, und nur Spezialeinheiten konnten den Aufstand unter Kontrolle bringen.

Anders als in islamischen Ländern, wo der »Feind« manchmal etwas diffus und verschwommen im Westen ausgemacht wird, ist er im Stadtbild von Kashgar präsent. Neidvoll schauen die Einheimischen auf die wohlhabenden Han-Chinesen, die neben der oberflächlichen Begeisterung für die exotischen Elemente der uigurischen und der kirgisischen Kultur ansonsten nur Verachtung übrighaben. Deshalb auch können sie dem Lebensgefühl, das in älteren, intakten Basaren zu finden ist und deren Faszinosum ausmacht, keinen Raum lassen, da es psychologisch fremd und politisch bedrohlich wirkt.

An einigen Stellen ist das Blatt brüchig. Wo hatte Roxana wohl eine Schreibmaschine aufgetrieben? Hat sie den Text je einer Redaktion angeboten? Denn auf einem beliebenden Zettel sieht Linda eine Reihe von Zeitungsnamen. Andererseits: Kein Reisender lässt Kashgar aus, kein Reiseschriftsteller, der nicht irgendwelche Bonmots, Exotismen und Halbwahrheiten über diese Stadt verbreitet hätte. Die Visitenkarte eines Hotels in Kashgar fällt zwischen ein paar gehefteten Seiten heraus, den Namen kennt Linda, das Chini Bagh in Kashgar, vor vielen Jahren war sie selbst dort untergekommen. Verrückter Ort, noch auf chinesischem Territorium zwar, aber bevölkert mit pakistanischen Geschäftsleuten. Seltsam fand sie das damals, auch konnte sie nicht herausfinden, welchen Geschäften die Pakistanis tatsächlich nachgingen. Waren es wirklich nur Kleider und Stoffe, für die sie sich interessierten? Sie kam mit keinem ins Gespräch, da konnte sie noch so oft müssig auf Treppenabsätzen oder oben auf der Dachterrasse eine Zigarette rauchen. Und schliesslich war sie nur wenige Tage geblieben, nachdem sie das Pflichtprogramm absolvierte hatte, das die lokalen Behörden für sie, die damals als Teilnehmerin einer offiziellen Delegation durchs Land reiste, zusammengestellt hatte: das Museum, in dem Roxana offenbar ebenfalls gewesen war, die grosse Moschee, der Basar oder das, was davon übrig geblieben war. Sie erinnert sich noch an die hell schimmernden Ziegel eines Grabmals, in dem angeblich Xiangfei – die einzige uigurische Konkubine des feingeistigen und kulturinteressierten mandschurischen Kaisers Qianlong – begraben war. So sagten es die chinesischen Reiseleiter, doch als sie sich ein wenig von der Gruppe abgesondert hatte, hörte sie, wie ein uigurischer Führer einer anderen Gruppe erklärte: »Iparhan, das ist ihr korrekter Name. Sie war eine Schönheit, die sich bis zuletzt verteidigte. In jedem Ärmel hatte sie einen Dolch versteckt. Trotzdem konnten die Truppen des Qing-Kaisers sie gefangen nehmen. Und schliesslich wurde sie von der Kaiserinmutter vergiftet, weil sie sich dem Kaiser nicht gefällig zeigte.« Eine Sklavin? Ein Hauch von Weltgeschichte. Und die geschönte Version wurde als Zeichen der jahrhundertelangen Völkerfreundschaft zwischen Uiguren und Han-Chinesen in Stein gemeisselt. Da kommt ihr auf einmal die Mao-Statue wieder in den Sinn, vor den öffentlichen Regierungsgebäuden im Süden Kashgars. Maos Mantel flatterte, zügig schritt der grosse Steuermann aus, der China in den Abgrund geführt hatte. Kashgar erschien ihr damals merkwürdig dumpf. Als läge Mehltau über allem, kein lautes Reden, kein Lachen, kein freundliches Gesicht, jeder schien auf der Hut zu sein. Ihr drängt sich das Bild vom Topf auf, in dem es unablässig brodelt, und wird der Deckel immer weiter zugeschraubt, explodiert der Topf eines Tages. Hatte Roxana womöglich etwas aufgezeichnet, was ihr zum Verhängnis geworden war?

Sie schiebt die Papiere von sich. Was tut sie hier eigentlich? Liest Dinge, die nicht für sie bestimmt sind, aber einige Texte hatte Roxana offensichtlich später publizieren wollen? Wo war sie hingegangen? Konnte eine junge Frau die Wüste zu Fuss durchquert haben und an ihrem anderen Ende abgetaucht sein? Verschollen im Hier und Jetzt, wie sie es an einer Stelle in den Tagebuchnotizen gelesen hatte. Wie lange könnte eine ausländische Frau unbehelligt von den Behörden in China leben?

Schritte knirschen im Hof. Als Linda sich umdreht, steht Herrmann vor ihr. Sie hat ihn vorgestern zur Rede gestellt, wollte wissen, was er sich bei seinem Alleingang zum Busbahnhof gedacht habe. Er rechtfertigte sich, seine Existenzgrundlage oder vielmehr seine Existenz am Institut sei an dieses Projekt gekoppelt. Er müsse, er wolle, sonst. Jedenfalls stocke wegen ihm nun das Projekt, schnappte sie zurück. Und seither schweigen sie wieder. Der Wagen, mit dem Behruz sie in die Wüste hätte fahren sollen, steht noch immer irgendwo in der Stadt am Strassenrand. Ein weiterer stünde nicht zur Verfügung, hatte man sie wissen lassen, jeden Tag aufs Neue mit diesem unverschämt freundlichen Grinsen. Xu wusste genau, wie er sie hinhalten konnte. Wie er trotzdem an die ausländischen Hilfsgelder kam. Gleich-gültige Unverschämtheit, die nächsten Hilfsorganisationen stehen bereits vor der Tür, doch auch Linda kann nicht mehr lange warten. Wenn sie, wie schon beim letzten Mal in Osttibet, einfach einen Einheimischen, keinen Chinesen, von der Strasse weg als Fahrer anheuert, setzt sie das ganze Projekt aufs Spiel, das doch auf dem Papier so überzeugend die reibungslose Kooperation zwischen Deutschland und China deklariert. Doch warum sollten Deutsche in China Bäume pflanzen und Brunnen bauen? Laut Pressemel-dungen der Ministerien, für die Linda arbeitet, hatte sich in puncto Menschenrechte in China viel getan, die wirtschaft-liche Entwicklung des Landes sei enorm, wenn auch nur im Osten, weshalb China den Westplan lanciert habe, zur Ent-wicklung der unterentwickelten westlichen Provinzen. Wo laut chinesischer Regierung Separatisten und Terroristen Einhalt geboten werden müsse. Repressalien kombiniert mit wirtschaftlicher Entwicklung, die jedoch laut uigurischer Exilregierung lediglich den Han-Chinesen zugutekomme.

Herrmann sieht die Papiere auf dem Tisch. »Was ist das eigentlich? Jeden Morgen seh ich dich damit.« Der erste freundliche Ton seit Tagen.

»Eine Art Tagebuch einer Deutschen, die es vor vielen Jahren hier vergessen hat.«

»Und wo ist Behruz?«, fragt Herrmann.

»Ohne Gefährt kann er nicht sein. Der traut sich nicht auf die Strasse. Keine Ahnung.«

Sie würde jedenfalls heute am späten Nachmittag noch-mals losgehen, die Kladde mitnehmen. Orte aufsuchen, die Roxana hier in Khotan besucht und beschrieben hat. Sie muss etwas gegen das Warten tun. Das Warten zehrt auch an ihr, frisst sich in sie hinein.

Kapitel 21

Spuren

Linda wird durchleuchtet. Muss durch einen Türrahmen treten, nachdem sie ihren Rucksack abgestreift und in eine an den Ecken aufgerissene Plastikwanne gelegt hat. Sie blickt über die Schulter zurück. Öffnen sie den Rucksack? Ein Mann in blauer Jacke steht mit den Händen in den Hosentaschen neben einer Frau in Uniform, die löst die Bändel, will gerade hineinfassen, als Linda laut fragt, wonach sie suche. Ihre Stimme überschlägt sich. Zwei Gesichter schauen sie an, der Rucksack wird nun fast aufgerissen. Linda geht rasch um das Türgestell herum, greift nach ihrem Rucksack, die Frau lässt nicht los. Linda gibt nach. Roxanas Kladde fällt zuerst heraus auf den Metalltisch, ein zusammengefalteter Stadtplan, ein Kopftuch, Geldbeutel, Fotoapparat. Mehr nicht. Sie schüttelt den Kopf. Über sich. Wer etwas zu verbergen hat, verhält sich genauso. Denken die anderen, denkt Linda. Sie wird fest an beiden Armen gehalten, in ein Kämmerchen geführt, ein Stuhl wird ihr hingeschoben. Wer sie sei, was sie hier tue, der Reisepass wird immer wieder durchgeblättert, das chinesische Visum lesen sich der Mann und die Frau gegenseitig vor.

»Da, sie hat ein Arbeitsvisum. Was tun Sie dann hier in einem Museum?«, fragt der Mann.

Linda schweigt. Jede Erklärung würde in ihren Ohren wie eine schale Rechtfertigung klingen. Wie kann sie sich erklären? Sie versteht sich selbst nicht. Die hiesigen Behörden dürfen auf keinen Fall verständigt werden, auch Herrmann darf nichts davon erfahren.

»Entschuldigen Sie bitte. Ich weiss nicht. Die Hitze.« Linda streckt ihre zitternden Hände aus, sackt in sich zusammen, sie muss es nicht einmal vortäuschen. Ein Becher Wasser wird ihr hingehalten, Linda nippt vorsichtig daran.

Tut, als wische sie sich Schweiss von der Stirn. Entschuldigt sich wieder und wieder. Der Mann verlässt den Raum, die Frau bleibt bei ihr, tätschelt Lindas Arm.

»Möchten Sie hinaus, ein wenig an die frische Luft?« Linda muss sich ein Lächeln verkneifen. Frische Luft? Im staubigen Khotan? Die Frau hilft ihr auf, Linda stützt sich schwer auf sie, wird die Stufen herab und ums Haus herumgeführt, unter ein Wellblechdach, wo ein Auto steht. Und drei weitere Uniformierte rauchen, die sprechen sie an, doch Linda schweigt, versteht nicht, was sie fragen, sie wissen nicht, was tun mit ihr. Linda bedankt sich bei der Frau, die anderen rauchen ihre Zigaretten zu Ende und gehen durch eine Hintertür zurück ins Museum. Die Frau hat den Rucksack neben Linda auf den Boden gestellt, den hebt sie nun hoch, schaut sich um, sie ist allein. Wartet. Jemand bringt ihr nochmals einen Becher Wasser. Sie trinkt den Becher zur Hälfte in langsamen Schlucken leer. Wartet. Bis ihr der Becher wieder abgenommen wird, leise Schritte sich entfernen. Wartet. Bis man sie sich selbst überlässt. Wartet. Bis es ganz ruhig ist. Draussen. In ihr. Bis sich im Warten, im Warten der letzten Tage und Wochen etwas löst, vom Rande her in ihr Sichtfeld flackert, weiss, schwarz, von innen her etwas ausfranst, kleine Zähne einer scharfen Säge, die Schwingungen tun ihrem Hirn weh, sie setzt sich aufrecht hin, ihr Kopf dröhnt, laut ist es in ihr, die stumpfe Stille wird laut und lauter, sie hält sich beide Hände auf die Ohren, der Kopf schmerzt, bis sie die Arme erschöpft fallen lässt. Was ist mit ihr? Es ist das Warten. Sie hat zu viel Zeit. Noch nie hatte sie so viel Zeit. Die Zeit löst sie auf. Denken im Warten kann sie nur am frühen Morgen und späten Abend, wegen der Hitze. Dazwischen wabernde Gedanken. Diese junge Frau. Roxana. Hinter Stäben tauchen Bilder, Erinnerungen auf, wie viereckige Ausschnitte, sie sieht Roxana vor sich. Wer ist sie? Wünsche, Sehnsüchte, Ziele, sind es ihre eigenen? Etwas bricht, reisst, ihr Gesicht ist ganz nass, eine Tür öffnet sich, Männerstimmen kommen näher. Stellen sich neben sie, holen Zigaretten aus ihren Taschen, bieten ihr eine an, rauchen. Linda erhebt sich trotz des Reissens in ihrem Innern, erhebt sich mit einem Ruck, anders hält sie es nicht mehr aus, geht über die Stufen zurück zum Eingang des Museums, überreicht ihren Rucksack nun freiwillig der Frau in Uniform, die nickt ihr nur freundlich zu oder besorgt? Nochmals wird Linda gefragt, ob alles in Ordnung sei. Sie nickt, ja, es gehe jetzt besser, ein Schwächeanfall wegen der Hitze, nichts weiter, und Linda hofft, es wurde niemand benachrichtigt.

Sie ist die einzige Besucherin, helle Neonröhren über Vitrinen, eine Museumswärterin in schwarzer Lederjacke folgt ihr lautlos, Linda spürt sie mehr, als dass sie die Frau hört. Sie geht rasch vorbei an Tonscherben und Grabbeilagen, an alten Kleidungsstücken, Jade, einem Webstuhl. Auf den Glaskästen, in denen die beiden Mumien liegen, die auf Roxanas Museumsticket abgebildet sind, liegt Staub. Die Lippen der Toten sind gefletscht, als hätten sie sich gefürchtet. Vor dem Tod. Tochäer, buddhistische Händler, wie überhaupt Khotan die Wiege des Buddhismus in Xinjiang war, bevor sich ein sufischer Mystiker hier niedergelassen und die Bevölkerung zum Islam überredet habe. Liest Linda als knappe Erklärung neben den Vitrinen mit buddhistischen Reliquien. Sie geht die Treppe hinauf, die Wärterin noch immer hinter ihr. Eine alte Landkarte der Seidenstrasse, mit Orten, die Linda von Roxanas Aufzeichnungen kennt. Sie holt die Kladde hervor. Linda schaut sich nach einer Sitzgelegenheit um, der fragende Blick der Museumswärterin trifft sie. Linda macht eine Geste, die Wärterin schüttelt den Kopf. Also bleibt sie stehen, lässt den Rucksack zu Boden gleiten, vergleicht Roxanas Skizzen mit den Fresken an der Wand. Ähnlich? Gleich? Sie winkt die Wärterin zu sich, zeigt auf das Blatt vor ihr, auf die Malereien an der Wand mit den Mönchen und einem Buddha in der Mitte. Die Wärterin nimmt ihr das Blatt aus der Hand, vergleicht Strich um Strich mit dem kleinen Finger, Linda zeigt auf das Wort darunter: Turfan. Die Wärterin schüttelt den Kopf, zeigt auf die Fresken, sagt Yokawat. Yokawat oder so ähnlich, täuscht sich Linda? Das ist doch der Ort, wo Brunnen und Bäume? Die Wärterin gibt Linda das Blatt zurück, versucht ihr auf Englisch zu erklären, dass die Zeichnung und die Malerei an der Wand vor ihr durchaus ähnlich wären, die Zeichnung aber unmöglich aus Turfan sein könnte. Die Frau, wie alt ist sie wohl, überlegt Linda kurz, bevor sie fragt, ob sie sich an eine Studentin erinnere, vor zwanzig Jahren vielleicht, eine, die Chinesisch sprach und sich für buddhistische Höhlenmalereien interessierte? Die Museumswärterin ruft laut nach hinten ins Museum hinein, ein älterer Mann in einer viel zu weiten Uniformjacke schlurft langsam heran. Tränensäcke hängen tief unter seinen Augen, die er aus weiter Ferne auf Linda richtet. Die Wärterin spricht auf ihn ein. Linda hält ihm Roxanas Zeichnung hin. Mit beiden Händen nimmt er sie entgegen wie eine Kostbarkeit. Als wolle der alte Wärter die Zeichnung an seine Stirn führen, so wie Tibeter es mit Fotografien hoher Geistlicher tun, doch Linda täuscht sich, er hält die Zeichnung nur dicht vor seine Augen, zieht das Blatt von oben nach unten durch sein Sichtfeld. Schaut Linda an. Will wissen, woher sie das hat. Linda hält ihm die Mappe hin, klappt sie auf, er sieht hinein, holt die anderen Zeichnungen heraus. Vorsichtig, eine nach der anderen. Linda zeigt wieder auf »Turfan«. Der Alte schüttelt den Kopf, sagt etwas, das auch aus seinem Mund wie Yokawat klingt. Linda fragt nach, doch beim zweiten Mal hört sich der Name anders an. Nach der Frau fragt sie den Alten, ob er sich an eine junge Frau erinnert, eine, die Chinesisch sprach, sich für buddhistische Fresken interessierte. Lange legt er den Kopf schief, denkt nach mit den Zeichnungen in der Hand, die er wieder und wieder durch seine Hände gleiten lässt. Sagt etwas zu der Wärterin, die spricht auf ihn ein, bis er langsam den Kopf hin und her bewegt, immer schneller, Linda die Zeichnungen in die Hand drückt, rasch davonschlurft. Die Wärterin zieht die

Augenbrauen hoch, schaut ihm nach, dreht sich zu Linda um, tippt sich mit dem Zeigefinger an die Stirn. »Nun, ich kann Ihnen da auch nicht weiterhelfen, tut mir leid«, sagt sie noch und will wieder zurück, als Linda nach einer Publikation zu den Höhlenmalereien fragt.

»Vorn an der Kasse.«

Als Linda allein ist, holt sie den Fotoapparat aus der Tasche, ignoriert das Verbotsschild, fotografiert schnell die Fresken ab, die alte Landkarte der Seidenstrasse. Ohne Blitz, das Resultat wird vermutlich miserabel sein, sodass auch kein Experte für ostasiatische Kunst etwas damit wird anfangen können, aber ein Versuch. Nur erwischen lassen darf sie sich nicht, ein zweites Mal … Sie hört Schritte, schiebt den Apparat in ihre Hosentasche. Die Wärterin, die Lederjacke wieder zugezogen bis zum Kinn, hält ihr eine Broschüre hin mit Aussenaufnahmen des Museums, Abbildungen weisser Jade und den beiden Mumien.

»50 Yuan.«

»Ja, danke. Ich überlege es mir noch. Gibt es denn nichts über diese Fresken?« Und hält sich damit offen, ob sie diese schlecht gedruckte Broschüre kauft. Eine freundliche Geste, vielleicht auch nicht, überlegt Linda, als sie der Wärterin in den ersten Raum folgt. Postkartenmotive aus Xinjiang, Schlüsselanhänger, Kugelschreiber mit den Mumien, die den Mund öffnen, wenn man sie hin und her bewegt. Davon nimmt sie drei Stück, einen für Herrmann, hat er Humor? Einen für eine Bekannte in Berlin, die makabre volkstümliche Gegenstände sammelt. Einen für sich.

»Geht es Ihnen wieder besser?«, fragt die Uniformierte hinter dem Verkaufstresen, als Linda bezahlt und gehen will. »Sollen wir ein Taxi für Sie rufen?«

»Nein, danke, es ist nur die Hitze. Tut mir leid. Und vielen Dank nochmals für alles«, erwidert Linda rasch. Sie setzt sich draussen auf die Treppe, die Kälte der Steinstufen geht durch den dünnen Baumwollstoff hindurch, da spürt sie auch den Fotoapparat, holt ihn heraus und packt ihn zurück in den Rucksack. Holt die Mappe heraus, schaut sich die Zeichnungen an. Hat sie etwas übersehen? Gibt es in Turfan dieselben Zeichnungen wie hier? Gut möglich, früher zogen Künstler von Ort zu Ort, malten überall dasselbe. Oder wurden die Exponate zwischen den Museen ausgetauscht? Das Museum in Khotan wurde offiziell erst 1995 gebaut, wo waren die Gegenstände vorher? Linda schiebt die halbfertigen Skizzen und Zeichnungen zusammen, blättert die handgeschriebenen Seiten durch, doch ausser den säuberlich aufgeklebten Museumstickets findet sie nichts über Khotan. Sie ist nicht im selben Museum gewesen wie Roxana.

Linda schaut auf. In das Gesicht einer jungen Ausländerin. Schlank, aufrecht und mit hochgestecktem Haar, ganz in schwarz gekleidet, geht sie die Treppe hinauf. Linda sieht ihr nach, sieht, wie die Frau einen armeegrünen Rucksack vor dem Türrahmen mit der eingebauten Sicherheitsschranke auf den Metalltisch legt, sieht ihr nach, bis das Museum die junge Frau verschluckt. Was tut sie hier? Sie ist die erste westliche Touristin, die Linda seit ihrer Ankunft gesehen hat. Xinjiang gilt als Konfliktherd, und erst kürzlich hat sie gelesen, wie Journalisten auf Schritt und Tritt verfolgt werden. Linda nimmt den Stadtplan aus Roxanas Mappe hervor, sucht das Museum, doch die Strassen, die eingezeichneten Gebäude sind verschwunden, Baustellen versperren den Weg, riesige Baugruben, unmöglich, Roxanas Spuren zu folgen. Stellt Linda fest, und auch, dass sie sich verlaufen hat.

Sie hält die Hand schützend vor die Augen, winkt ein Taxi herbei, lässt sich zu dem Internetcafé fahren, in dem sie neulich war.

Der Mann an der Theke blickt kurz auf, als sie dieses Mal ihren Ausweis auf die Theke legt. Als er sie sieht, schüttelt er den Kopf.

»What?«

»No.«

»Why no?«

»No.«

Linda steckt den Ausweis wieder ein, geht den Gang entlang, doch da springt der Mann auf, hält sie am Arm fest.

»No!«, schreit er ihr ins Gesicht.

Er schiebt sie aus dem Gebäude, schlägt die Tür laut hinter sich zu. Die jedoch gleich wieder von vier jungen Männer geöffnet wird, die sich an Linda vorbei hineinschieben.

Das nächste Internetcafé? Linda geht langsam die Strasse entlang, lässt ihren Blick über die Ladenschilder gleiten, legt den Kopf in den Nacken, betrachtet auch die Schilder in der ersten und zweiten Etage, die in den Fenstern hängen. Betritt einen Frisörsalon, in vielen Ländern die Info-Börse schlechthin. Zeigt auf ihre blond-grauen Haare, klappt Mittel- und Zeigefinger auf und zu. Eine junge Frau, stark geschminkt und mit langem schwarzem Haar, weist ihr einen Hocker in der Ecke zu. Linda wartet. Männer kommen herein, verschwinden hinter einem Vorhang, sie hört Gelächter. Wartet. Schaut sich um. Schmutzstarrende Handtücher hängen neben einem Waschbecken. Haarbüschel liegen darin, auf dem Boden, überall. Wieder kommen Männer herein, das Mädchen begrüsst sie, wirft Linda einen kurzen Blick zu, geht mit den beiden Männern nach hinten zu den anderen. Linda beugt sich vor, um zwischen zwei Vorhängen einen Blick zu erhaschen, sieht nur Schatten. Zehn Minuten schon. Zwei junge Männer drücken rasch die Tür auf, huschen nach hinten, schieben den Vorhang zur Seite, Linda haben sie nicht bemerkt. Aber für einen Augenblick sieht sie an der Wand schwarze und grüne Banner mit arabischen Schriftzügen. Wartet. Schliesslich steht sie auf, macht ein paar Schritte in den Raum hinein. Still ist es, als würden die Menschen hinter den Vorhängen den Atem anhalten. Oder kichert jemand leise? Sie macht kehrt und zieht die Tür leise hinter sich zu. Blickt weiter die Strasse entlang. Vor einem CD-Laden drehen sich blau-rote Spiralen. Sie geht hinein. Fragt auf Englisch nach einem Internet-Café. Ein junger Mann mit kahl geschorenen Schläfen zeigt zur gegenüberliegenden Strassenseite, doch aus dem wurde sie gerade hinausgeworfen.

Linda schüttelt den Kopf. »No.«

Der Mann verzieht sich hinter die Theke, zuckt mit den Schultern, packt weiter eine Schachtel mit CDs aus, stellt sie ins Regal. Als Linda wieder auf der Strasse steht, geht eine Gruppe verschleierter Frauen an ihr vorüber, die hier vor den Glasfassaden der Shopping Malls mehr auffallen als anderswo. In der Ferne erkennt Linda das Logo eines Hotels. In der Lobby ist es still, wieder diese Stille, die sie schon öfter hier in Khotan bemerkt hat, seltsam und unnatürlich. Weit und breit niemand zu sehen, das Hotel scheint menschenleer. In der Zeitung stand, dass der Tourismus aufgrund der zunehmenden und immer brutaleren Aufstände in Xinjiang stark zurückgegangen sei und Hotelmanager sich über leere Betten beklagen.

An der Rezeption drückt sie auf einen Klingelknopf. Eine Frau in beigefarbener hochgeschlossener Jacke tritt aus einer Wand, die Tür, die darin eingelassen ist, sieht man nicht auf den ersten Blick. Linda fragt nach einem Computer mit Internetzugang. Ja, sie müsste nur das Business Office mieten, eine Stunde hundert Dollar.

»Fünf Minuten, um Mails zu checken?«

»Das dauert länger. Und sie blockieren den Raum, den Computer«, erklärt die Rezeptionistin.

Sie wird die Kosten aus eigener Tasche bezahlen müssen, das nimmt ihr kein deutscher Buchhalter ab.

»50 Dollar.«

»Eine Viertelstunde«.

»Wo?«

Die Frau zeigt auf die Treppe am Ende der Lobby, zieht Linda den Schein aus ihren Fingern, schiebt ihn in ihre Brusttasche, auf dem das Hotellogo prangt. »Zehn Minuten«, ruft sie ihr nach. Allein schon das Hochfahren des Computers, das Einloggen und Öffnen des Mailprogramms dauert so lange. Linda öffnet die oberste Mail.

»Zhanna, Herrmanns Frau, Sängerin, Kasachin. In China, Xinjiang, aufgewachsen, im Alter von zehn Jahren mit ihren Eltern nach Istanbul ins Exil, die heute noch dort leben. Mit einem Stipendium kam Zhanna nach Berlin, studierte dort Tanz und Musik. Erfolglose Sängerin mit wenigen Engagements, vor allem in den USA. Verbindungen zu irgendwelchen politischen Vereinigungen wurden keine gefunden.«

Und die zweite Mail: »Roxana Fiedler. Vor 22 Jahren gab es eine Suchmeldung per Interpol, geschaltet von Susanne Fiedler, ihrer Schwester. Eine Antwort hat sie nie erhalten, aber auch keine zweite Suchmeldung geschaltet, jedenfalls nicht via Interpol. Und über Behruz Ibrahimi hat der Kollege im Ministerium Folgendes herausgefunden: Fahrer in Afghanistan, geriet zwischen Kundus und Masar-e Scharif in einen Hinterhalt. Mehr nicht.

Kapitel 22

Gedankenhitze

Sie konnten nicht voneinander lassen. Nachdem man ihre
beiden Namen in die letzte freie Reihe des Melderegisters
eingetragen hatte, sie an bärtigen Pakistani vorübergegan-
gen waren, die in den Gängen des vierstöckigen Chini Bagh
Hotels herumlungerten und über Treppengeländer ihren
Kumpanen etwas zuriefen, reichte ein zufälliges Streifen
der Arme beim Auspacken ihrer Rucksäcke. Und schon
entlud sich die elektrische Spannung, die sich während der
Busfahrt wie in einer Spirale hochgeschraubt hatte. Mit
geschlossenen Lidern stöhnte er unter ihr, sie gab sich mit
weit geöffneten Augen Träumen hin, die Glieder ineinander
verschlungen schliefen sie ein, im Halbschlaf, im Morgengrauen neue Lust, den halben Vormittag im Dämmerlicht
des Zimmers hinter zugezogenen muffigen Stoffgardinen,
so ging es zwei, drei Tage lang, bis Roxana begann, Geld
und Zeit in Gedanken zu multiplizieren und darüber bald
die Lust vergangen war.

Sie musste zur Akademie der Sozialwissenschaften, die
Bibliothek hatte nur vormittags geöffnet. Denn letzten
Sommer, als sie in Kashgar gewesen war, hatte sie diesen
Besuch immer wieder verschoben. Verschoben auf das eine
Mal, das letzte, da würde sie dann richtig forschen. Auch
ohne Genehmigung. Früh ging sie aus dem Hotel, Alex im
Tiefschlaf zurücklassend, wollte gerade an der Frau hinter
der Empfangstheke der Bibliothek vorbeischleichen, als die
ihre Augen hob, ihren rosafarbenen Pullover, an dem sie
gerade strickte, auf ihrem hervorstehenden Bauch ablegte
und sie anbellte. Rasch hielt sie ihr den kleinen roten Stu-
dentenausweis unter die Nase, lobte das Strickmuster und
ging zielstrebig zur Treppe, die schon irgendwohin führen
würde. Jedenfalls hoffte sie das, denn sie musste sich fach-

· 170 ·

kundig geben. Hoffte, dass sie mit dem Ausweis auch kopieren dürfte, denn für manche Dokumente brauchte man eine Spezialgenehmigung, die sie selbstredend nicht hatte. Und sie brauchte die Kopien von Zeitungsartikeln und alten Karten unbedingt, um voranzukommen.

Am Abend assen sie zusammen, und Alex erzählte. Wie er zunächst im Seman-Hotel, wo die meisten Traveller abstiegen, sich erst mal ein ausgiebiges Frühstück gegönnt habe und mit Reisenden ins Gespräch gekommen sei. Er lechzte nach Neuigkeiten, nach Zeitungen. Schliesslich sei er mit ein paar Leuten zum Basar vor der Stadt gegangen. »So ein Zufall, gerade heute am Sonntag war ja Markttag! Morgen gehen wir zu einer Ruine, hab den Namen vergessen.«

Drei Abende später, Roxana hörte nicht wirklich zu, berechnete Tage und Wegstrecken, das Geld, das dazu nicht reichte, murmelte er über Nudeln und gegrillten Fleischstückchen: »Sie sind nicht mehr da.« Roxana horchte auf.

»Wer?«

»Ich hab dir doch von diesem Projekt erzählt, in einem Dorf in der Nähe von Kashgar.«

»Hm.«

»Ja, doch. Ein paar Leute von einer Schweizer Hilfsorganisation bauten eine Schule, die wollte ich mir anschauen.«

»Und?«

»Sie haben die Schule vor einem halben Jahr geschlossen. Haben mir die Leute erzählt, die neben der Schule wohnen.«

»Und?«

»Na ja, eigentlich hätte ich dort gern ein paar Tage unterrichtet. Die können ausländische Lehrer immer gebrauchen.«

»Ach, du bist Lehrer? Von diesem Talent wusste ich ja noch gar nichts«, grinste Roxana.

»Es reicht doch schon, wenn man ein paar Lieder mit denen singt, auf Englisch. Dann lernen sie die Wörter spielend.

· 171 ·

Wo hätten sie sonst die Möglichkeit, einmal mit einem Ausländer ins Gespräch zu kommen?« Alex schob die Nudeln von einem Tellerrand zum anderen. »Ich möchte jedenfalls weiter, hab jetzt ja alles gesehen, für mich gibt es hier nichts mehr zu tun.«

Roxana hatte sich in den letzten Tagen ausgemalt, wie es wäre, hier zu bleiben. Mit Alex. Als sie in der Bibliothek über den gedruckten Blättern sass, schoben sich Bilder von einer Oase dazwischen, sie beide in einem Lehmhaus, am Rand ein Brunnen, zwei, drei blond geschopfte Kinder würden im Hof spielen, sie würde hinter einem Webstuhl sitzen, und Alex brächte die Wolle in die Stadt. Davon würden sie leben können. Sich auflösen in allem. Eintauchen in das Leben hier. Ohne Vorbehalt, ohne Rückversicherung. Sie wollte nicht mehr weiterreisen, dieses Streifen der Oberfläche. Sie hatte ihm nichts davon erzählt. Hatte nur gehofft, geträumt, wenn sie Seite an Seite mit der Riksha durch die Stadt fuhren, bei jeder Kurve aneinandergedrückt wurden, die einzige mögliche Annäherung in der Öffentlichkeit.

Doch schon wenige Minuten später schoben sich andere Vorstellungen über diese Bilder. Sie könnte auch mit Alex nach Zürich, dort im Völkerkundemuseum vielleicht ihre Zeichnungen ausstellen. Immerhin hatte sie den Direktor einmal in Berlin kennengelernt, der sie zu ihrem Höhlenprojekt ermuntert hatte. Also doch besser wie geplant noch zwei, drei Stätten aufsuchen, um ihr Projekt – ihr Luftschloss, wie sie es mittlerweile für sich nannte – abzuschliessen. Oder in einer kleinen Oase unterkommen, illegal, über Jahre hinweg mit den Menschen hier leben. Alleine hierbleiben. Man sollte sie vergessen dort in Europa. Und sich selbst wollte sie ausstreichen aus dieser Welt. Jetzt erst recht. Sie dachte an ihre Cousine Helene, deren Brief vom Tod des Vaters sie am Tag vor ihrer Abreise aus Xi'an erhalten hatte, doch hätte sie deswegen auf diese Reise verzichten sollen? Nachdem sie sich zuvor alles zurechtgelegt und monate-

· 172 ·

lang darauf hingearbeitet hatte? All diese Gedanken rangen miteinander, bis sie auf der Höhe des Zenits, den ihre Gedankenorgien immer irgendwann einmal erreichten, in sich zusammenfielen.

»Ich habe genug Material gesammelt. Könnte morgen nach Khotan weiter. Soweit ich jetzt weiss, gibt es dort unten noch ein paar im Sand vergrabene Stätten, die nicht von Sven Hedin, Albert von Le Coq und wie sie alle heissen ausgegraben wurden«, sagte Roxana leise. Wartete.

»Und jede Menge Grabräuber gibt's dort auch. Ich weiss nicht. Ist für mich zwar ein Umweg, aber ...« Alex klemmte das letzte Tofu-Stückchen zwischen seine Essstäbchen. »Hab vorgestern Anna getroffen«, kam es zwischen seinen kauenden Lippen hervor.

»Ohne Ma?«

»Die beiden haben sich offenbar gestritten, schon gleich in Ürümqi. Ma ist dann abgereist, Anna weiter nach Kashgar gefahren. Morgen fliegt sie zurück nach Ürümqi, von dort über Peking nach Hause.«

Roxana schaute ihn an.

»Nun, sie hat mir ein wenig von Ma erzählt, wie der immer ausgetickt sei und sich von ihr blossgestellt fühlte. Wie sie sich kennengelernt hatten, damals in Paris. Wo es viele chinesische Künstler gab, die zwar an der École des Beaux-Arts eingeschrieben waren, sich ihr Geld aber mit Touristenporträts vor der Notre Dame oder bei der Sacré Cœur verdienten. Immerhin hatten sie alle an den chinesischen Kunstakademien ein solides Handwerk gelernt, konnten also auch in westlichen Grossstädten überleben. Ma sei dann bei ihr eingezogen, diese Reise nach China, auf der sie von Anfang Streit gehabt hätten, sei eigentlich seine Idee gewesen.«

»Eine riskante Reise, wenn es stimmt, dass er gesucht wurde«, wirft Roxana ein.

»Hm, seltsam, passt irgendwie nicht, da hast du recht«, murmelte Alex mit vollem Mund. »Na jedenfalls ist sie sehr beunruhigt, dass sie nichts mehr von ihm gehört hat. Ihre Telegramme beantwortet er nicht mehr, wenn sie ihn anruft, geht keiner ran. Dabei hat sie doch sein Flugticket.«

»Hatte vielleicht einfach genug von ihr.« Und nun hängt sie sich an dich dran, sagte Roxane nicht, schaute Alex nur verstohlen an. »Und schüttet dir ihr Herz aus, will dich unbedingt sprechen hier in Kashgar. Und schickt dir ein Telegramm.«

Alex sah auf. »Woher weisst du das?«

»Es lag vorgestern auf meinen Unterlagen, dachte zuerst, es wäre für mich, deshalb habe ich es gelesen.«

»Passt jedenfalls nicht, dass Ma einfach so verschwindet, sagt zumindest Anna.«

»Passt schon, aber hoffentlich steckt nicht mehr dahinter als nur eine Laune.«

Alex verzog das Gesicht. »Wie meinst du das?«

»Einfach so verschwinden, so leicht ist das nicht in China. Vielleicht sind sie ihm auf die Spur gekommen?«

Beide hingen stumm ihren eigenen unguten Gedanken nach, bis Alex meinte: »Du hast gesagt, dein Geld wäre knapp, dann könnten wir doch auch morgen zurück nach Ürümqi fliegen. Jedenfalls weiss ich nicht, was ich hier noch länger tun soll. Und in Ürümqi könnten wir nach Ma suchen.«

»Hatte in Turfan damals nicht den Eindruck, dass ihr euch sonderlich gut versteht?«

Alex schob eine Gabel mit Nudeln in seinen Mund, damit er nicht antworten musste.

»Ich will weiter nach Khotan, weil ich in der Bibliothek gutes Material gefunden habe, weil dort vielleicht noch nicht alles vollständig erforscht ist, jedenfalls nicht von einem westlichen Wissenschaftler. Es gibt zumindest keine westlichen Berichte darüber, chinesische aber schon.«

»Das bringt doch alles nichts. Wer will das alte Zeugs denn lesen, selbst wenn du was findest?« Alex griff nach ihrer Hand, »Und mal ehrlich: Solche Fresken, so buddhistisch sie auch sein mögen. Ist nicht das Hier und Jetzt viel wichtiger? Für die Menschen, für uns?«

Roxana zuckte zurück.

»Was soll ich in Khotan?«

Hatte er tatsächlich an eine gemeinsame Weiterreise gedacht, an eine gemeinsame Zukunft gar?

»Wie geht's Anna?«, lenkte Roxana vom Thema ab.

»Eigentlich wie immer, ein Stehauffrauchen, immer gut gelaunt und für Spässe zu haben, denkt nicht lange nach und geniesst das Leben.« Nicht so wie du, klang da ein Vorwurf mit?

»Hab den Nachmittag mit ihr verbracht. Wir sind zu diesem Grabmal der Konkubine gefahren, dort ein bisschen in den Gassen herumgeschlendert.«

Roxana sah ihm direkt ins Gesicht. War da was?

»Danach sind wir zur Post im Süden der Stadt. Davor stand übrigens ein Geländewagen mit arabischem Logo. Und dahinter ein anderer, völlig verdreckt. Sah ziemlich abenteuerlich aus.«

Sie winkten den Kellner herbei und bezahlten. Alex wollte beim Hinausgehen heimlich seine öligen Lippen auf Roxanas pressen, doch sie wich aus.

»Gut, lass uns noch einen Tag hierbleiben und morgen weitersehen«, sagte er, als er ihr im Bett den Rücken zudrehte und sofort einschlief.

Roxana schob Alexanders Arm auf ihrem Bauch sacht beiseite, holte ihre Kladde aus dem Rucksack, ging alles durch: ihre Skizzen von den Höhlen, Beschreibungen, Übersetzungen von Pressemeldungen, ein Zeitungartikel, den sie westlichen Zeitungen schicken wollte, der Brief an Helene, noch immer nicht abgeschickt und das dünne Papier mittlerweile an manchen Stellen eingerissen. Eine Menge war zusammengekommen, sie legte ihre Hände auf die Stapel, glückliche Gedankenhitze, nur noch ordnen, sie atmete auf. Aber noch reichte das Material nicht. Nie reichte es. Und je tiefer sie drang, desto mehr verlor sie das Ganze und sich selbst. Doch sie freute sich schon auf das Gefühl, wenn sich bei der Durchsicht die Dinge ineinanderfügten, sich gänzlich unerwartete Zusammenhänge auftaten. Es war jedes Mal, als betrete sie eine neue, lichte Welt. Manchmal hatte sie diese kleinen Lichtblitze in Bibliotheken erlebt, sie hatten sie stets vorangetrieben. So auch dieses Mal. Es fehlte nicht mehr viel, sie wollte nur noch diesen einen Ort aufsuchen, von dem ihr die Wissenschaftler in der Akademie erzählt hatten.

Kapitel 23

Ersticken

An diesem Morgen bringt Ayse nicht nur den Tee, sondern
eine Ausgabe der *China Daily*, eine Woche alt, aber immerhin. Linda blättert rasch die Zeitung durch, keine interes-
santen Meldungen, nichts über Xinjiang, sie legt die Zeitung
für Herrmann zur Seite, nimmt die Kladde zur Hand. Sie
hat längst noch nicht alles gelesen, es ist mühsam, oft weiss
sie nicht, ob sie die schräg gelegten Wörter richtig entzif-
fert, manche Sätze ergeben keinen Sinn. Doch immer öfter
sinnt sie gerade diesen Fragmenten nach, greift nach Fäden,
die auftauchen, verliert sie wieder, sie tauchen ab, dorthin,
wo es weich wird, schlammig, sie watet durch Bilder, die
sie nicht entschlüsseln kann, Roxanas oder ihre eigenen, sie
weiss es immer weniger. Müde streckt sie einen Arm aus,
greift zu einem Blatt, das nach dem Um- und immer wieder
Neuschichten nun oben liegt.

Wir gingen zum Basar hier in Khotan, eigentlich wollten wir
danach zum Museum, als wir sahen, dass eine der breiten
Nebenstrassen abgesperrt war mit einer Banderole. Dahinter hatten viele Menschen einen Kreis gebildet. Ich hatte
kein gutes Gefühl, doch Alexander drängte nach vorne.
Am rechten Strassenrand war ein kleiner Tisch aufgestellt,
dahinter sassen zwei Männer in Uniform. Eine Frau, ebenfalls in grüner Hose und Jacke, las etwas von einem Blatt
ab: Betrügereien, Diebstähle, Jahreszahlen übertrugen die
Lautsprecher knisternd. Und jedes Mal trat eine Person vor
und hörte sich mit gesenktem Kopf diese Vorwürfe an. War
die geifernde Funktionärin verstummt, trat der Mann oder
die Frau wieder ab.
Wir waren zu weit weg, ich konnte die Gesichter der Gefangenen nicht sehen. Auch war mir nicht klar, ob es Uiguren,

· 177 ·

Chinesen, Hui oder Angehörige einer anderen als der han-
chinesischen Nationalität waren, doch die meisten Namen
klangen chinesisch. Die ganze Szene ... Wie musste es erst
während der Kulturrevolution gewesen sein? Die ältere
Frau, die nun vortrat, hatte offenbar grössere Summen
Geld unterschlagen und auch Leute umgebracht, ein Mann
um die vierzig gestohlen, nicht alles verstand ich genau, die
Schwere der Verbrechen schien zu variieren.

Alex wollte wissen, was da vor sich ging, ich sagte nur:
»Nachher.«

Auf einmal standen etliche Uniformierte auf, die auf dem
Boden gehockt waren, ein Lastwagen fuhr durch die Menge, die bereitwillig zurückwich. Als freuten sich die umstehenden Uiguren, dass so viele Chinesen verhaftet worden
waren. Hatten offenbar vergessen, wer gestern an der Reihe war. Wann würden sie selbst dran sein?

Einigen fiel es schwer, mit den verbundenen Händen auf
den Lastwagen zu klettern, der ein oder andere Soldat half
nach. Noch mehr Lastwagen kamen. Über jedem hing ein
rotes Banner mit weissen Schriftzeichen. Einige hatten einen Lastwagen ganz für sich allein, auf einem erkannte ich
die ältere Frau wieder. Auf der Fahrt in den Tod gab es kein
Gedränge. Wohin sie wohl gebracht wurden? Und nachdem
eine Kugel sie getötet hatte, würden ihre Organe zum Handel freigegeben, wie westliche Journalisten berichteten?

»Wir müssen endlich etwas tun!«, rief Alex laut auf Englisch,
sodass einige der Umstehenden sich umdrehten und rasch
von ihm abrückten. Ich machte ihm ein Zeichen, er solle ruhig sein, doch jetzt war er es, der mich am Arm festhielt.

Später erzählten wir in unserem Guesthouse, was wir gesehen hatten, noch völlig erschüttert. Doch Ayse meinte,
das sei früher während der Kulturrevolution jeden Tag so
gewesen, heute käme es nicht mehr so oft vor. Ich fragte
sie, ob tatsächlich so vielen Chinesen ein öffentlicher Pro-
zess mitten auf der Strasse gemacht werde, ob das normal
sei oder doch eher ein Schauprozess, um zu zeigen, dass
die chinesische Justiz nicht zwischen den Angehörigen der

verschiedenen Nationalitäten unterscheide, wenn es um Verbrechen gehe? Ayse zuckte nur mit den Schultern. Auch wohin diejenigen gebracht wurden, die alleine auf einem Lastwagen waren, wollte sie nicht sagen.

Ungläubig schüttelt Linda den Kopf. Wie die reisserischen Augenzeugenberichte von westlichen Korrespondenten, die auf ihrem Schreibtisch in Berlin landen. Um aufzurütteln. Als ob es so einfach wäre! Sie selbst hat noch nie so einen öffentlichen Schauprozess gesehen. Und heute würden solche Schnellverfahren sicherlich nicht auf der Strasse abgehalten, auch wenn das immer wieder behauptet wird. Die Lage im Land ist viel zu angespannt.

Herrmann steht auf einmal neben ihr, sie hält ihm die *China Daily* hin. Er lässt seine Augen über die Schlagzeilen fliegen, legt die Zeitung zurück auf den Tisch, atmet schwer auf.

»Heute ist Sonntag. Gehen wir wenigstens auf den Basar, vielleicht ergibt sich dort irgendetwas«, schlägt Herrmann vor. Linda zuckt zusammen, hat er in Roxanas Unterlagen gelesen? Unmöglich, die lässt sie seit Tagen nicht mehr aus den Augen, nimmt sie überall hin mit. Sie zögert. Es gibt keinen vernünftigen Grund gegen Herrmanns Vorschlag, überlegt sie, als sie den Tee Schluck für Schluck die Kehle hinunterfliessen lässt, warm, bitter.

»Zweieinhalb Wochen sind wir nun hier. Sinnlos. Nutzlos.« Herrmann setzt sich nicht, als er das sagt.

Linda schaut ihn an. Das Warten. Es ist für jeden anders. Und jedes Mal anders. »Gut, in einer halben Stunde?«, schlägt sie vor, seufzt. Noch hat Herrmann nichts gemerkt, doch das Verbergen der stechenden Schmerzen, der Schwindelanfälle, kostet sie allmählich mehr Kraft als ihr noch zur Verfügung steht.

Die einstige Karawanserei liegt ein wenig abseits, aber unweit des Basars. Reisebusse versperren die Strassen. Linda und Herrmann drücken sich an den Häuserwänden entlang vorbei an Kebab- und Grillständen. Linda zieht ihr Halstuch über die Nase, der Staub und die Gerüche setzen ihr zu, das Geschrei wird ihr zu viel, sie flüchtet in eine Seitengasse, holt tief Luft. Eine magere Hand streckt sich ihr entgegen. Auf der kleinen Handfläche liegt ein blasser Jadestein, grosse dunkelbraune Augen schauen sie an. Linda schüttelt den Kopf. Herrmann ist ihr nicht gefolgt, merkt sie, als sich immer mehr Kinder um sie drängen, alle mit verschiedenen Jadesteinen, Ketten und Amuletten. Sie schüttelt den Kopf, weicht zurück, will zurück zur Hauptstrasse, als ein Mann auftaucht, die Kinderschar mit wenigen Worten auseinandertreibt.

»Husch, husch, sonst holen euch die Chinesen!«

Linda schaut ihn überrascht an, als er sie auf Englisch anspricht und erklärt, dass Chinesen gern uigurische Kinder kidnappen und in chinesischen Städten als Bettler auf die Strasse schicken.

Linda will sich schon abwenden, als er fragt: »Haben Sie sich verlaufen? Zum Basar geht es dort lang.« Er zeigt mit dem Finger auf die schmale Gasse, beschreibt mit dem Arm einen weiten Bogen, der umso grösser wirkt, weil die Ärmel des schwarzen Mantels mitschwingen.

»Ich warte auf jemanden.«

Unmerklich zieht er die Augenbrauen hoch, schaut über ihre Schulter. »Ich sehe niemanden.«

Er glaubt ihr nicht. Linda ruft, ihre Stimme klingt brüchig. Er fasst sie am Ellbogen, als ihre Knie nachgeben. Die Kinder haben sich wieder herangeschlichen, stehen nun aufgereiht an der Wand aus Lehmziegeln, beobachten die beiden schweigend. Linda greift sich an den Hals, als der Mann umständlich eine Wasserflasche aus der Innentasche seines langen Mantels zieht und an ihre Lippen hält.

»Danke.« Schwach nur. Er lächelt, hilft ihr auf. »Kommen Sie mit, ruhen Sie sich aus, mein Haus ist gleich da vorn.«

Linda zögert, doch zu verlieren hat sie nichts. Duckt sich, als sie über die Türschwelle tritt. Sie sieht nichts, zu hell war es vorher draussen auf der Strasse, zu dunkel ist es hier drin. Schemenhaft erkennt sie eine junge Frau an einer Kochstelle mit einem kleinen Mädchen an der Seite und einem Säugling auf dem Rücken. Einen kurzen Blick wirft sie Linda zu, dreht sich um und verlässt mit ihren Kindern den Raum durch einen schmalen Durchbruch in der Wand. Von dort hört Linda ein Murmeln. Männerstimmen. Mal leise, dann eine einzelne Stimme, die eindringlich spricht. Schweigen. Dazwischen das Rattern einer Maschine. Eine private Teppichwerkstatt?

Der Mann zieht den Vorhang zu, den Linda erst jetzt bemerkt, bittet sie, Platz zu nehmen, bietet ihr eine Tasse Tee an.

»Woher kommen Sie?«

»Deutschland«

»Ah, das ist gut. Hitler hat zu kämpfen verstanden.«

»Ach ja?« Linda kennt diese Sprüche, kontert mit der Frage: »Und warum hat er dann so viele Kriege verloren? Gleichzeitig an zwei Fronten gekämpft und das deutsche Volk in den Abgrund gestürzt?« Politisch nicht korrekt, aber mit diesen dumpfen kriegsrhetorischen Sprüchen bringt sie in der Regel solche Bewunderer zum Nachdenken, wenn alle anderen Argumente nichts mehr fruchten.

»Und warum sind Sie hier?«

»Wir wollen Obstbäume pflanzen, Brunnen bauen, damit die Menschen in den Oasen ein Auskommen haben, nicht wegziehen und die Oasen den Sandstürmen überlassen, der Wüste, die das Leben aller bedroht.«

»Die Bedrohung kommt von den Chinesen, nicht von der Natur. Und es kommen immer mehr. Wir leben schon immer in Eintracht mit der Natur. Erst seit die Chinesen da sind und aus den Oasen Landwirtschaftsbetriebe machen, Grundwasser anzapfen und Baumwollplantagen anlegen, geht es uns schlecht. Sind die Chinesen erst mal weg, ist alles wieder gut.«

Worte, die ihn hier in Xinjiang ins Gefängnis bringen könnten wegen umstürzlerischer und separatistischer Pläne, ja wegen Landesverrat. Aber er hat leise wie zu sich selbst gesprochen.

»Wir brauchen ein Auto und einen Fahrer. Können Sie uns helfen?«

»Wer ist wir?« Laut und schnell kam die Frage, er schaut sie scharf an.

»Mein deutscher Kollege und ich.«

»Keine Chinesen?«

»Nein. Wir müssen in eine Oase südlich von Khotan, um das Projekt voranzubringen, mit den Leuten reden, um zu prüfen, ob es überhaupt sinnvoll ist, dort Plantagen anzulegen und Bäume zu pflanzen.«

»Warum tun Sie das? Damit helfen sie nur den Chinesen. Die vor ein paar Wochen dort in der Wüste einen jungen Mann erschossen haben. Einfach so. Und mit ihm viele junge Menschen, die seinen Worten lauschen wollten. Allesamt unbewaffnet.«

»Was hat er denn gepredigt?«

»Etwas, was hier verboten ist. Von einem Land, wo Gesetze regieren, die nicht von Menschen gemacht sind.«

Linda zuckt zusammen. Ähnliche Worte hatte sie schon einmal gehört und dass die Scharia von Allah gegeben und deshalb der Demokratie überlegen sei, hat ihr einmal ein junger Türke in Berlin erklärt. Sie wechselt schnell das Thema. »Kennen Sie jemanden, der uns hinfahren kann?«

»Warum helfen Sie den Chinesen?«

»Wir helfen doch Ihnen, verstehen Sie denn nicht? Von den Bäumen profitieren vor allem Sie, die Menschen in den Oasen, in den Dörfern, dort wohnen doch kaum Chinesen, oder?«

»Wenn Sie wüssten …«

»Ich weiss um die Aufstände, die Kämpfe zwischen Chinesen und Uiguren, weiss, wie schwierig ein Leben auf dem Land hier ist. Zu wenig Wasser, zu viel Sand, überall. Die Wüste schluckt alles.«

»Sie wissen nichts.«

»Nun ja, ich habe meine eigenen Quellen«, erwidert Linda.

»Die werden sie nicht weit bringen. Und Sie verstehen nichts, nichts von uns, nichts von der Region hier, von den Machenschaften, die auch vor der chinesischen Grenze nicht halt machen.«

»Wovon sprechen Sie? Dann erklären Sie es mir!«

»Peking prahlt, wie viel Geld es in Xinjiang gesteckt hat, doch wir fragen: Wie viel Öl habt ihr wegtransportiert? Denn letztes Endes geht es nur darum. Dafür brauchen sie uns nicht. Dafür holen sie Spezialisten und massenweise Han-Arbeiter, während unsere jungen Leute keine Arbeit finden, weil ihr Chinesisch offenbar nicht gut genug ist.«

Linda fallen die Jugendlichen im Internet-Café ein. Was die eigentlich tagsüber hier tun, hat sie sich nicht gefragt.

»Gehen Sie aufs Land, schauen Sie sich um. Ich schicke jemanden morgen um 6 Uhr. Ich weiss, wo Sie wohnen.«

Woher? Linda lässt sich nichts anmerken. »Sehr nett, vielen Dank.« Warum hätte sie ablehnen sollen? Schliesslich waren sie genau deshalb zum Basar gegangen. Jemanden zu finden, der vertrauenserweckend genug aussah, um ihn wegen eines Fahrers und Wagens anzusprechen. Am Sonntag fallen sie zudem nicht weiter auf. Dann bringen Reiseveranstalter busweise Touristen nach Khotan, aber nur zum Basar und nur für wenige Stunden, denn ansonsten taucht die Stadt kaum noch auf Reiserouten durch Xinjiang auf. Hauptsächlich Chinesen, auch aus Hongkong und Taiwan interessieren sich für Jade, die hier tonnenweise abgebaut wird. Weniger für die Teppiche, weil die aus Wolle sind, was nach wie vor als unkultiviert gilt. Gleichwohl wird Khotan als Hochburg der Teppichknüpferei an der Seidenstrasse gerühmt. Ein Blick, ein unmerkliches Naserümpfen, mehr können die Teppichverkäufer den chinesischen Touristen kaum entlocken, erzählt der Mann trocken.

Als Linda wieder vor die Tür tritt, blendet sie das Licht. Vorn an der Kreuzung sieht sie Herrmann, der einen Kopf grösser ist als die Leute ringsum. Ausschau hält nach ihr, grinst Linda in sich hinein, und ich bringe ihm ein Auto. Müsste ihn freuen.

»Plötzlich warst du weg, tauchst wieder auf wie aus dem Nichts. Mach das nicht noch einmal. Damals in Afghanistan ...«

»Ja, ich hab's in deinem Dossier gelesen. Eine Journalistin, die bei euch war. Plötzlich ist sie verschwunden. Hier ist nicht Afghanistan.« Linda legt ihre Hand auf seine Schulter, spürt, wie heiss er ist. »Hast dir aber um mich nicht wirklich Sorgen gemacht, oder?« Ein leichtes Spötteln kann sie sich nicht verkneifen und lacht.

Herrmann wendet sich ab. »Lass uns hier langgehen, da steht zwar ein Bus nach dem anderen, aber es riecht gut, und die Kebabs sehen lecker aus.«

Ein Genussmensch, so hat sie ihn noch gar nicht gesehen. »Ich hätte viel lieber einen heissen Tee.«

Sie lassen sich mit den Menschen ringsum treiben, weichen Frauen mit Körben aus und Kindern, die inmitten des Trubels am Boden mit Murmeln spielen. Der Duft von gegrillten Fleischspiessen wird überdeckt von den Abgasen der Autos, die mit laufendem Motor am Strassenrand stehen. Und überall hocken junge Männer in kleinen Grüppchen, beobachten sie aus glasigen Augen.

»Hier nicht, lass uns auf den Basar gehen.« Linda zieht Herrmann am Ärmel, geht immer rascher, stolpert fast, um die Ecke, hinein in eine schmale Gasse, in der sich Menschen vorwärtsdrängen. Es ist auf einmal still, auffallend ruhig, keiner lacht, stumm schiebt sich die Menge nach vorn, bis die Gasse in den grossen Basar mündet. Die Waren liegen auf dem Boden, hängen von Bambusstangen, Pelzmützen neben ausrangierten Autoersatzteilen und weiter hinten der Viehmarkt. Kamele werden heute keine verkauft, dafür aber alle Arten von Rindern, sogar Yaks darunter, und Pferde.

»Einem geschenkten Gaul schaut man nicht ins Maul. Wenn man dafür zahlen muss, offenbar schon«, sagt Herrmann, überlegt dann aber laut: »Wir könnten zwei Pferde kaufen, dann wären wir flexibel, doch was ist mit dem Futter? In der Wüste?« Er geht zwischen den Pferden umher, fragt, wie viel sie fressen, was sie pro Tag brauchen.

»Nicht viel.« Und plötzlich ist er umringt von Pferdehändlern, die erzählen von Westlern, die auch schon mal, vor ein paar Jahren, kein Problem, seien von Kashgar nach Khotan geritten, hätten die Pferde dann hier wiederverkauft, und jeder preist die eigenen Pferde an.

»Hast du Ahnung von Pferden?«, will Linda wissen. Sie würde es vermutlich keine Stunde im Sattel aushalten, dieses Getrampel, das Ruckeln, das durch den ganzen Körper geht. Linda geht weiter. Als sie merkt, dass Herrmann ihr nicht folgt, dreht sie sich um.

Er steht bei den Schafen, beugt seinen Körper nach hinten und vorn, zeichnet mit den Händen etwas in die Luft.

»Car?«, wirft sie in das Gespräch ein, als sie näherkommt.

Herrmann deutet auf die Rinder und Pferde, und Linda hört ihn sagen: »Araba.« Auto. Er kann Türkisch, ja, von seiner Frau gelernt. Was kann er noch? Das Misstrauen der Chinesen hat sie angesteckt.

Die Augen des Alten leuchten auf, er scheint zu verstehen, öffnet seinen zahnlosen Mund und wartet ab. Herrmann macht nun Wort für Wort, Zeichen um Zeichen deutlich, was er möchte, da winkt der Alte einen jungen Mann herbei, der unter einer Plastikplane mit anderen Männern Karten spielt. Wieder wird nach einem Mann gerufen, und noch ein anderer kommt herbeigerannt. Acht Männer stehen mittlerweile um Linda und Herrmann herum, bis einer sagt: »How much?«

· 185 ·

Linda fällt ein, dass sie den Mann vorher im Haus nicht nach dem Preis gefragt hat, was jetzt? Herrmann ist schneller. »100 Dollar, nach Yokawat, hin und zurück, drei Tage.«

Der Mann wiegt den Kopf. »Ja, morgen, wie viel Uhr?«

»Neun Uhr«, schaltet sich Linda rasch ein, dann hätten sie zwei Fahrer an der Hand, die allerdings vorab teuer Benzin eingekauft hatten. Doch vielleicht kommt einer nicht, beruhigt sie ihr schlechtes Gewissen.

»Sieben Uhr, neun Uhr zu spät, kommen nicht an«, meint der Mann. Knapp, das sei zu knapp.

»Ja, gut«, sagt Herrmann, zuckt aber zurück, als die ausgestreckte Hand Geld fordert. »50 Dollar jetzt.«

»Hab nicht so viel bei mir, du?«

Linda schüttelt den Kopf. Nichts sonst.

»Okay, wo wohnen Sie?«

Herrmann bleibt noch auf dem Basar, Linda geht zurück. Die Unterlagen von Roxana. Sie muss nochmals alles akribisch durchgehen, bevor sie morgen aufbrechen. Vielleicht findet sie doch noch eine Spur. Was hatte Roxana nur vorgehabt? Da ist von diesem Ort im Süden die Rede. Ist Roxana womöglich nach Yokawat gegangen? Sie liest nochmals die Pressemeldungen über die Attentate. Die längeren Texte überfliegt sie nur noch. Warum hat sie die in Khotan zurückgelassen, als ahne sie, als wolle sie ... dass Alex sie liest?

Warum war Alex dann doch mit mir nach Khotan mitgekommen? Ich war an manchen Tagen garstig zu ihm gewesen, ertrug die Nähe nicht, dann sehnte ich mich in manchen Momenten – war das nur nachts? – nach seinen Armen, die mich einfach hielten, nur festhielten. Egal, wie ich zum ihm gewesen war. Vielleicht geht es irgendwie weiter, wenn ich mich endlich einmal auf etwas einlassen könnte, auf eine Beziehung? Wenn nicht immer diese Zweifel nagen würden, die miteinander ringen, mich zermürben, ich sehe keinen

Ausweg mehr. Erst recht nicht, wenn ich auf diesen langen
Busfahrten hinaus in diese Wüste blicke. Die matten Farben
ersticken mich.

Linda atmet schwer, blättert weiter, nimmt einen Schluck
bitteren, schwarzen und bereits erkalteten Tee. Sich auf jemanden einlassen. Sie wird wütend. Auf Roxana. Warum
hat sie sich nicht einfach diesem Alex an den Hals geworfen? Mit ihm irgendwo ein Leben begonnen? Wenn es ihr
vor der Rückkehr so graute? Wäre doch so einfach gewesen.
Stattdessen immer. Diese Zweifel. Unwillig schiebt sie den
Stapel weg. Dabei fällt das Telegramm von Anna an Alex
auf den Boden. Das säte Zweifel. Bestimmt. So wie sie meinte, Roxana schon zu kennen. Besser als sich selbst? Damals
mit Michael. Das war anders. Ihm hatte sie alles erzählt,
mehr als je einem anderen Menschen. Daran zerbrach es
nicht. Sondern an den Kränkungen. Immer legte sie den
Finger auf seine Schwächen. Und doch hat sie sich von ihm
abhängig gemacht am Ende, litt, als er sie nicht mehr liebte,
tat alles, um diese Liebe wieder zurückzugewinnen. Doch
dann hat sie niemandem mehr um ein Stück Zuneigung
angebettelt. Sie kann sich jedenfalls nicht daran erinnern,
je an ihrem Lebensweg gezweifelt zu haben, da gab es nur
eine Richtung. Immer. Und Opfer, um einer vermeintlichen
Karriere willen, die schmerzten. Männer, die sie beiseite-
schob. Affären, immer seltener. Zu kompliziert.

Linda schaut hinaus auf den Hof, Gedanken drehen sich
im Kreis, müssige, unnötige Gedanken. Nisten sich in ihrem Kopf ein. Angesteckt. Von Roxana. Sie steht auf. Geht
in ihr Zimmer zurück. Doch statt an ihrem Bericht weiter-
zuschreiben, den sie in Berlin abliefern muss, blättert sie
wieder in der Kladde.

Alte Stadt, tote Stadt. Deine Ruinen verbergen einstigen
Reichtum, erzählen von Banditen, Liedern in Höfen, Glo-
ckengeläut, Gerüche von gegrilltem Fleisch, reifen Feigen

· 187 ·

und Trauben, silbern schillern die Blätter der Oleanderbäume und Pappeln an den Wegrändern … Klirren von Waffen, Epidemien, Dürre, sie haben ihre Zeichen auf den Steinen hinterlassen, derweil warmer Wüstenwind durch die Ruinenstadt streut wie ein launiger, zurückgelassener Hund. Menschen liegen begraben im Sand, Skripte zerbröseln im Sand, vom Wind in alle Richtungen getragen, zurück bleibt die tote Stadt. Gespensterstadt. Etwas abseits ein Grab, umzingelt von Stäben, an die verblichene Stofffetzen sich schmiegen.

Von Forschern und Reisenden heimgesucht, auf der Suche nach Buddhaköpfen, einer Tonscherbe, einer hölzernen Tafel, die Beleg sein sollten für die geheimnisvolle Vergangenheit. Doch die Berichte der Heimkehrer waren spröde, gerieten in Vergessenheit.

Tote Stadt, voller Löcher, durch die der Wind pfeift. Verlassen von allem, gesucht von mir.

Es geht nicht. Nichts geht mehr. Sie lässt sich zurücksinken aufs Bett und schläft ein.

Am Abend fährt kurz vor sieben Uhr ein chinesischer Geländewagen auf den Hof, wirbelt so viel Staub auf, als er bremst, dass sogar Ayse, die immer im vordersten Zimmer sitzt, um den Eingang im Blick zu haben, hustet, als sie herauskommt. Drei Männer steigen aus, bei zweien spannt sich die Uniformjacke bedrohlich über dem Bauch. Fasziniert betrachtet Linda die messingfarbenen Knöpfe, fragt sich, wann sie abspringen werden. Der dritte Mann mit zwei Sternen auf der Schulter streicht seinen Oberlippenbart glatt. Sie gehen auf Linda zu, die sich nur kurz erhebt und wieder in den Rohrsessel fallen lässt. Nebenan öffnet sich die Tür, Herrmann tritt heraus. Oberlippenbart ändert die Richtung, geht auf ihn zu, fragt ihn auf Englisch mit einem rauen Akzent: »Wo können wir uns unterhalten?«

Herrmann schaut kurz zu Linda hinüber, geht in sein Zimmer und holt zwei Stühle heraus, die er zu Linda trägt, geht ungefragt in Lindas Zimmer, holt von dort noch einen Korbsessel, stellt sie um den Tisch herum. Tee bietet er keinen an, als sie unschlüssig dasitzen. Blicke gesenkt. Linda wartet. Herrmann sitzt auf der Stuhlkante, beide Hände reibt er auf den Oberschenkeln hin und her. Linda schaut kurz hin, worauf er innehält in seinen Bewegungen, doch er lehnt sich noch immer nicht zurück.

»Ein schöner Abend. Wir wollten gerade essen gehen, möchten Sie uns begleiten?«, fragt Linda.

Nur kurz verzieht der ältere der beiden Chinesen das Gesicht, klappt den Mund auf und zu und bellt: »Wir sind gekommen, um Sie auf die Gefahren aufmerksam zu machen. Hier in Khotan und auch im Umland. Diebstähle, Überfälle und im Süden marodierende Banden. Wir sind sehr um Ihre Sicherheit besorgt.« Dabei schaut er nur Herrmann an.

»Das beängstigt uns nicht wirklich, darüber wurden wir schon in Deutschland informiert, doch hier sind uns solche Vorkommnisse noch nicht zu Ohren gekommen. Wo ist eigentlich Behruz?«, will Linda wissen.

Die Männer schauen sich an.

»Musste zu seiner Familie aufs Land. Ein Notfall.« Behruz hat keine Familie mehr, weder hier noch anderswo, erschossen in den zahllosen Bruder- und anderen Kriegen, die seit Jahrzehnten die Weltgegend hier heimsuchen, hat er ihr jedenfalls erzählt.

»Behruz wusste nichts von irgendwelchen Gefahren. Wir möchten endlich mit dem Projekt starten und die dafür dringend notwendigen Informationen einholen.«

»Deshalb sind wir ja hier. Wie Sie vielleicht bemerkt haben, fehlt es uns an Fahrern und Benzin.«

»Darf ich Sie daran erinnern: Vertraglich wurde vereinbart, dass Sie vor Ort für alle Kosten aufkommen, und Ihre Unterstützung wurde uns zugesagt«, wirft Herrmann ein.

Der Zwei-Sterne-Chinese wischt einen unsichtbaren Staubfussel von seinem Jackenärmel. »Wir sind um Ihre Sicherheit ausserordentlich besorgt und haben höchste Anweisungen aus Peking, auf Sie Acht zu geben. Sollte Ihnen etwas zustossen, sind wir hier dafür verantwortlich. Und diese Verantwortung können wir nicht mehr länger übernehmen.«

»Was heisst das?«, will Herrmann wissen.

»Sie dürfen diese Unterkunft nicht verlassen, sich höchstens hundert Meter entfernen und sollten spätestens übermorgen abreisen.«

Linda betrachtet den Haufen aus Kieselsteinen auf dem Boden, den Herrmann mit den Schuhspitzen zusammengescharrt hat. Herrmann blickt kurz auf. Sie spürt seine Augen, doch sie erwidert seinen Blick nicht.

Mehr als vierzehn Tage sind sie nun hier. Drei Wochen stehen ihnen für die erste Sondierung insgesamt zur Verfügung. Nichts hat sich getan. Behruz ist nicht mehr aufgetaucht, vielleicht haben sie inzwischen etwas über seinen Hintergrund herausgefunden? Sie würden auf eigene Faust weitermachen müssen, wenn sie weitermachen wollten. Auch wenn sie gerade unter Hausarrest gestellt worden sind. Verweigerung der Zusammenarbeit vor Ort, die doch auf höchster Ebene beschlossen worden war. Nichts Ungewöhnliches. Sie konnten es sich hier auch noch ein paar Tage gut gehen lassen und nach Berlin berichten, dass alles den gewohnten Lauf nimmt, abreisen und ein dünnes Dossier abgeben, in dem eine bessere finanzielle Ausstattung des Projekts gefordert wird.

»Vielen Dank, dass Sie sich solche Sorgen um uns machen, das ist wirklich sehr umsichtig von Ihnen.« Linda erhebt sich, verabschiedet die Männer mit festem Händedruck.

»Wann reisen Sie ab?«, will Zwei-Stern wissen.

»Wir werden Ihnen Bescheid geben.«

»Für die Flugtickets brauchen wir die genauen Angaben, welches Datum dürfen wir eintragen?«

»Wir werden Ihnen Bescheid geben, vielen Dank, vielen Dank für alles.«

Oberlippenbart streckt Herrmann wieder die Hand hin und macht auf dem Absatz kehrt, sinkt dabei tief in den Boden ein. Die anderen beiden nicken kurz. Die Reifen drehen im tiefen Kies kurz durch, Staub wirbelt hoch. Behruz war ein besserer Fahrer, denkt Linda, als der Wagen schliesslich um die Ecke ruckelt.

»Was war das denn?«, will Herrmann wissen.

Da bringt Ayse auch schon ein Tablett mit gefüllten Teegläsern. Linda leert eins nach dem anderen, lässt nur ein Glas für Herrmann stehen. Steht auf, schwankt, geht in ihr Zimmer. Schaut in den fleckigen Spiegel. Ruinen, zerfallene Mauern, verdorrte Sträucher. Sieht, wie sich eine junge Frau da hineinlegt.

Die Sonne brennt auf Roxanas Haut, ein kleines Insekt krabbelt den Innenarm hinauf, überall sind Sandkörner, auf der heissen Haut Blasen, die Mundwinkel sind aufgerissen, die Lippen aufgesprungen, sie fährt mit der Zunge darüber. Roxana schluckt schwer, die Kehle ist ausgetrocknet. Sie fasst sich mit beiden Händen an den Hals.

Als Roxana das kleine Lehmhaus am Rande der Oase verliess, riet ihr die Frau, sie solle gen Westen gehen. Die Luft war trockener und trockener geworden, der Wind strich immer heisser über ihre Arme, bis sie ihre Jacke anzog, unter der sie schwitzte. Bald konnte sie sich nicht mehr riechen, starrte in die Sonne. Sie war im Kreis gegangen, stunden-, tagelang, das wurde ihr klar, als sie irgendwann auf ihre eigenen Spuren stiess. Sven Hedin, fiel ihr ein, ihm war hier irgendwo in der Gegend dasselbe passiert, sie schwankte, liess sich fallen, ihr Kopf stiess auf etwas Hartes.

Wie lange liegt sie hier ohnmächtig? Sie weiss es nicht. Um sie ist es dunkel. Die Lider verklebt. Sie leckt mit der Zunge über die Lippen. Sand, Blut. Fasst sich an die Nase. Verkrustete Spuren zwischen Nasenlöchern und Oberlippe.

Kapitel 24

Zweifel

In den Tag hineinleben, essen und es sich gut gehen lassen –
umtriebige Neugierde, koste es, was es wolle, aufs Ganze
gehen: zwei Magnete, die aufeinanderprallten. Wer zog sie
wieder auseinander? Roxana verstrickte sich in Gedankenschlaufen auf dieser Fahrt am Rande der Wüste ohne Rückkehr, bewegte sich im Kreis, fand nicht mehr heraus. Diese Gedanken waren wie zersplitterte Glasscherben, rieben
aneinander, sie riss sich an den Rändern auf, die Wunden
heilten nie, rissen immer wieder neu auf, immer wieder auf
Fahrten wie solchen durch endlose Wüsten.

Der Staub, das spürte sie immer mehr, hatte sich allmählich auch in ihrem Innern eingenistet, es knirschte. Alle Pläne, die sie in Xi'an und auch in Kashgar gefasst hatte, waren
durchkreuzt worden, erschienen ihr sinnlos, waren in sich
zusammengefallen, Chimären gleich, die sie bisher an den
Rand einer Wüste getrieben hatten. Ihr Blick verfing sich in
unförmigen Felsen hinter schlierigen Fensterscheiben.

Alex neben ihr schlief, sie stöpselte sich seine Kopfhörer in die Ohren, die Qualität des Walkmans, den er sich
in Kashgar wieder gekauft hatte, war miserabel, und der
Schaumgummi der Kopfhörer bröckelte bereits. Harter Rap,
und dann noch verzerrt, davon bekam sie Kopfschmerzen
und zog die Stöpsel wieder heraus. Starrte lieber weiter ins
Nichts da draussen. Vielleicht war es ja doch möglich. Ein
Leben mit ihm da draussen in der Wüste, in irgendeiner
Oase? Und vergessen, was sich in Kashgar abgespielt hatte,
das Telegramm von Anna, ihre aufreizend unbekümmerte
Art, mit der sie Alex zu beeindrucken versuchte. Was ihr
auch gelang. Zumindest hatte Roxana am Vorabend ihrer
Abreise aus Kashgar den Eindruck, als sie zu dritt in einem
chinesischen Restaurant essen waren. Chinesisch musste

es sein, wegen Anna. Und Ma war überhaupt kein Thema mehr. Von wegen Anna sei beunruhigt. Warum war Alex überhaupt mit ihr nach Khotan gekommen? Vielleicht ging es irgendwie weiter. Wenn nicht immer diese Zweifel wären. An denen sie zu ersticken drohte. Erst recht, wenn sie hinausblickte. Die matten Farben, der Sandstaub überall, kaum noch Luft zum Atmen. Noch eine, eine letzte Station zu den Tempelanlagen von Yokawat, im Süden von Khotan gelegen. Dann hätte sie ihr Ziel erreicht, hätte genügend Material für ihre Abschlussarbeit, genügend Skizzen für eine kleine Ausstellung in Berlin, in Zürich … Alles war ferner denn je.

Als sie endlich am Busbahnhof in Khotan ankamen, liessen sie sich von einem alten Uiguren mit dessen Pritschenwagen, vor den ein Esel gespannt war, zur Karawanserei bringen. Die hatte ein Traveller empfohlen.

»Ein Geheimtipp, kennt niemand.«

»Noch«, hatte sie nur erwidert.

»Aus welchem Land kommt ihr?«, wollte der Uigure wissen, er sprach ein holpriges Chinesisch mit hartem Akzent.

Roxana zeigte auf Alex. »Schweiz.« Und sich. »Deutschland.«

Die Miene des Alten hellte sich ein wenig auf, doch dann starrte er wieder auf die asphaltierte Strasse vor sich.

»Wie weit ist es bis zur Karawanserei?«, fragte Alex.

Der Alte zeigte mit dem Arm nach links, liess die Zügel dabei nicht aus der Hand.

Die breiten Strassen lagen verlassen da, nur wenige Menschen waren zu Fuss unterwegs, ungewöhnlich für eine Stadt dieser Grösse in China nachmittags um vier Uhr und auch ungewöhnlich für eine Stadt in Xinjiang.

»Gibt es keine Chinesen hier in Khotan?«, wollte Roxana wissen.

»Chinesen gibt es überall. Selbst wenn du drei Meter tief gräbst, findest du noch einen«, grummelte er.

Roxana musste lachen. »Tatsächlich?«

Der Alte schaute sie an und stimmte in ihr Lachen ein. »Ja, überall sind sie.« Er fuchtelte wild und liess die Zügel fahren. »Überall, sie lassen uns nicht in Ruhe. Nehmen uns das Geschäft weg. Fällen Maulbeerbäume, die wir doch für unsere Stoffe brauchen, für unsere Teppiche, und pflanzen Baumwolle an. Nehmen uns sogar das Wasser weg. Nichts zu machen.« Und er verstummte.

Roxana dachte sich den Rest, der, einmal ausgesprochen, gefährlich sein konnte.

Der Alte fand die Karawanserei nicht gleich. Alex war sichtlich genervt, verkniff nur mit Mühe einen Kommentar, schluckte ihn ausnahmsweise hinunter. Roxana konnte seine innere Wut regelrecht spüren, wie er kochte, wie es jeden Moment aus ihm brechen konnte – und rückte von ihm ab.

»Wie weit noch?«, hörte sie sich fragen.

Keine Antwort. Die grossen Holzräder drehten sich schwerfällig und ächzten im Gewinde, der Esel liess den Kopf immer tiefer sinken und reagierte auch nicht auf die Peitsche, die der Alte lustlos über dessen Rücken gleiten liess. Schliesslich bog er links ab in eine schmale, sandige Gasse, wo der Wagen beinah steckenblieb, dann nach rechts, wieder rechts, bis es Roxana vorkam, als wären sie hier schon einmal durchgefahren.

»Halt an! Wir steigen ab und gehen zu Fuss weiter.« Alex schnappte seinen Rucksack und sprang als Erster ab. Roxana drückte dem Alten einen Geldschein in die Hand, den er, ohne einen Blick darauf zu werfen, in seine ausgebeulte Jackentasche schob. Er verabschiedete sich nicht von den beiden, war nach seinen letzten Worten in eine andere Welt abgeglitten.

Eine junge Frau kam ihnen entgegen in einem bunt gemusterten Kleid. Roxana sprach sie an, die Frau erklärte ihnen den Weg. Sie arbeite dort, morgen würde sie die beiden wohl sehen. Die Karawanserei könnten sie nicht mehr verfehlen, im Moment seien alle Zimmer frei, sagte sie noch im Gehen, drehte sich um und winkte.

Sie nahmen das Zimmer, das von der Rezeption am weitesten entfernt lag, und warfen ihre staubigen Rucksäcke auf den Boden. Ein Mann in mittlerem Alter erklärte ihnen in brüchigem Chinesisch, dass sie noch das Meldeformular vorn an der Rezeption ausfüllen müssten, fragte mit forschem Blick in Roxanas Gesicht, ob sie tatsächlich nur ein Zimmer haben wollten, ob sie verheiratet seien?

»Eins genügt, wir sind Studenten, das ist billiger.«

»Was fragt er?«, wollte Alex wissen. Roxana zuckte mit den Schultern. Die Betten standen nicht nebeneinander und waren so schwer, dass man sie auch nicht verrücken konnte.

»Und nun?«, fragte Alex.

»Ich geh duschen im Hof.« Nach zehn Minuten war Roxana wieder zurück. »Kein heisses Wasser zwar, aber immerhin ein guter Strahl aus der Düse. Und das mitten in diesem Glutofen Khotan.« Sie liess sich rücklings aufs Bett fallen.

Wie würde es weitergehen? In Kashgar war Roxana in einem Ableger der Academica Sinica zufällig mit ein paar chinesischen Archäologen ins Gespräch gekommen. Und einer hatte ihr erzählt, dass man in den fünfziger Jahren in der Nähe von Yokawat in Ruinen buddhistische Malereien gefunden hatte. Die anderen hatten den Mann stirnrunzelnd angesehen, der aber fuhr unbeirrt fort. »Jedenfalls habe ich in einer Bibliothek in Shanghai einen Aufsatz gelesen, in dem die Zeichnungen beschrieben wurden. Leider kannte ich den Verfasser nicht, es war offensichtlich der einzige Artikel, den er geschrieben hat. Und obwohl ich viele Kollegen nach diesen Ruinen gefragt habe, hat keiner etwas davon gehört.«

Alex wühlte in seinem Rucksack, packte vieles aus, verteilte seine Sachen im Zimmer, als wollte er hier eine Weile bleiben. Tatsächlich hatte er in Kashgar herausgefunden, dass in einem kleinen Dorf bei Khotan eine NGO eine Krankenstation baute, die wollte er suchen und seine Mitarbeit anbieten. Seine Gruppen, von denen er noch in Turfan gesprochen hatte, erwähnte er nicht mehr. Vielleicht war sein Ehrgeiz ebenso verpufft wie ihr eigener. Was machte die Wüste mit ihnen?

Am nächsten Morgen stand Roxana spät auf und sagte kurz zu Alex, der sich schläfrig nach ihr umdrehte: »Ich frag mal den Mann, wie ich am besten nach Yokawat komme.«

Vor der Rezeption standen zwei Rohrsessel, in einen liess sich Roxana fallen, überall standen gebrochene Rohre ab. Sie überflog eine englischsprachige Zeitung aus dem letzten Jahr und das Gästebuch mit Einträgen westlicher Touristen. Die las sie genau durch, vielleicht bekam sie auf diese Weise einen Tipp, wie man die Umgebung am besten erkunden konnte. Doch sie fand nichts, was sie weitergebracht hätte, nur Namenkürzel und »we loved it« in vielerlei Varianten. Sogar mit dem Fahrrad waren westliche Reisende hierhergekommen. Diese Menschen würden ihr immer ein Rätsel bleiben, dachte sie noch, als sie den Mann kommen sah, der sie am Vortag so unwirsch empfangen hatte.

»Darf ich Sie etwas fragen? Kennen Sie Yokawat südlich von Khotan? Wie komme ich da am besten hin? Ich bin Studentin, also darf es nicht viel kosten. Ich untersuche buddhistische Höhlen in Xinjiang.« Bei »buddhistisch« schien das Gesicht des Mannes unmerklich zusammenzuzucken, sie hatte es absichtlich gewählt.

»Ich hab noch nie von diesem Ort gehört. Heute ist Freitag, muss zur Moschee.«

»Haben Sie eine gute Karte von Khotan hier?«

Doch der Mann hatte sie schon nicht mehr gehört oder wollte sie nicht hören.

Roxana schlug ihr Reisehandbuch auf, versuchte sich mithilfe der von Hand skizzierten Karte und der chinesischen Touristenflyer, die eingestaubt herumlagen, zu orientieren und ging in Richtung Hauptstrasse, wo angeblich die grössten Hotels waren. Beinahe wäre sie in die junge

Frau hineingerannt, die ihnen den Weg erklärt hatte. Roxanas Gesicht leuchtete kurz auf, doch die Frau hielt den Kopf gesenkt und hatte Roxana nicht einmal bemerkt.

»Wir haben es gefunden, vielen Dank, und wohnen jetzt dort«, rief sie ihr nach. Erst da schaute die junge Frau auf, ihr Gesicht fleckig, sie nickte und ging wortlos weiter.

Roxana schaute ihr verwundert nach und sah erst da, wie sie das eine Bein leicht nachzog.

Nur wenige Autos waren um die Mittagszeit auf den Strassen. Roxana nahm ihre provisorische Karte hervor. Die Strassen waren falsch eingezeichnet, Gebäude fehlten, sie hatte keine Ahnung, wo sie sich befand. Weiter vorn standen Minibusse vor einem grossen Gebäude. Vielleicht ein Hotel, in dem Reisegruppen abstiegen? In der Lobby war niemand, sie ging zur Rezeption und wartete. Betrachtete die Uhren an der Wand mit den Zeiten aller grossen Städte der Welt, doch nur die Wanduhr mit der Peking-Zeit funktionierte. Alle anderen standen still. Schlurfende Schritte näherten sich, ein kleiner Mann mit dunklen Bartstoppeln schaute sie aus tief eingefallenen Augenhöhlen fragend an. Sie hielt ihm ihre Karte vors Gesicht. Ob er eine bessere hätte, wollte sie wissen. Er schüttelte den Kopf, schaute an ihr vorbei hinaus auf die Strasse.

»Könnten Sie dann vielleicht auf der Karte hier den Ort Yokawat einzeichnen?«

Er nahm die Karte falsch herum in die Hand und blickte mit fliegenden Augen über sie hinweg und Roxana wieder ins Gesicht.

»Ich möchte gern nach … Können Sie mir helfen? Gibt es einen Bus dorthin? Oder eine Reisegruppe, die mich mitnehmen könnte?«

Er zuckte mit den Schultern. »Warte.«

Sie wartete. Döste vor sich hin, wachte erst wieder auf, als es plötzlich laut wurde. Touristen aus Taiwan oder vielleicht Wissenschaftler, der Kleidung nach zu urteilen, verliessen das Hotel.

Da begann auch ein wenig Leben in das lahmgelegte Khotan zu kommen, das noch mehr als andere Oasenstädte unter der drückenden Mittagshitze zu leiden schien. Und deshalb machten die Reisegruppen auch erst nachmittags um vier Uhr wieder weiter mit dem Programm, wusste Roxana aus eigener Erfahrung von den wenigen Reisen, die sie einst der Seidenstrasse entlang geleitet hatte. Gegen Einzelreisende hatten der Fahrer und der Reiseleiter, der aus Peking abkommandiert worden war, jedes Mal ein Veto eingelegt.

Hinter der Theke tat sich nichts, die Vorhänge in der Lobby waren zugezogen. Unentschlossen trat Roxana wieder auf die Hauptstrasse, dieses Mal war ihre Taktik nicht aufgegangen: einfach stehenbleiben, warten und durch die blosse Gegenwart nerven. Irgendwann würde man sich um sie kümmern müssen.

Nach rechts oder nach links? Langsam ging sie um zwei Blocks herum, die Türen waren überall verschlossen, überhaupt waren nur wenige Menschen unterwegs, selbst vor dem langgestreckten Bau, in dem das Postamt untergebracht war, sassen keine Schuster, Zeitungsverkäufer oder Fahrradparkplatzwächter wie sonst überall im Land.

Im Gästehaus lag Alex auf dem Bett und schaute nur kurz hoch, als Roxana die Tür öffnete. Sie würden sich aus dem Weg gehen müssen, sie ertrug seinen Anblick nicht und machte auf dem Absatz kehrt, hockte sich eine Weile in den Korbsessel, der vor der Zimmertür stand, und liess den Blick über die beiden vollkommen verstaubten Lkws gleiten, die auf dem Vorplatz standen. An einem Laster sah Roxana ein Nummernschild mit »Lhasa«. Rasch überschlug sie die Route in ihrem Kopf. Niya, Danda-uilik, Rawak, Aksipil, Cherchen, das die meiste Zeit des Jahres unter Sand begraben liegt, hatte sie irgendwo gelesen.

Erst als Alexanders Schatten in der Morgensonne auf sie fiel, erhob sie sich. Nach einer schlaflosen Nacht war sie früh aufgestanden und hatte vergeblich gewartet, ob jemand zu den Lastwagen gehen würde.

An der Rezeption sass niemand, als sie gingen, um den Basar zu suchen. Denn morgen sei Sonntag und dann wäre hier die Hölle los, meinte Alex und las im Gehen aus dem Reiseführer vor: »Khotan is an extremly dusty town with very little charm and almost everything is accessible by foot or bus.«

»Busse habe ich hier keine gesehen, auch nicht am Busbahnhof, als wir angekommen sind«, erinnerte ihn Roxana.

»Und da steht: Die Public Security sieht es nicht gern, wenn Einzelreisende die Ortschaften südlich von Khotan besuchen und stellen auch keine Reisegenehmigung aus. Und du meinst, bei dir machen sie eine Ausnahme?«

»Weil ich Studentin bin und chinesische Ausweispapier bei mir trage?« Dass sie das Gültigkeitsdatum eigenhändig geändert hatte, verschwieg sie. »Wo ist das Office eigentlich, steht irgendwo eine Adresse?«

Alex blätterte weiter zum Informationsteil, überflog die Seite und blieb bei den Restaurantempfehlungen hängen. »Warte, ich hätte Lust auf das hier.« Er legte den Zeigefinger drauf und hielt Roxana das Buch unter die Nase.

»Ich verlass mich lieber auf das, was ich sehe und rieche. Geh doch schon mal vor, mir ist ohnehin nicht nach Essen. Ich schau mich hier in den Gassen rund um den Basar um.«

»Warum erkundigst du dich nicht einfach am Bahnhof nach Bussen Richtung Süden?«, fragte Alex.

Roxana schaute ihn lange an, bis sie ihn nur noch verschwommen sah. In ihrem Kopf kreuzten sich Gedanken wie Kondensstreifen von Flugzeugen, formten sich zu einer gleissenden Kugel und ballten sich hinter Augen und Ohr zusammen. »Ich muss zurück. Bin gespannt, wohin es dich noch verschlägt«, kam es gerade noch über ihre Lippen. Dass Alex die Augenbrauen hob, sah sie schon nicht mehr.

An der Rezeption sass dieses Mal die junge Frau.

»Hallo«, begrüsste sie Roxana leise.

»Ja, hallo, wir wohnen jetzt hier. Wir sehen uns nun zum dritten Mal. Arbeiten Sie jeden Tag?« Roxana wunderte sich selbst über ihre Fragen.

»Nur manchmal. Alles in Ordnung? Haben Sie schon gegessen?« Roxana kannte diese Frage, statt nach dem Wohlbefinden fragte man hierzulande, ob man schon etwas gegessen habe, erwartete aber auf keinen Fall eine ehrliche Antwort. Einmal, das war zu Beginn ihrer Zeit in China, hatte sie nein gesagt und damit einen Türsteher völlig durcheinandergebracht, so konnte sie ungehindert einen Freund in einem chinesischen Wohnheim besuchen.

Roxana zeigte auf die beiden Lastwagen, die immer noch im Hof standen.

»Übernachten die Fahrer hier?«

Die Frau nickte. Roxana konnte erst jetzt das Namensschild an ihrer linken Brusttasche lesen. »Ayse heissen Sie?«

»Ja. Und Sie?«

»Roxana.«

»Roxana?«

»Ja.«

»Wie meine Grosstante«, murmelte Ayse. Beide schwiegen. Roxana wartet. Sie musste das Gespräch wieder ankurbeln, mehr über die Lastwagen erfahren.

»Und Ihre Grosstante, wo lebt sie?«

»Weiss nicht.«

Roxana stockte.

»Hab sie lange nicht gesehen. Als ich klein war, zur Schule ging, da ist sie zu uns nach Hause gekommen. In unser Dorf. Hat mir Hefte und Stifte mitgebracht. Für die Schule. Wir hatten dafür kein Geld. Immer hat sie uns Kindern was mitgebracht aus der Stadt. Für die Schule. Immer nur für die Schule. Damit wir lernten. So wie sie. Denn sie hatte es geschafft. Hatte Arbeit gefunden in der Stadt. Sagten meine Eltern.« Und sie verstummte erschrocken, als hätte sie schon zu viel gesagt, schaute sich um und liess seufzend die Schultern sinken.

»Was hat sie denn gearbeitet?«, hakte Roxana nach einer Weile nach.

»Weiss nicht. Meine Eltern haben nicht darüber gesprochen. Ihr Name durfte auf einmal nicht mehr genannt werden. Seither habe ich sie nicht mehr gesehen.« Sie blickte auf den Tisch vor ihr, da erst entdeckte Roxana unter der Glasplatte eine vergilbte Karte von Xinjiang. Sie zeigte auf eine Strasse, die Richtung Süden und dann östlich nach Tibet führte.

»Gibt es Busse, die von Khotan nach Tibet fahren?«

»Ja, manchmal, alle drei Tage. Manchmal auch nicht. Kommt aufs Wetter an. Unterwegs gibt es viele Sandstürme. Hab gehört, erst vor ein paar Tagen war die Strasse vollkommen zugeweht.«

»Und die beiden Lastwagen da? Woher kommen die?«

»Ja, eben, der Tibeter hat mir das erzählt. Kein Durchkommen, nix war zu sehen, überall Sand. Kam völlig eingestaubt hier an, brachte keinen Ton mehr aus der eingetrocknete Kehle. So schlimm war's noch nie, meinte er. Was hat der geflucht!«

Roxana erinnerte sich. War er derjenige, der im Zimmer nebenan die ganze Nacht durchgehustet und gerotzt hatte, hin- und hergegangen war, dass die Bodenbretter selbst unter ihrem Bett vibrierten?

»Wissen Sie, wann er wieder zurückfährt?«

»Heute noch, hat er jedenfalls gesagt.«

»Wo ist sein Zimmer, ist er da?«

Ayse zeigte auf die Tür, Roxana hatte richtig geraten.

»Weiss nicht, ob er noch schläft.«

»Welche Strecke nimmt er denn, wissen Sie das? Womöglich fährt er weiter nach Kashgar?«

»Der kauft hier immer Melonen und fährt damit zurück nach Tibet, und Äpfel und was sonst in den Oasen hier angebaut wird.«

»Kennen Sie ihn?«

Ayse strich mit den Händen die Haare glatt und dann übers Gesicht.

»Bin einmal mit ihm gefahren. Vier Tage waren wir unterwegs. Mit ist schlecht geworden. Vom Gerumpel, dem Sand, ich hab keine Luft mehr bekommen. Die ganze Fahrt über, bis wir in Tibet waren. Da hat er einem Kollegen gesagt, er soll mich gleich wieder zurückbringen. Nochmal vier Tage. Er kommt immer hierher, um zu übernachten. Und bringt mir immer was mit.«

»Meinen Sie, er nimmt mich bis dahin mit?« Roxana zeigte auf die Karte unter der Glasplatte. Auf einen schwarzen Punkt mitten in einer grossen hellbraunen Fläche. Und wie Blitze fuhren all diese eingezeichneten Linien durch sie hindurch, und sie zog einen Kreis um die Wüste herum, und sie betrachtete die Orte, die wie auf einer Perlenschnur rund um die Wüste angelegt sind, und wie es wohl wäre, diesen Kreis zu durchschreiten, wie es andere schon getan haben, Wissenschaftler, an einem Punkt losgegangen waren, einfach die Wüste durchqueren wollten, wie es wohl wäre.

»Ja, vielleicht. Vielleicht freut er sich, wenn jemand mitfährt. Ist schliesslich lange unterwegs, so alleine, da schläft man leicht ein. Und bei dem Sand. Vielleicht verschwindet die Strasse. Hat er mir schon oft erzählt, wie die Strasse verschwindet. Und dass er Angst hat, sich zu verfahren, nicht mehr zurückzufinden. Angst hat« – und dabei hält sie sich beide Händen an den Hals – »zu verdursten.«

»Ich würde gern mit ihm mitfahren«, sagte Roxana langsam und mit Nachdruck, um sicher zu gehen, dass Ayse sie auch ernst nimmt.

»Ich sags ihm, sobald er kommt.«

»Wann?«

»Weiss nicht.« Roxana schaute auf die Uhr, kurz vor sechs. Sie konnte noch tagelang in Khotan eine Fahrgelegenheit suchen, konnte aber auch zur Sicherheit ihre Sachen schon mal zusammenpacken, falls sie heute noch wegkäme. Mit dem Lastwagenfahrer, der sich gerade ausschlief. Wie lange? Er würde aufstehen, sich waschen, eine halbe Stunde? In der sie entscheiden müsste, mitzufahren oder nicht. Länger würde der nicht warten.

Sie packte nur das Allernötigste in ihren kleinen armeegrünen Rucksack, eine Hose, ein T-Shirt, Zahnbürste, Zahnpaste, Sonnencreme, sortierte aus und um. Die Uhr ihres Vaters steckte sie in die Hosentasche. Ihre Kladde mit all den Notizen, vor allem den Skizzen? Zu sperrig. Ein kleines Heft nahm sie mit, Stifte und Spitzer. Alex schrieb sie einen Zettel, dass sie in spätestens zwei Wochen zurück sei, als nebenan die Dielen knarrten. Lauschte. Ja, er war aufgestanden und riss die Tür auf. Sie packte den grösseren Rucksack und ging damit zur Rezeption.

»Kann ich den dalassen, wenn er mich mitnimmt?«

Ayse füllte ein Formular aus, das sie Roxana zum Unterschreiben hinschob. »Bezahlen beim Zurückkommen. Weiss nicht, ob ich dann noch hier bin.«

»Warum? Gefällt Ihnen die Arbeit hier nicht?«

»Zu wenig Arbeit. Sagt der Chef. Deshalb.«

Ayse blickte über Roxanas Schulter hinweg in den Hof. Langsam näherten sich Schritte. Ein rotes Gesicht tauchte neben Roxana auf. Sie wich zurück, als ein Gestank nach Vergorenem ihre Nase streifte.

»Sie will mit dir ein Stück mitfahren. Du bist doch einverstanden, oder?«

»Wie viel?«

»Wie viel wollen Sie?« Roxana überschlug rasch die Entfernung und die bisherigen Preise für Busfahrten in dieser Provinz.

»50.«

Doppelt so viel, wie sie sie kalkuliert hatte, also bot sie ihm 25.

»Kannst ja zu Fuss gehen.«

»30.«

»Und unterwegs zahlst du das Essen. Und keine Pausen und so, nur, wenn ich will. Von wegen fotografieren. Ich kenn doch euch Touristen. Und wenn wir an einem Wachposten vorbeikommen, runter unter die Decke, klar?«

»Unter die Decke?«

»Was denkst du denn! Du fährst hinten im Laderaum, vorn ist kein Platz. Zu gefährlich.«

Ayse hatte die ganze Zeit geschwiegen. Was hätte sie auch sagen sollen, wunderte Roxana sich über sich selbst. Verdiente sie womöglich an diesem Deal mit? Sie schalt sich für ihren Argwohn.

»Warum gefährlich?«, fragte Roxana an Ayse gewandt.

»Wegen der Chinesen. Die wollen nicht mehr, dass Leute auf dieser Route nach Tibet fahren. Nur Lastwagenfahrer. So wie Tashi.«

Ja, manche Routen nach Tibet waren gesperrt für Ausländer, das wusste Roxana, doch sie wollte ja nur ein Stück mitfahren.

»Wie weit ist es bis Yokawat?«

»Ein Tag«, antwortete Tashi.

»Für die 200 Kilometer? Und jetzt losfahren? Dann wohl eher eine Nacht?«

»Oder eben eine Nacht. Wir schlafen unterwegs.«

Tashi drehte sich um, für ihn schien der Handel geklärt, und schlappte zum Wasserhahn am anderen Ende des Hofes.

»Wann fahren wir?«, rief Roxana ihm nach.

»Gleich.«

»Was ist mit deinem Freund. Kommt der nicht mit?«, wollte Ayse wissen.

»Hab ihm einen Zettel hingelegt. Ich komme ja wieder. In einer Woche, höchstens zwei. Sag ihm das.«

Kapitel 25

Gejagt

Eingenistet hat sich der Schmerz. Sie hat genug von ihm. Dieses dumpfe Ziehen. Ein Reissen quer durch ihre Mitte. Für einen Augenblick nur, aber lange genug.

Linda liegt hellwach im Bett. Die Morgendämmerung zeichnet Schatten an die Zimmerwände. Welcher Fahrer würde als Erster eintreffen? Am Abend zuvor hat sie Herrmann nur kurz gesagt, dass auch sie einen Fahrer organisiert habe. Der käme früher. Schliesslich könne es nicht schaden. Einer würde hoffentlich kommen. Schliesslich müsse irgendetwas geschehen. Jeder Tag hier sei ein Tag zu viel. Und schliesslich müsse alles ein Ende haben, hat Linda beim Abendessen noch erklärt. Herrmann hat geschwiegen. Vielleicht hat sie eher zu sich selbst als zu ihm gesprochen.

Aber er schweigt noch immer, als sie im Hof warten. Eine kleine Tasche steht neben ihm am Boden. Darauf liegt ein Kopfhörer, den hat Linda noch nie bei ihm gesehen. Es ist halb acht, als Herrmann meint, er sähe diese Fahrt als letzte Chance für sich, das Projekt, sein Institut.

Linda zieht scharf Luft ein. »Hast du noch nie mit internationalen Partnern in einem Projekt gearbeitet, das am Reissbrett diplomatisch ausgehandelt wurde, sich vor Ort aber aus unterschiedlichen Gründen nicht umsetzen lässt, weil es nichts umzusetzen gibt? Die Oase, die angeblich so dringend mit Obstbäumen und Baumwollplantagen geschützt werden soll, existiert vielleicht, vielleicht auch nicht, womöglich wird gar kein Obst gebraucht. Und Plantagen in dieser Grössenordnung fand ich von vornherein suspekt. Jedenfalls wollen die Leute hier nicht, dass wir irgendwas tun. Schon gemerkt? Das hat dein Institut offenbar nicht bedacht.«

Sie sagt ihm nicht, dass es für sie kein nächstes Projekt geben wird. Und er sagt nichts, auch nicht, als ein kleiner

· 205 ·

Geländewagen um die Ecke biegt und langsam auf den Hof fährt. Kein Staub dieses Mal.

Als sie den Fahrer nach seinem Namen fragt, weiss sie, dass es der Fahrer des Teppichwebers ist. Woher weiss sie es? Danach fragt Herrmann nicht. Jedenfalls wirft sie ihre Tasche auf die Rückbank neben eine ausgebeulte Plastiktüte und einen Wasserkanister. Herrmann drückt sich unwillig neben das Gepäck auf den Rücksitz, schiebt sich die Kopfhörer über.

Offenbar haben die Behörden nicht damit gerechnet, dass sie auf eigene Faust und ohne Behruz losziehen würden. Am Tag zuvor hat Linda einen Brief aufgesetzt und darin mitgeteilt, dass sie in drei Tagen zurück nach Ürümqi fliegen würden. Den Brief würden die Beamten in Händen halten, wenn sie schon längst aus Khotan weg wären. Jedenfalls konnten sie so unbehelligt die Stadt verlassen.

Nach etwa dreissig Kilometern wird die Strasse schlecht. Jeder Stein, jedes Schlagloch eine innere Marter. Im Süden liege die Oase, die von der Wüste bedroht sei, die es vielleicht in ein paar Jahren schon nicht mehr gebe, in der Nähe eines verlassenen Dorfes. So stand es jedenfalls in Deutschland in den Unterlagen. Doch man wisse nicht, ob es wirklich verlassen sei, sagte man Herrmann, der bei einem der ersten Treffen um eine Karte von der Gegend gebeten hatte. Noch bevor sie ihnen alles verboten hatten. Sachen habe man gehört, Schüsse, aber nie Menschen gesehen. Vielleicht haben die von Tibet kommenden übernächtigten Lastwagenfahrer knallende Reifen mit Schüssen verwechselt und sind panisch nach Khotan gerast. Schauermärchen, um sie von allem fernzuhalten, sie bestenfalls loszuwerden, darüber waren sie sich rasch einig. Sie würden ein paar Tage vor Ort die Lage sondieren. Dann zurück in Deutschland Material vorbereiten. Alles läuft wie immer und wie so oft nach einem genau vorgegebenen Ablauf, auch wenn die Praxis mindestens genauso oft diese Abläufe ad absurdum führt. Und diesem Dorf, von dem es hiess, es sei eines der ärmsten in Xinjiang und kämpfe einen hoffnungslosen Kampf gegen die Wüste, die schon mehrere Siedlungen verschluckt habe, sollen nun Obstbäume helfen? Oder wollte man doch eher, dass sie sich um die für die chinesische Regierung viel lukrativeren Baumwollplantagen kümmern? Was Linda nicht versteht: Ein Geologe hat sie vor der Abreise aus Berlin gebeten, die Augen und Ohren offen zu halten, denn man vermute hier in der Gegend grosse Jadevorkommen, die umso kostbarer werden könnten, da es anderswo keine Jade mehr gebe. Offenbar interessiert sich Herrmann nicht dafür, oder doch? Und dieser Freund hat ihr auch erzählt, dass rund um den Lop Nor chinesische Wissenschaftler verschwunden seien beim Versuch, die Wüste Richtung Khotan zu durchqueren. Wie Roxana? Hat sie es womöglich auch versucht?

Das Wüstennichts draussen fliegt seit Stunden waagrecht vorüber. Die Fahrt, das Schaukeln durch die Leere kommt ihr auf einmal vor wie eine Gunst, sich selbst abhanden zu kommen.

Da werden sie auf dieser Schotterpiste von einem Geländewagen nach dem anderen überholt. Einer schwenkt beim Überholmanöver aus und schlingert gefährlich. Der Fahrer schaut in den Rückspiegel, Herrmann durch die kleine ovale Glasscheibe hinten im Heck.

»Ziemlich viele Autos für die Gegend hier. Fahren zum Teil nebeneinander, kommen jedenfalls in einem Wahnsinnstempo herangeschossen«, erklärt er Linda, als er merkt, dass sie sich nicht zu ihm umdreht. Keine Autokennzeichen, zerbeulte Kotflügel. Der Fahrer schweigt. Dicht über das Lenkrad gebeugt, schaut er auf die Schlaglöcher, denen er ausweichen muss, denn einen Schaden hier in der Wüste kann er sich nicht leisten.

»Irre, wie die um die Wette fahren«, meint sie, als es sie auch schon zerreisst. Der Schmerz. All die Wochen und Monate, wie in einem Kokon tief in ihr verschlossen, bricht aus und schiesst wie ein Ball im Innern des Wagens von einer Scheibe zur anderen, dass es klirrt. Blut sickert aus ihren Mundwinkeln. Herrmann wird nach vorn geschleudert und schlägt sich die Stirn am Schaltknüppel wund, der Fahrer seine am Lenkrad.

Über der Piste hängt eine Staubwolke, sie hat die Geländewagen verschluckt. Ein Spuk, wären da nicht die Glassplitter und der Sand. Bei jeder Bewegung knirscht es.

»Was war das denn?«, ächzt Herrmann, greift sich ins Gesicht, die Finger blutig. Er liegt eingeklemmt zwischen der Rückbank und dem Vordersitz, stemmt sich stöhnend hoch. Linda drückt gegen die Tür, die sich nicht öffnen lässt. Beide schauen den Fahrer an. Der bewegt stumm seine Lippen, steigt aus. Herrmann und Linda klettern ihm über die Sitze nach. An ein Weiterkommen mit diesem Gefährt ist nicht mehr zu denken.

»Wie weit noch?«, presst Herrmann keuchend zwischen seinen aufgeplatzten Lippen hervor.

»Weiss nicht.« Der Fahrer zuckt mit den Schultern. »Vielleicht zehn, vielleicht zwanzig Kilometer«, sagt er mit dem Blick zur Sonne, die hoch am Himmel steht.

»Passiert das öfter hier? Dass Verrückte einen von der Strasse drängen und in den Graben bugsieren? Eine Freude daran haben, andere hier verdursten zu lassen?«

Der Fahrer schaut die Strasse entlang, bevor er sich langsam zu ihm umdreht. »Die Gegend hier ist verflucht.« Er schüttelt den Kopf, geht um den Wagen herum, dessen Vorderfront sich tief in den Sand gebohrt hat, langt nach seiner Plastiktüte auf der Rückbank. Der Wasserkanister ist eingedrückt, das Wasser längst ausgelaufen. Er schaut sie an. »Worauf warten Sie?«

»Sie werden doch nicht einfach so ins Blaue losgehen bei dieser Hitze? Sie wissen ja nicht einmal, wie weit wir von Yokawat entfernt sind!«, ruft Linda ihm nach, lässt sich auf einen Geröllhaufen am Strassenrand fallen.

Herrmann holt seine Tasche. »Mistkerl, Mistkerle, das ganze Pack!«, er gibt einem Sandhaufen neben dem Weg einen Tritt, der dumpf widerhallt. »Diese verdammte Wüste. Diese Sonne. Diese verdammte Sonne.«

»Heiss brannte die Sonne über der Wüste Taklamakan«, fällt Linda plötzlich eine Zeile aus Roxanas Kladde ein, bevor sie zu Herrmann sagt: »Ich warte. Wenn eine Horde Wilder hier entlangfährt, tun es vielleicht auch andere und nehmen mich mit.«

»Warten. Deine Art, die Dinge in die Hand zu nehmen. Ich folge dem Fahrer und der Strasse, die immerhin irgendwohin führt.«

»Gut, schauen wir, wer als Erster in Yokawat ist.« Linda hustet. Das Blut in ihren Mundwinkeln ist nicht von ihrer Unterlippe, die sie beim Aufprall aufgebissen hat. Es kommt von innen, würgt sie. Sie hält die Hand vor den Mund, damit Herrmann es nicht sieht.

»Also, bis dann«, ruft er ihr schon im Gehen zu. Sein Rücken wird kleiner. Der Fahrer neben ihm verschwindet noch vor Herrmann aus Lindas Augen.

Sie blinzelt, als sie hinauf in den fahlen Himmel blickt, den Stand der Sonne zu prüfen. Betastet ihre Mundwinkel, kratzt die blutige Kruste ab, schon fliesst es wieder aus ihr heraus. In Tröpfchen, die hängenbleiben in den Winkeln. Die anderen schluckt sie hinunter. Bitter. Schmecken nach Eisen. Sie denkt an die Geschichten von Wüstennomaden, wie sie die Adern der Kamele aufschneiden und das Blut trinken, um zu überleben. Sie schluckt. Und spürt ihre trockene Kehle. Ihre Plastikflasche ist halb voll, die wird sie nicht anrühren, eher das eigene Blut wieder und wieder trinken, das der Magen hervorzupumpen scheint wie aus einem zur Neige gehenden Brunnen. Stossweise, nur hin und wieder ein paar Tropfen.

Man sehe weder einen Vogel in der Luft, noch ein Tier auf der Erde, hat Roxana geschrieben. Und so angestrengt man auch nach allen Richtungen blicke, um einen Weg durch die Wüste zu finden, suche man doch vergeblich. Die einzigen Wegweiser seien die ausgedörrten Knochen der Tiere.

Wie lange Linda so am Strassenrand gesessen hat, weiss sie nicht. Die Sonne hat sich bewegt, wie weit, vermag sie nicht einzuschätzen. Ein dunkler Schatten, zuerst nur ein Punkt, kommt näher. Ein alter Mann auf einem kleinen Traktor. Er hält vor ihr, schaut sie an. Sie zeigt auf sich, den Wagen und die Strasse. Er schweigt. Sie zeigt auf die schwarze Ledertasche – mit Rollen, in der Wüste, sie schüttelt den Kopf über sich. Der Alte nickt, hebt die Tasche hoch. Linda hievt sich hinauf auf den Traktor. Jede Drehung der Wagenräder fliesst wie Kriechstrom durch ihren Körper.

Irgendwann tauchen in der Ferne flache braune Schachteln auf, Baracken und Kästen aus Lehm. Der Alte, der die ganze Fahrt über schweigt, hält an, zeigt auf sie und die Strasse. Will er, dass sie hier absteigt und die restliche Strecke zu Fuss geht? Linda zögert. Wartet. Zeigt nach vorn zu den Häusern. Der alte Mann schaut sie mit traurigen Augen an, schliesslich steigt sie ab. Der Traktor rumpelt quer über die Geröllwüste hinein ins Nichts. Jedenfalls ist da nichts zu sehen, was der Alte als Ziel ansteuern könnte. Vielleicht diese Oase? Sie würde später im Dorf nachfragen. Langsam setzt sie ein müdes Bein vor das andere. Das Gehen tut ihr nun gut. Das Dorf kommt näher.

Da sieht sie dunkle Punkte, die immer grösser werden, auf beiden Seiten der Strasse. Menschen erkennt sie, Männer in langen, schwarzen Gewändern mustern sie mit scharfem Adlerblick. Stehen um Herrmann herum, der am Strassenrand hockt und seine rechte Hand auf den linken Oberarm drückt. Blut quillt zwischen den Fingern hervor. Mitten auf der Strasse liegt ein Mann in schwarzem Mantel, das Gesicht zugedeckt mit einem Tuch. Auf der anderen Strassenseite halten Männer einen Mann fest. Linda traut ihren Augen kaum. Behruz. Und weiter hinten liegt ein Auto auf dem Dach, versperrt den Blick auf den Horizont, der sich braun verdüstert.

Linda lässt ihre Tasche fallen, alle starren sie an, als käme sie aus einer anderen Welt, feindliches Territorium.

Niemand bewegt sich. Die Männer, die Behruz umzingeln, schauen zu Herrmann hinüber, weil der sie in diesem Augenblick zu sich winkt.

»Dein Behruz hier, ein Streifschuss, sag den Leuten, sie sollen Verbandszeug organisieren«, presst Herrmann hervor.

Linda reisst kurzerhand ihr Halstuch in lange Streifen, wickelt es um Herrmanns Oberarm. Die Wunde ist tief, blutet stark, die Kugel hat Herrmann gestreift und ist hinter ihm in eine Lehmwand eingedrungen. Ein Loch neben vielen anderen Löchern. Daneben ein grösseres Fenster, unversehrt, durch das normalerweise Waren und Lebensmittel gereicht werden; jedenfalls hängt darüber ein Schild mit entsprechenden Zeichnungen. Gedrungene Häuser auf beiden Seiten der Strasse, die hier asphaltiert ist und das Dorf schnurgerade in zwei Hälften teilt. Auf der einen Seite sie, auf der anderen Behruz, gefangen von einheimischen Männern, die offenbar nicht so recht wissen, was sie mit ihm tun sollen. Der Fahrer, der sie hierher hätte bringen sollen, steht neben Behruz. Sie rufen Linda zu, ob sie den Mann kenne.

Sie zuckt mit den Schultern, was in diesem Moment alles heissen kann, wendet sich Herrmann zu.

»Dieser Vollidiot! Lehnt sich aus dem Wagen, zielt und drückt ab.«

»Na dann ist er offenbar ein schlechter Schütze. Oder hat er den Mann dort auf der Strasse erschossen? Und Autos sehe ich hier keine ausser dem zerdepperten dort hinten.«

»Gut haben sie ihn geschnappt.«

»Und davor? Was ist davor passiert?«

»Ich hab nicht geschossen!«, brüllt Behruz von der anderen Strassenseite. »Sie haben mich einfach aus dem Wagen geschmissen«, zetert er auf Englisch und stopft sein zerrissenes Hemd so gut es geht in die Hose. »Und dann sind die hier wie eine Meute über mich hergefallen.« Böse Blicke wirft er in die Runde, die zornig funkelnd erwidert werden. Die Männer haben sich in einem dichten Kreis um ihn gestellt.

· 211 ·

Linda überquert die Strasse, Herrmann lässt sie nicht aus den Augen.

»Wie kommst du hierher? Was tust du hier? Ich dachte, du seist zurück zu deiner Familie gefahren. Das haben sie uns jedenfalls in Khotan erzählt.«

»Und du hast es geglaubt? Was du immer denkst, aber verstehen tust du nichts, noch immer nichts nach all den vielen Jahren. Ich bin einfach zwischen die Fronten geraten, wie immer. Warum soll eigentlich immer ich diese ganzen Kriege ausbaden?«

»Werd nicht albern. Wie bist du überhaupt hierhergekommen?«

»Die haben mir ja den Job in Khotan besorgt, doch die Chinesen wollten dann doch nicht, dass ich euch fahre, dann kamen sie wieder und sagten, jetzt soll ich halt für sie als Fahrer arbeiten. Einen Fahrer wie mich, der die Gegend kennt, der viele Sprachen spricht, den könnten sie schliesslich überall gebrauchen, und sie würden mich gut bezahlen.«

»Dann warst du einer der Irren, die uns von der Strasse gedrängt haben?«

Behruz schaut sie nicht an, als er antwortet. »Nein, wir kamen von dort.« Er zeigt mit dem Kinn in die Richtung, wo das Autowrack den Dorfausgang versperrt.

Linda ruft zu Herrmann hinüber: »Er hat jedenfalls nicht geschossen und uns nicht in den Graben bugsiert.«

Herrmann wird laut: »Zuerst haben sie Behruz aus dem Auto gestossen, dann zwei Männer aus den anderen Geländewagen gezerrt. Die haben sie als Geiseln vor sich hergeschoben.« Herrmann drückt Zeigefinger und Daumen an den Hals. Linda kommt näher, damit er nicht so laut reden muss. Das strengt ihn sichtlich an, seine Brust hebt und senkt sich, immer wieder stockt er. Womöglich ist er doch schwerer verwundet, sie mustert ihn. »Die beiden Geiseln müssen hier aus dem Ort sein. Die sollten ihnen was zeigen, sie haben immer auf die beiden eingesprochen und eingeschlagen. Dann die anderen im Dorf angeschrien. Ein paar dieser Irren rannten in den Laden hier. Haben alle Bier- und Schnapsflaschen herausgeholt und an den Hauswänden zerschmettert. Die Ladenbesitzerin schleiften sie an den Haaren raus, beschimpften und schlugen sie.«

»Das waren keine Männer von hier«, schreit nun einer der Männer, der dicht neben Behruz steht und diesen zornig anfunkelt. »Warum hast du die hierhergebracht?«

»Ich hab nichts getan, ich war nur Fahrer, die anderen beiden haben ihnen den Weg gezeigt.«

»Jedenfalls stürzten sich die Einheimischen mit blossen Fäusten auf die Männer, die dann eine Geisel erschossen. Alles war auf einmal ganz still. So still.« Herrmann schliesst die Augen. »Dann schnappten sie sich noch einen, gingen zu ihren Autos zurück und rasten in diese Richtung davon.« Herrmann zeigt mit dem Kinn auf den schmalen Weg, der auf der gegenüberliegenden Seite zwischen zwei Lagerhallen abbiegt.

Doch wann hatte ihn der Schuss gestreift? Und warum haben sie ihn ausgerechnet hier liegen lassen, hatte er Glück, haben sie ihn nicht gesehen? Linda wird nicht schlau aus allem, versteht nur Bruchstücke, und das Englisch der Einheimischen ist kaum verständlich.

»Kurze Zeit später kamen Polizeiautos, hast du die nicht gesehen?«

Linda schüttelt den Kopf. »Woher? Und dann?«

»Die haben hier ein paar Männer befragt und sind der wilden Horde nach.«

»Und wie lange ist das her?«

Herrmann stöhnt. Lindas buntes Halstuch färbt sich rot vom Blut. Sie schaut sich um, sieht die noch feuchten Flecken an einer der Hauswände, tritt näher, riecht den Reisschnaps, überall Glasscherben verstreut am Boden, abgebrochene Flaschenhälse. Linda kehrt um, lässt sich schwer neben Herrmann auf den Gehsteig fallen. Da vernimmt sie ein leises Wimmern. Hinter der Wand, an die sie sich

· 213 ·

gelehnt hatte. Die Stimme stockt. Schluchzt. Linda erhebt sich schwerfällig, schiebt dabei den Rücken Zentimeter um Zentimeter nach oben.

»Willst du mich hier alleine lassen?«, ruft Herrmann ihr nach. Linda dreht sich nicht um, folgt dem Wimmern, biegt um eine Ecke und sieht eine Frau mit zerrissenem Kleid am Boden kauern. Das muss die Ladenbesitzerin sein. Wieder schluchzt sie. Linda legt eine Hand auf ihre Schulter. Ein tränenverschmiertes, zerkratztes Gesicht schaut zu ihr auf, zuckt zusammen, als sie eine Ausländerin vor sich erkennt. Ein Schauer geht durch ihren Körper, unter ihr versickert ein blutiges Rinnsal im Boden.

»Was ist geschehen?«, fragt Linda leise.

Die Frau drückt ihr Gesicht fest auf die Knie, die sie mit beiden Armen umschlingt.

»Kann ich Ihnen helfen?«, fragt Linda weiter, nimmt ihre Hand nicht von der Schulter der Frau, kramt in ihrer Tasche und holt ein Taschentuch hervor. Als könne man damit … doch sie denkt den Satz nicht weiter, denn plötzlich fragt die Frau sie auf Englisch, wer sie sei, warum sie hier sei, ob sie diese Männer kenne, die immer wieder hierherkommen und ihren Laden zertrümmern, wegen des Alkohols. Sie schluchzt. Ein Zittern geht durch ihren Körper. Sie streicht ihr Haar aus dem Gesicht. Den Alkohol verkaufe sie an die chinesischen Strassenarbeiter, die hier durchkommen, manchmal sind es auch uigurische und tibetische. »Warum auch nicht? War schon immer so, den Laden hab ich von meinem Mann übernommen, weil der verhaftet wurde. Bis plötzlich diese Männer auftauchten, mit ihren langen Bärten, und einen nach dem anderen aus dem Dorf zwangen, ihnen zu verraten, wo es was zu holen gebe, und den Jungen den Kopf verdrehten mit ihren Ideen.«

Sie stockt mitten in ihrem Redeschwall, als sei ihr plötzlich bewusst, dass all dies die fremde Frau da vor ihr nichts angehe, später für sie selbst womöglich gefährlich werden könnte. Linda drückt ihr das Taschentuch in die Hand, das die Frau in der Hand zerknüllt, und setzt sich neben sie auf einen kleinen, flachen Stein. Wartet. Leise beginnt die Frau nach einer Weile wie zu sich selbst zu sprechen.

»Dieses Mal sei das letzte Mal, hat Hebibulla gesagt. Das sei eine Warnung. Wenn sie das nächste Mal kommen und ich noch immer den Laden habe ...« Sie schluchzt und legte beide Hände vors Gesicht.

»War deshalb die Polizei hier?«

»Die im Dorf haben versucht, die Bande zu überreden, die Geiseln frei zu lassen. Daraufhin haben sie eine der Geiseln erschossen. Und einer der Bärtigen zog ein Messer, stach auf den Vorsteher hier aus dem Dorf ein. Einfach so.« Sie wischt die Tränen aus ihrem Gesicht. »Dann rasten sie mit ihren Autos davon. Nachher ist die Polizei gekommen. Und mein Bruder ...«

Linda überlegt. Vorn auf der Strasse liegt nur ein Toter. War das der Vorsteher? Wo war dann die Geisel, von der Herrmann behauptet hat, sie wäre erschossen worden?

»Kommen Sie, ich brauche Ihre Hilfe, mein Kollege ist verletzt worden. Haben Sie Verbandszeug in Ihrem Laden?«, fragt Linda.

Die Frau geht mit gekrümmtem Oberkörper ins Haus, als hätte sie Schmerzen. Linda ruft ihr hinterher: »Wie heissen Sie?«

»Gülbahar.«

»Gül, die Rose«, murmelt Linda. Die Frau dreht sich um, schaut sie verwundert an.

Als sie aus der Hintertür des Ladens tritt, hält sie einen kleinen blechernen Kasten in der Hand.

»Wo ist ihr Kollege?«

»Sitzt vorn, kommen Sie.« Gülbahar bindet ihr Haar zusammen und steckt es unter ein geblümtes Kopftuch. Sie geht zurück in den Laden. Linda folgt ihr, kann aber nichts erkennen, da stösst ihr Fuss auch schon an eine Kiste am Boden. Ein Regal liegt umgekippt vor der Ladentür. Die Frau heult, zerrt daran. »Alles haben sie auf den Boden geworfen, dann die Regale umgeschmissen,« jammert sie, doch die Wut scheint ihr Kraft zu geben, denn mit einem Ruck hat sie das Regal aufgestellt und zur Seite geschoben. Schliesslich ist der Eingang frei, und sie tritt mit hoch erhobenem Haupt auf die Strasse, als würde ihr nur diese Tür ein ihrem Stand gemässes Auftreten erlauben.

Langsam gleitet ihr Blick über die Männer auf der anderen Seite, die noch immer um Behruz herumstehen. Schliesslich kauert sie neben Herrmann nieder. Als sie den Blechkasten öffnet, ein weisses Pulver und Verbandszeug herausnimmt, fällt Lindas Blick auf eine Uhr, eine alte Armbanduhr mit blassgelbem Ziffernblatt. So eine hatte ihr Vater getragen. Oder zumindest eine ähnliche. Das ist eines der wenigen Dinge, an die sie sich erinnert. Wenn sie an ihn denkt. Und sie dachte an ihn stets als alten, mürrischen Mann. Als Kind hatte sie oft mit dieser Uhr herumgespielt, bis es ihm zu viel wurde und er sich in sein Arbeitszimmer zurückzog, aus dem er eines Tages nicht mehr herauskam. Und nun wird sie ausgerechnet hier daran erinnert. »Wie kommt die Uhr hierher?«, fragt Linda schroffer, als sie eigentlich will.

Gülbahar schaut nicht auf. »Vor vielen Jahren besuchte uns hier eine junge Frau, warum? Die hat sie hier vergessen.« Sie kramt in ihrer Büchse, schaut hinüber zu Behruz, dann zu Herrmann. »Ich muss zu mir nach Hause, der Verbandstoff reicht nicht.«

»Ich begleite Sie.«

»Unnötig, nur keine Umstände.«

»Wenn ich darf, begleite ich Sie gern. Schliesslich sind wir mit dem Auftrag hier, Bäume zu pflanzen. Hier oder in der Oase in der Nähe.«

»Eine Oase hier in der Nähe? Wo haben Sie davon gehört?«, fragt Gülbahar und ruft Behruz etwas zu, was Linda nicht versteht.

»Wissen Sie mehr über diese Oase? Gibt es dort Wasser?«, fragt Linda die Frau und hat Mühe, ihr zu folgen, denn sie ist gross und schreitet zügig aus. Sie biegen in einen sandigen

Weg ein, in den sich tiefe Reifenspuren gedrückt haben. Hier sind also die Autos entlanggefahren, verfolgt von der Polizei. Überall hängen schwere Vorhänge vor den verschlossenen Türen der niedrigen Lehmhäuser. Ausser ihren gedämpften Schritten ist ringsum kein Laut zu hören. Totenstille.

»Wir haben hier kaum noch Wasser, weil die chinesischen Plantagen das Wasser abzapften. Die Chinesen haben irgendwann aufgegeben, das Wasser ist weg.«

Linda betrachtet sie aus den Augenwinkeln, Gülbahars unebenmässigem Gesicht, in dem die schmalen Augen nicht zu den vollen Lippen und der markanten Nase passen, ist nichts abzulesen.

Schliesslich stehen sie vor dem letzten Haus am Dorfrand.

»Wohin führt dieser Weg?«

»Er führte früher zu den Plantagen und zu dieser Oase, doch da ist nichts mehr. Kommen Sie!«

»Haben nicht hier in der Nähe die Chinesen einen jungen Imam erschossen?«

Gülbahar zuckt zusammen.

»Wurde mir jedenfalls in Khotan erzählt.«

»Das war nicht hier. Der junge Imam«, es klingt spöttisch, wie Gülbahar das sagt. Sie stehen noch immer vor dem Haus, als sie erklärt: »Der wollte, dass wir Frauen wieder Kopftücher tragen und die Männer nach Mekka pilgern«, schnaubt sie. »Als ob ich nicht schon genug Probleme hätte. Und immer mehr junge Leute pilgern zu diesen Predigern, die plötzlich überall auftauchen. Die sind aber nicht von hier. Oder vielleicht doch. Aber wir Uiguren halten nichts von diesen Ansichten.«

Linda folgt Gülbahar durch den Hof, da ist Gülbahar auch schon durch eine Tür verschwunden. Linda geht ihr zögerlich nach. Nur langsam erkennt sie die Schemen, einen gusseisernen Herd, einen hölzernen Schrank, in dem Gülbahar etwas sucht. Linda spürt, dass sie beobachtet wird, und entdeckt in der Ecke eine Frau.

Sie grüsst auf Uigurisch, die Antwort kommt auf Chinesisch, sie nähert sich zaghaft der Stimme. »Meine Grossmutter, sie ist Chinesin«, sagt Gülbahar. Linda geht in die Hocke, da fallen ihr die Füsse auf. Gebundene Füsse sind in China kaum mehr zu sehen, höchstens noch auf dem Land, in abgelegenen Regionen, mindestens achtzig muss sie sein, aus einer besseren Familie stammen, denn Bauernmädchen brauchten grosse Füsse, damit sie arbeiten konnten.

Linda kramt nach Floskeln, den wenigen, die sie gelernt hat. Doch die Alte scheint sie nicht zu hören, schaut sie nur an. Dann sagt sie etwas zur Enkelin, die aber schüttelt den Kopf. Da wird sie energischer, wiederholt dieselben Worte lauter, als Gülbahar mit Mullbinden in der Hand zu ihnen tritt.

»Sie erinnern sie an die junge Frau, die hier bei uns gewohnt und die Armbanduhr dagelassen hat, die Sie vorher gesehen haben. Sie will wissen, ob Sie wieder zurückgekehrt sind, ob Sie das sind, ob Sie Ihre Sachen wieder mitnehmen möchten.«

»Wie hiess diese junge Frau?«

»Roxana.«

»Ich heisse Linda«, sagt sie der alten Frau, zeigt auf sich, legt den Zeigefinger dabei auf ihre Nasenspitze und wiederholt noch einmal den Namen, lässt sich nichts anmerken. »Linda.«

Ein Wortschwall kommt aus dem kleinen, faltigen Mund, will gar nicht aufhören. Linda hört geduldig zu, schaut Gülbahar fragend an. Die geht zu einer Truhe, holt einen kleinen Rucksack heraus und stellt ihn vor Linda hin. »Den hat sie hiergelassen. Sie wollte wieder zurückkommen und ihn dann mitnehmen.«

»Wann denn?«, fragt Linda reflexartig, kann sich die Antwort selbst denken.

Gülbahar wiegt den Kopf hin und her, streckt einen Finger nach dem anderen aus, als würde sie nachrechnen. Dann sagt die Alte plötzlich auf Englisch: »Zwanzig Jahre.

Ja, zwanzig ungefähr. Sie war wie eine Enkelin. Wir schienen uns ein Leben lang zu kennen.« Die Alte spricht langsam, als müsse sie sich mühsam Silbe für Silbe erinnern. »Ein guter Mensch, ein trauriger, immer auf der Suche, nie zufrieden mit dem Gefundenen.« Sie schliesst die Augen, holt einen Gebetskranz aus ihrer Schürzentasche und murmelt Omi dofu, ein buddhistisches Mantra, das Linda schon oft von alten Frauen in chinesischen Tempeln gehört hat.

»Sie hat immer auf die junge Frau gewartet. War wie ausgewechselt, als sie hier war. Stundenlang konnten sich die beiden unterhalten, ich weiss nicht, worüber, musste mich um den Laden vorne kümmern.« Gülbahar packt die Mullbinden fester, als wolle sie gehen, spricht schnell. »Roxana hat Landkarten auf dem Boden im Hof ausgebreitet, meine Grossmutter und sie hockten darum herum und legten kleine Steinchen darauf. Ihr Mann, also mein Grossvater, war ein berühmter Archäologe in Shanghai, den hatte man in den Fünfzigerjahren hierhergeschickt, um Ausgrabungen zu machen in den Ruinen, eine Tagesreise von hier entfernt. Doch ein paar Jahre später hat man ihn eines Abends abgeholt.« So, dass Linda es kaum noch hören kann, spricht Gülbahar weiter: »Ich kannte ihn nur als alten Mann, mager, sass in einer Ecke und führte Selbstgespräche. Keine Ahnung, was man mit ihm gemacht hat.«

»Wo haben Sie so gut Englisch gelernt?«

»Manchmal hatte mein Grossvater noch helle Momente, rief mich zu sich und las mir aus Büchern vor, die wir unter einer Holzdiele hier im Haus versteckten. Darunter waren ein paar englische Bücher, wahrscheinlich solche, die man in Universitäten braucht, mit vielen Zeichnungen, die haben wir uns zusammen angesehen, wieder und wieder. Und von meiner Grossmutter, die war Englischlehrerin in Shanghai.«

»Und dann?«

»Roxana hat nach den Büchern gefragt, doch nachdem mein Grossvater gestorben war, haben wir alles weggeworfen. Er wurde nie rehabilitiert. Durfte nie nach Shanghai zurück, obwohl er immer wieder Anträge gestellt hat. Und irgendwann wollte auch sie nicht mehr mit. Ihre Familie war hier, ihre Kinder und Enkelkinder. Dort wären sie Fremde gewesen.«

Die Grossmutter wiegt den Kopf hin und her, als sie Gülbahar zuhört, nickt ab und an in Lindas Richtung und redet wieder auf sie ein.

Linda versteht kaum, was sie ihr sagen möchte, denn immer wieder ringt sie um Atem. Schliesslich zeigt sie auf den Rucksack. Gülbahar nickt ihr zu. »Wir haben ihn nicht angerührt in all den Jahren. Sie hat es ja selbst so gewollt. Als sie damals auf ›Exkursion‹ ging, wie sie sagte.«

»Wohin wollte sie?«

Die Alte sagt einen Namen.

»Dort sind alte Ruinen, die hat mein Grossvater entdeckt, seither war niemand mehr dort, meint meine Grossmutter. Das fand Roxana interessant, dorthin ist sie gegangen. Sie wollte nachschauen, ob sie noch ein paar buddhistische Malereien finden könnte, von denen mein Grossvater einige in seinen Notizbüchern festgehalten hatte.«

»Und Sie haben sie einfach gehen lassen?«

»Abends wollte sie ja schon wieder zurück sein. Meine Grossmutter wartete, stand wochenlang vor dem Haus und schaute hinaus, den Weg entlang. Weit konnte sie mit ihren Füssen ja nicht gehen.«

»Hat denn niemand nach ihr gesucht?«

»Ich muss jetzt zurück. Dein Kollege wartet. Und Behruz sollte auch verbunden werden.«

»Sie kennen seinen Namen?«

»Ja, der ist oft mit diesen bärtigen Männern hier gewesen, hat sich aber immer im Hintergrund gehalten, als gehöre er nicht wirklich dazu. Er war mal bei mir im Laden und hat Streichhölzer gekauft. Kommen Sie jetzt!«

Linda bleibt sitzen. Gülbahar schüttelt unwirsch den Kopf und geht. Sagt noch etwas zur Grossmutter, die daraufhin wie ein kleines Kind schmollt.

Linda wartet. Bis die Grossmutter sie endlich wieder anschaut.

»Als Roxana damals gegangen ist«, sagt sie ganz langsam, als wolle sie, dass Linda sie genau verstehe, »verschwand auch mein jüngster Enkel Sabri. Die Eltern mussten ja all die Jahre auf verschiedenen Plantagen arbeiten, die hier überall im Land angelegt wurden, kamen nur einmal zu Neujahr nach Hause.« Sie hebt die Stimme und schaut Linda an, als sehe sie durch sie hindurch. »Er war ein guter Schüler, fand aber trotzdem später keine Arbeit. Mit seinem Grossvater verstand er sich gut. Sabri trieb sich mit Jungs rum, die nicht von hier waren, woher sie kamen, wusste niemand. Anständige Jungs, tranken keinen Alkohol, rauchten nicht, beteten viel. Immer öfter blieb er weg, kam nicht mehr nach Hause. Roxana hat er immer lange angestarrt, ich hatte irgendwann Angst vor ihm. Einmal hatten sie Streit, als er erfuhr, was sie suchte. Buddhistische Fresken, höhnte er, haben wir alle zerstört. Zornig schaute sie ihn an. Am nächsten Morgen war er weg. Und Roxana brach auf zu diesen Ruinen, die mein Mann entdeckt hat. Zusammen mit seinem Freund. Der arbeitet noch immer im Museum in Khotan.«

Linda lässt sich nichts anmerken, wendet den Blick ab, zupft an den Bändeln des Rucksacks.

»Ein Jahr später ist Sabri zurückgekommen und wollte den Rucksack haben. Warum, hab ich ihn gefragt. Er sagte nichts und wollte ihn mir aus den Händen reissen. Ich hielt ihn fest. Er hatte wieder diesen zornigen Blick. Dabei war mir dieser Enkel doch der Liebste von allen. So sanft. Half allen anderen und kümmerte sich bis zuletzt um seinen Grossvater. Er wühlte im Rucksack und fand nichts. Nur eine Armbanduhr. Die nahm dann Gülbahar.« Ihre Stimme versiegt. Linda wartet. Lange. Zupft weiter an den Bändeln.

»Darf ich?«

Die Alte schreckt zusammen. »Ich will ihn nicht mehr hier haben. Roxana erscheint mir im Traum. Sie will etwas von mir. Ich weiss nicht was. Hat zu viel Kummer gebracht. Seither hab ich Sabri nicht mehr gesehen. Die Polizei ist auch hier gewesen, hat nach Roxana und immer wieder nach Sabri gefragt. Und dann diese Männer. Wir wussten nichts, sie glaubten uns nicht und rissen alles aus den Schränken. Suchten nach irgendetwas. Oder wollten einfach nur alles zerstören. Wie damals. Wir haben nie verstanden, wonach sie gesucht haben. Sie redeten in einer Sprache, die ich nicht kenne.« Die Alte schüttelt sich in Gedanken daran.

»Wohin ist Sabri gegangen?«

»Hat er uns nicht gesagt. Wohin hätte er denn gehen sollen? Arbeit hatte er keine. Er war immer gut in der Schule, aber genommen haben sie ihn nirgends. Zu viele Chinesen sind hierhergekommen in den letzten Jahren, er ging nach Khotan, nach Kashgar, da haben unsere Kinder und Enkel keine Arbeit mehr bekommen. Obwohl er doch einen chinesischen Grossvater hat. Vielleicht ist Sabri zurückgekommen, nachts, ohne dass ich es gemerkt habe. Gülbahar war manchmal am Morgen so seltsam. Und einmal haben alle Lebensmittel gefehlt.«

»Kann ich den Rucksack mitnehmen? Ich schau mal kurz nach.«

Die Alte beobachtet Linda, wie sie T-Shirts und eine Hose herausholt. Nichts weiter. »Ist das alles?«

Die Alte hält den Kopf schräg, Linda packt die Sachen wieder zusammen, steht langsam auf.

»Nein, da ist noch etwas. Wenn Sie Sabri sehen, sagen Sie ihm, er soll zurückkommen, ich möchte ihn noch einmal sehen, bevor ich sterbe. Mein Sarg steht schon hier in der Ecke. Er soll kommen. Ich warte. Sagen Sie es ihm.«

Draussen hören sie auf einmal aufheulende Motoren.

»Das tun sie immer. Das war auch an dem Tag so, als Roxana gegangen ist. Kurze Zeit später sind diese Kerle aufgetaucht, haben hier gehalten und Sabri mitgenommen. Der zeigte ihnen den Weg. Unglückswagen. Gülbahar war dagegen, doch sie konnte nichts machen. Ihr Mann ist im

Gefängnis in Kashgar. Wir leben alleine hier. Gehen Sie jetzt.«

Linda setzt sich wieder. »Wann war Sabri das letzte Mal hier?«

Die Grossmutter betrachtet ihre Finger, die sie jeden einzeln ausstreckt und beugt. »Weiss nicht.«

»Und er steckt immer mit diesen Männern zusammen? Was wollen die, woher kommen sie?«

Die Alte schweigt.

»Sagen Sie, gibt es hier Wasser im Ort? Und in der Oase. Gibt es dort Wasser?«, versucht es Linda mit einem anderen Thema.

»Bei der neuen Moschee gibt es einen Brunnen, seither muss Gülbahar nicht mehr so weit laufen.«

»Wer hat die gebaut?«

»Die Männer von Sabri. Seither muss Gülbahar nicht mehr so weit laufen.«

»Aber Sabri und die Männer, die kamen schon, als Roxana noch hier war?«

»Die kamen immer wieder. Und gingen. Manchmal übernachteten sie hier. Und nahmen den ganzen Schnaps und Alkohol mit, ohne zu bezahlen, sagt Gülbahar.«

»Und Roxana?« Was konnte man der Alten glauben? Linda steht auf. »Sie kam nicht mehr wieder«, hört sie noch, als sie die Tür hinter sich schliesst. Mit dem Rucksack in den Händen. Vielleicht würde sie noch etwas finden, wenn sie die Kleidungsstücke auseinandernimmt.

Warum war Roxana nicht mehr zurückgekehrt? Wegen Sabri und diesen Männern? Oder hatte sie sich in der Wüste verirrt, war irgendwo verdurstet? Oder wollte sie einfach nur zu diesen Ruinen, ihrem letzten Ziel? Weil sie es sich in den Kopf gesetzt hatte. Alles hinter sich lassen. Ohne Bedauern. Sich ausstreichen aus der Welt, hatte Linda in Roxanas Kladde gelesen.

Als Linda vor die Tür tritt, schlägt sie das sonnenpralle Licht wie eine Ohrfeige. Die Gasse liegt verlassen da. In die Reifenspuren im Sand hatte eine Katze ihre Pfoten gedrückt.

Linda nimmt den Rucksack auf die Schulter, spürt sein Gewicht und will gerade vorn auf die Strasse treten, als sie Sirenen hört. Der Lautstärke nach eine ganze Armee. Sie weicht zurück, schaut vorsichtig um die Ecke. Und zählt vier chinesische Polizeiautos. Zwei fahren zum Dorfausgang und stellen sich hinter das Auto, das auf dem Dach liegt, als wäre dies als Absperrung nicht genug. Autotüren werden aufgerissen. Mit Pistolen und Knüppeln rennen Polizisten laut schreiend auf die Männer zu, die auf der einen Strassenseite Herrmann, auf der anderen Behruz umringen. Als sie in Herrmann einen Weissen erkennen, stutzen sie und schauen sich ratlos an. Einer holt ein Funkgerät hervor, baut sich vor Herrmann auf. Behruz auf der anderen Strassenseite wird angebrüllt, zu Boden geworfen. Ihm werden die Hände über den Kopf gezerrt und die Beine auseinandergerissen. Zwei Polizisten tasten ihn ab, das Blut ist ihnen egal, sein Stöhnen auch. Sie schreien ihn an. Linda versteht nichts. Selbst als sie näherkommt, weichen die Polizisten nicht zurück, hören ihr auch nicht zu, als sie etwas zu erklären versucht.

Aus den Augenwinkeln heraus sieht Linda, wie ein Polizist Herrmann das Funkgerät ans Ohr hält. Der nickt und sagt etwas auf Englisch, nickt und nickt nur immer wieder. Der Polizist geht auf Linda zu, packt sie am Arm, zieht sie zu einem der Wagen.

»Lass mich!« Linda schüttelt den Arm ab. »Was ist?«, ruft sie Herrmann über die Schulter zu, der nur immerzu nickt. Wie ein Schaf, denkt sie. Von Gülbahar keine Spur, die Ladentür ist verschlossen. Alles nur ein Spuk? Hielte sie nicht den kleinen Rucksack in den Händen.

Der Polizist redet auf sie ein, sie greift nach seinem Arm, ihr wird übel, der Tee der Alten, die Sonne, der Rucksack, sie hängt schwer am Arm des Polizisten.

Herrmann geht schnurstracks auf sie zu. »Sofortiger Befehl. Wir müssen zurück nach Khotan. Ürümqi schon gebucht. Höchste Gefahr. Befehl von ganz oben, mit unserer Regierung abgesprochen. Mir soll's recht sein.«

»Gefahr? Von wem? Und für wen?«, kommt es Linda schwach über die Lippen, keiner hört sie.

Widerwillig lässt sich Linda nun zum Auto ziehen, schaut um sich, trifft Behruz Blick. Sie hätte hier bleiben müssen, um die letzten Spuren von Roxana zu verfolgen, dem Dorf, der Oase im Kampf gegen die Wüste helfen, Bäume pflanzen, aber vielleicht gab es schon welche, und die sind einfach nur eingegangen, weil hier nichts leben kann, Behruz fragen, wo Sabri ist, was er hier tut, ob er die Männer kennt, die das Dorf seit Jahren terrorisieren, für die er fährt, seit Jahren, wie Gülbahar erzählt, und nicht erst seit sie in Khotan sind. Alles auf den Kopf gestellt. Wie das Auto dort, das einem Käfer gleich auf dem Rücken liegt, dahinter ein brauner Horizont. Sie drückt von innen gegen die Wagentür, doch die Zentralverriegelung hält sie gefangen. Behruz schaut ihr nach. Sein Blick kratzt tief in ihr drin. Wo schon lange nichts mehr hingekommen ist.

Herrmann drückt noch immer seine Hand auf den rechten Oberarm. Lindas Halstuch ist verschwunden. »Hat Gülbahar dich noch verarztet?«, fragt sie leise.

»Sie wollte gerade einen frischen Verband machen, als sie den Kopf hob und lauschte. Wie eine Jägerin. Ich hörte die Sirenen erst, als sie aufsprang und weglief.« Jägerin. Wie kommt ihm nur dieser Vergleich in den Sinn? Eher Gejagte. Herrmann hat nichts verstanden, noch weniger als sie.

»Im Dorf gibt es Brunnen. Vermutlich von irgendwelchen Arabern gebaut wie auch die Moscheen überall im Land. Und diese Oase, längst verlassen, Wassermangel.«

»Warum hat man uns dann hierhergeschickt?«, fragt Herrmann ungläubig.

»Noch ein China-Projekt auf der Liste, das macht sich gut. Und als ich mich als Projektleiterin bewarb ...«

»Na dieses Projekt hast du ja buchstäblich in den Sand gesetzt.«

Linda schaut hinaus ins blaue Nichts, als sie Stunden später mit einem kleinen Propellerflugzeug Richtung Ürümqi fliegen, Roxanas Rucksack zwischen den Füssen. Ihr eigenes Gepäck war schon aus dem Gästehaus abgeholt und zum Flughafen gebracht worden, als sie dort ankamen. Die lokale Regierung hatte einen Behördenvertreter geschickt. Begleitet von einer Frau in Militäruniform und Armbinde mit rotem Kreuz, die geradewegs auf Herrmann zuging. Offenbar war man in Khotan über die Vorgänge informiert worden. Als die Soldatin Herrmann die schmutzige Binde abnahm und das weisse Pulver sah, verzog sie das Gesicht.

»Das hat Gülbahar drübergestreut, seither blutet es nicht mehr«, sagte Herrmann zu Linda, die meinte, so etwas wie »Teufelszeug« gehört zu haben, woraufhin sie die Frau musterte. Mit ihren hohen Wangenknochen und schmalen Augen hätte sie als Mongolin durchgehen können.

Als Linda sie nach ihrer ursprünglichen Heimat fragte, sagte sie nur: »China.«

Herrmann verzog das Gesicht, als die Frau ihm ungefragt eine Spritze verpasste; das »Wozu?« liess sie unbeantwortet, als sie den Verband festzurrte. Herrmann schwieg, Linda drehte sich auf dem Flugfeld um die eigene Achse. Nichts als flache Geröllwüste.

Auf dem Rückflug nach Peking findet sie eine *China Daily* vom Vortag auf ihrem Sitzplatz. Als sie in Yokawat waren, hatten dreissig Männer die Polizeistation in Khotan angegriffen, mit Steinen geworfen, Fenster eingeschmissen, die Freilassung von Gefangenen gefordert.

Der blaue Himmel ist endlos. Die Wüste unter ihr, die keine Rückkehr verspricht, ebenso. In ihr verlieren sich Spuren, die Linda wie lose Fäden aus der Hand gleiten.

Kapitel 26

Träume

Erst Wochen nach ihrer Rückkehr aus Xinjiang sucht Linda die Verkehrsverbindungen heraus. Sie war mit dem Bericht beschäftigt, mit Abrechnungen, damit sie ihre Spesen bald überwiesen bekäme. Ihre letzten. Sie hat darum gebeten, in den Innendienst versetzt zu werden. Einen Grund dafür hat sie nicht angegeben, und niemand fragte danach. Neben ihrem Schreibtisch steht der armeegrüne Rucksack, die Kladde liegt oben drauf.

Mit Zug und Bus käme sie nicht hin, die letzten fünfzehn Kilometer zum Gestüt müsste sie zu Fuss gehen oder sonst irgendein Gefährt finden. Das Fahrrad kommt für sie nicht infrage. Zu sehr schmerzen die Flanken, dennoch konnte der Arzt bei ihrem letzten Besuch keine weiteren Metastasen feststellen, die Werte waren stabil, hatte sich ihr Körper arrangiert? Nach einem Taxi oder einem Privatfahrzeug würde sie sich vor Ort umsehen, irgendjemanden fragen, der sie gegen ein kleines Entgelt hinbringen würde.

Sie wirft einen flüchtigen Blick auf die fleckige Kladde, möchte alles so abgeben, wie es ihr übergeben worden war. Womöglich ist für jemand anders eine Ordnung zu erkennen? Die Skizzen vielleicht, die sind den Aufwand wert: Skizzen von Höhlenmalereien, von zerfallenen Oasen und kleineren Häuseransammlungen entlang der Fernstrassen, die es so schon wenige Jahre später nicht mehr gab. Vielleicht würde ein Museum sie archivieren? Vielleicht würde sie selbst eine kleine Ausstellung organisieren können? Auch der angefangene und vielleicht nie abgedruckte Artikel über die Altstadt und den Umbau der Innenstadt von Kashgar war ein Mosaiksteinchen inmitten all der Veränderungen, die dort über die Bevölkerung hereingebrochen waren.

Das Ziel dieser jungen Frau hatte Linda nicht wirklich begriffen. Sie war noch immer erschüttert, dort in der Wüste nichts als im Sand verlaufene Spuren gefunden zu haben. Bilder, Erinnerungen brechen nun auch aus ihr hervor. Ob das gut ist, weiss sie nicht zu sagen, stellt es nur erstaunt fest: Da geht kein Bogen von ihr zu Roxana, die junge Frau steht am einen und sie am anderen Ende. Dazwischen ist nichts. Zu viel ist verschüttet, jetzt ist es zu spät. Wenigstens diese Geschichte mit Roxana zu Ende bringen, das ist es, was sie will. Ein letztes Aufbäumen. Die Unterlagen übergeben, zwei Leben vollenden. Wenngleich ihr vor der Endgültigkeit schaudert, Roxana für verschollen erklären zu müssen. Mit einem Rucksack in der Hand.

Viel war in China in den letzten Wochen passiert. Linda liest fieberhaft alles, was sie über Xinjiang findet. Ein uigurischer Wissenschaftler wurde verhaftet. Ihm droht die Todesstrafe wegen Separatismusvorwürfen. Auf einem Marktplatz hatten sich Uiguren in die Luft gesprengt. Eine Uigurin und ein Uigure hätten vom Motorrad aus einen Polizisten erschossen, die Frau war im zweiten Monat schwanger. Die Ausgangslage, so schreibt der China-Korrespondent einer grossen deutschsprachigen Zeitung, sei wie so oft in dieser Region unklar. Uiguren wurden verurteilt, die 2014 im Süden des Landes in einem Bahnhof ein Blutbad angerichtet hatten. Vergebens hatte die Gruppe versucht, das Land zu verlassen, die Grenze nach Laos zu überschreiten, so stand es in einem Online-Magazin der Exil-uigurischen Gemeinschaft.

Noch immer hat Linda nicht herausfinden können, was in Yokawat tatsächlich vorgefallen ist. Eine Fährte vielleicht war die Nachricht, die sie Wochen später in einem englischsprachigen Blog las. Südlich von Khotan habe man immense Waffenarsenale in der Wüste gefunden. Dann stiess sie auf eine Meldung:

Geiselaffäre: Eine Gruppe von 15 uigurischen Jugendlichen war nach einer Ausbildung in einem islamistischen Trainingslager in Pakistan zurückgekehrt. Unterwegs hatten sie zwei Hirten als Geiseln genommen, da sie offensichtlich ortsunkundig waren. Fünf Polizisten haben sie aufgehalten, die die Freilassung der Geiseln erwirken wollten. Die Gruppe griff die Polizisten mit Messern an und tötete einen Polizisten, ein anderer wurde schwer verletzt. Die Polizei erschoss in einem Gegenangriff sieben Geiselnehmer, nahm vier weitere gefangen und konnte die Hirten befreien. Die Regierung geht davon aus, dass es sich um Terroristen handelt, während die Exil-uigurische Regierung erklärt, der Überfall sei ein Resultat der polizeilichen Repressalien.

Linda findet noch mehr Informationen, die sich allesamt widersprechen. Die jungen Uiguren hätten sich mit ihren Frauen auf dem Weg nach Pakistan in der Gegend verirrt, die zwei Hirten hätten sich geweigert, ihnen den Weg zu zeigen, woraufhin sie gezwungen gewesen seien, sie als Geiseln zu nehmen. Chinesische Strassenarbeiter hätten dies beobachtet. Ein uigurischer Dorfvorsteher, der zu den fünf Polizisten gehörte, habe versucht, die Gruppe zu beschwichtigen, sei aber erstochen worden. Der Anführer der Gruppe sei zwar ein Uigure, habe aber in einem kirgisischen Dorf einen dreimonatigen Islamkurs besucht, laut chinesischen Aussagen eine illegale religiöse Tätigkeit.

Beim Exil-uigurischen Kongress stösst Linda auf die Meldung, dass die jungen Uiguren wütend gewesen seien, dass ihre privaten Unterkünfte nach islamistischem Material durchsucht worden wären. Zudem seien neun oder zehn der Geiselnehmer erschossen worden, nicht sieben, wie von chinesischer Seite behauptet. Wer sollte verstehen, was vorgefallen war, wenn besser informierte Kreise sich widersprachen, die Lage einmal mehr unklar war?

Für den Samstag hat sich Linda die Fahrt in den Südosten Berlins vorgenommen. Als sie aufwacht und in den Nebel blickt, der schwer über der Karl-Marx-Allee hängt und in dem die Strassenlaternen wie kleine schmutzige Sonnen aussehen, denkt sie an Yokawat. Eine andere Sonne, eine heisse weisse Scheibe, brannte erbarmungslos auf dieses Inferno nieder, wie sie es bislang nur aus Filmen kannte. Zur S-Bahn-Station ist es nicht weit. Zuerst die Fahrt auf dem Ring Richtung Süden, dann mit dem Zug weiter, der ihr nur wenige Minuten gibt, um an einem trostlosen Bahnhof auszusteigen. Der Vorplatz, auf dem ein Bus in einer Stunde vorbeikommen soll, ist gesprenkelt mit Kopfsteinpflaster und Betonplatten, über die hin und wieder ein Auto rumpelt. Gern hätte sich Linda in ein Café gesetzt, doch selbst das kleine Lebensmittelgeschäft vorn an der Ecke hat geschlossen. Sie schaut durch die von Lindenblütenpollen staubigen Fenster auf die Auslagen in der Verkaufstheke; geräucherte Makrelen schwimmen in grüntrüber Brühe. Hinter der Eingangstür steht das Verkaufsschild, das genau diese Makrelen als günstig und frisch anpreist. Langsam geht sie zurück zur Bushaltestelle, setzt sich auf die ausgetretenen Stufen, die hinauf zur verwaisten Bahnhofsvorhalle führen. Tickets sind am Automaten erhältlich, der defekt ist. Informationen gibt es keine. Die Schilder zerkratzt, unleserlich.

Schaukelnd und summend schiesst der Bus um die Ecke, kommt abrupt zum Stehen, niemand steigt aus. Als Linda vor die aufgefaltete Tür tritt, schaut der Fahrer sie fragend an und nickt, als sie ihm den Ort nennt.

Eine halbe Stunde später steht sie in einer Lindenallee, ihre Hände streichen über das gusseiserne Geländer, das sich die Gemeinde offensichtlich geleistet hat, um die wenigen Touristen vor einem Sturz in den Kanal zu bewahren, der viel Wasser führt, zu viel für diese Jahreszeit. Es musste viel geregnet haben, als sie noch in Khotan war, wo Menschen und Vieh unter Dürre und Hitze litten. Die Plantagen kamen alle nicht voran, wie sie beim Durchblättern anderer Länderberichte festgestellt hat. Diese Dossiers hat sie im Vorfeld zwar schon in der Hand gehabt, aber nicht genau gelesen, weil die Projekte nicht in China geplant gewesen waren – ein Fehler, wie sich nun herausgestellt hat.

Linda überschlägt in Gedanken die Tage, die Wochen. Nach all den Jahren ist es für sie noch immer unfassbar, wie schnell man von einem Kontinent zum anderen gelangt; die Seele, so hörte sie einmal bei einer Lesung mit einer japanischen Autorin, käme nicht mehr nach, bleibe irgendwo dazwischen hängen. Und in diesem Schwebezustand schaut Linda auf die Strudel im Wasser, das auf das Wehr zuschiesst.

Drüben, auf der anderen Seite der Strasse, stapeln sich der Reihe und dem Komfort nach neben einem Schuppen Ruder- und Kajakboote für die Wassertouristen. Nun liegt die vernarbte Grasfläche verlassen da, abgeschottet von einem hohen Zaun. Linda überquert die Strasse, denn zwei ausgebleichte, übergrosse Schilder hängen am Maschendraht. Auf einem steht der Name eines Taxiunternehmens. Sie checkt per GPS noch einmal die Route zum Gestüt der Schwester, drückt die Telefonnummer in ihr Smartphone. Eine Männerstimme meldet sich, vor einer halben Stunde ginge da nix, er sei jetzt in Beinsdorf, habe noch was zu erledigen, sie solle halt so lange warten. Während Linda telefoniert, geht sie am Wasser entlang, starrt in die Wirbel, die um Grasbüschel kreisen, kopfüber im Wasser hängen. Sie fröstelt, zieht ihre Jacke enger um sich. Vor drei Wochen erst ... Ja, auch die Temperaturunterschiede setzen ihr jedes Mal ein wenig mehr zu.

Sie steht unter einem Lindenbaum, wühlt gelangweilt mit der Schuhspitze in der lockeren Erde. Schreckt zurück. Knochen, überall lägen hier Knochen herum, noch von der Kesselschlacht in Halbe, der ganze Boden verseucht. Hat Linda erfahren, als sie letztes Jahr mit einer chinesischen Delegation den Soldatenfriedhof besuchte. Und ihr fallen die vielen Briefe der Angehörigen wieder ein, die in der kleinen Halle hingen. Die Jahrzehnte nach dem Zweiten Weltkrieg noch immer nach Spuren ihrer Angehörigen suchten.

Auf dem Gehsteig schlendert sie am Kanal entlang, kehrt um, als das letzte Haus in Sicht kommt, dahinter endlose

Wiesen in sattem Grün, gelber Raps in voller Blüte, Wei-
zenfelder. Ein leiser Wind streicht darüber hinweg, eine Böe
fährt Linda in die Haare, ihr Nacken wird steif, hinter ihr
quietschen Reifen im Sand.

»Haben Sie ne Taxe gerufen?«

Unbeobachtet geht hier niemand allein auf der Strasse. Linda tritt langsam an den Minivan heran, schiebt die
Seitentür auf und sich schwerfällig auf die Rückbank. Un-
bequem sind die Sitze, die Sitzreihen zu eng, sie kann die
Beine nicht ausstrecken.

»Nach Kelkow wolln Sie?«

Linda nickt. »Noch ein Stück weiter, zu einem Gestüt an
einem der Waldseen dort.«

Wo die Welt gerade noch unendlich schien, berührt nun
eine dichte Wolkendecke die Ähren, scheint über den Horizont zu kippen, schwer atmet das Land. Als sei es vollkommen erschöpft. Die frisch asphaltierte Strasse führt durch
lichte Wälder, vorbei an Pferdekoppeln.

Linda hat nicht vorher angerufen, um sich keine Aus-
flüchte oder lahmen Entschuldigungen anhören zu müssen.
Die Besitzerin eines Gestüts hat im Mai schliesslich alle
Hände voll zu tun, wenn die Saison beginnt und die wenigen wohlhabenden Berliner ihre Vierbeiner in ihre Ob-
hut geben. Höchste Umsicht, ja den kompletten Service für
Hengst, Reitpferd und Jungpferd verspricht die Website von
Susanne Fiedler vollmundig. »Alles, was Sie und Ihr Pferd
brauchen, um die gemeinsame Freizeit entspannt geniessen
zu können.« Preise für diese Leistungen werden nach Ab-
sprache ausgehandelt. Ein Luxusgestüt?

Als sie in Kelkow ankommen, lässt Linda den Fahrer anhalten, der sie fragend ansieht. Sie will zum See runter, wo
sie früher oft mit Michael war.

»Nur kurz«, sagt sie, als sie die Tür hinter sich zuschiebt.
Vorbei an der letzten Pension im Dorf geht sie den schmalen Weg hinunter zum See. Linda kann es nicht glauben,
es sieht noch genau so aus, wie sie es in Erinnerung hat.

Der See liegt in seiner selbstgenügsamen Einsamkeit ausgebreitet vor ihr, rechts die kleine, völlig überwucherte In-
sel, Schilf hatte die schmale Fahrrinne weiter verschmälert,
einzig dieser Unterschied fällt ihr auf. Vor wie vielen Jahren
war sie zuletzt hier gewesen, wie viele Sommer hierhergekommen mit Michael?

Linda betritt den Steg, von dem aus Kinder an Sonnen-
tagen ins Wasser hüpfen, das hier niedrig ist. Nun fehlen
einige Bretter, ein Angler sitzt am anderen Ende und schaut
nicht auf, als Linda sich nähert, still verharrt und hinaus
aufs Wasser sieht. Ein Reiher – in Asien steht er für Lang-
lebigkeit, fällt ihr ein – erhebt sich mit weiten Schwingen
in die Lüfte. Die Ruhe, die Stille, die in der Wüste oft so
erdrückend schien, unentrinnbar, bedrohlich, hier ist sie
vollkommen, völlig unverhofft.

»Hallo!«

Linda dreht sich um, weiss nicht, wie lange sie so da-
gestanden, auf den See hinausgestarrt hat. Der Taxifahrer
kommt auf sie zu. »Schön hier, aber ich hab keine Zeit, die
nächste Fuhre wartet schon.«

»Ja, ich komme gleich, gehen Sie schon einmal zurück.«

Grummelnd kehrt der Taxifahrer um. Linda setzt sich für
einen Moment auf die Bank abseits der kleinen Liegewiese.
Schaut ein letztes Mal hinaus auf das gekräuselte Wasser,
eine Böe streicht darüber hinweg, das Schilfmeer schaukelt,
duckt sich, noch nie ist es Linda so schwergefallen, sich zu
erheben. Ein schneidender Schmerz durchfährt ihren Körper, sie stöhnt, taumelt, kann sich gerade noch mit einer
Hand an der Banklehne abfangen. Hastig greift sie nach den
Morphium-Tabletten in ihrer Tasche, erstarrt. Lautes Hu-
pen, noch einmal. Dann nichts mehr.

»Was ist denn nun … kommen Sie oder … Hallo, was
ist?«

Linda schreckt hoch, findet sich auf einer Bank liegend,
ein stoppelbärtiges Gesicht tief über ihr, sein Atem streift
ihr Gesicht, das sie nicht rechtzeitig abwenden kann.

»Ist nichts. Mir wurde offenbar schwindlig. Geht gleich wieder.«

Schwerfällig richtet sie sich auf, gestützt von den kräftigen Armen des Taxifahrers.

»Na nun schnaufen Sie erst mal gut durch. Hab den Wagen gleich hierhergefahren, weil ich wissen wollte, ob Sie nun mitfahren oder ob ich gleich hier kassieren soll. Kam ja gerade noch ne Tour rein, hab ich Ihnen ja schon gesagt.«

»Ja, ja, schon gut, ich fahre weiter. Zum Gestüt Fiedler, Sie wissen, wo das ist?«

»Da fahr ich immer die reichen Schnösel aus Berlin hin, wird's wohl schon sein.«

»Gut, dann helfen Sie mir mal zu Ihrer Edellimousine.« Wie ihr diese spöttische Bemerkung über die Lippen kommt, weiss sie selbst nicht. Galgenhumor, grinst sie in sich hinein.

Schwer ächzend hievt sie sich nun auf den Beifahrersitz, stützt sich mit beiden Händen am Armaturenbrett ab, vollgeklebt mit Tabakwerbung und vollbusigen Mädchen. Deshalb wohl verfrachtet der seine Fahrgäste lieber nach hinten, will mit seinen Schönen allein sein, Linda wirft ihm aus den Augenwinkeln einen Blick zu. Sie greift nach ihrer Tasche, die Kladde ist noch drin, deretwegen sie sich überhaupt auf den Weg gemacht hat. Der Rucksack steht hinten. Ihr wird wieder übel, als der Wagen die Strasse verlässt und den sandigen Weg nach links nimmt, vorbei an umzäunten Koppeln, durch lichte Birkenwälder, sonnenflirrendes Licht. Einmal drehen die Räder im Sand durch. Behruz wäre das nicht passiert. Und da führt der Weg auch schon leicht hügelabwärts. Zwischen den Bäumen glitzert ein kleiner See, so rund, als sei er von Menschenhand angelegt. Darin spiegelt sich blau der Himmel, der vorher so grau und fahl war. Vor einer tiefen Kuhle hält das Taxi abrupt an, Linda wird nach vorn geschleudert, knallt mit der Stirn gegen die Fensterscheibe.

»Können Sie sich nicht festhalten?«, schnauzt der Fahrer sie an. Linda reicht ihm den vereinbarten Betrag. Presst zwischen den Zähnen hervor: »Machen Sie, dass Sie schnell, ganz schnell von hier fortkommen.« Das lässt der sich nicht zweimal sagen, hüllt sie zum Abschied in eine Staubwolke ein, die Linda Tränen in die Augen treibt. Rasch hält sie sich die Nase zu, schwankt, sucht Halt, fasst sich wieder.

Einfach nur die Kladde abgeben, den Rucksack, den sie seit Yokawat nicht mehr aus den Augen gelassen hat. Die Schwester sehen. Eine Reithalle versperrt ihr die Sicht auf den See. Die mit Blech verkleideten Wände glänzen in der Sonne. Auf dem Reitplatz dreht ein Pferd seine Runden, kein Schnauben, keine Rufe, nichts zu hören.

Da bellt irgendwo ein Hund. Etwa fünfzig Meter entfernt öffnet sich eine Tür in einem langgestreckten Gebäude aus roten Backsteinen, über dem eine amerikanische Flagge weht. Eine Frau kommt auf Linda zu, wischt sich im Gehen die Hände an der Schürze ab, die sie über einer knappsitzenden Reithose und blau-weiss karierter Bluse trägt.

»Wie kann ich Ihnen helfen?«, fragt die blonde Frau. Hat sie Ähnlichkeit mit Roxana?

»Ich suche Susanne Fiedler. Sind Sie das?«

»Ja.« Stecknadelgrosse Pupillen weiten sich, mustern Linda. Ein kaum wahrnehmbares Flackern unter gezupften Augenbrauen.

»Können wir uns irgendwo hinsetzen?«

Susanne Fiedler weist mit ausgestreckter Hand auf eine Sitzgruppe, die im Lounge-Stil vor dem Haus im Schatten steht. Linda lässt sich hineinfallen und merkt zu spät, dass der Sessel aus diesem harten, wetterfesten Kunststoff ist. Ein leises Stöhnen kann sie nicht zurückhalten, erntet dafür einen fragenden Blick.

»Nun, was möchten Sie? Sie sehen nicht aus wie jemand, der hier ein Pferd unterstellen möchte.«

Umständlich stellt Linda den Rucksack auf den niedrigen Loungetisch, legt die fleckige Kladde darauf.

»Darin sind keine Pferdefotos, nein. Diese Mappe gehörte ihrer Schwester Roxana. Sie wurde mir in Khotan überreicht. Falls Sie wissen, wo das ist.«

Susanne Fiedler wird blass, schüttelt den Kopf.

»Eine kleine Oasenstadt südlich der Wüste Taklamakan, die man auch Wüste ohne Rückkehr nennt. Und Ihre Schwester ist von dort auch nicht mehr zurückgekehrt. Ich bin gekommen, um Ihnen dies hier zu übergeben, weil Sie per Interpol eine Suche nach Ihrer Schwester in die Wege geleitet hatten.«

»Sehen Sie, ich wollte das hier aufbauen.« Sie streckt ihren Arm aus und zeichnet einen Halbkreis in die Luft. »Zusammen mit meinem Mann. Wir brauchten Geld, um diesen Lebenstraum zu verwirklichen: raus aus Berlin, einen Hof kaufen, Natur erleben, für andere erlebbar machen. Als unser Vater starb, hinterliess er uns ein kleines Vermögen. Roxana hatte sich seit vielen Jahren nicht mehr gemeldet, wir hatten keine Ahnung, wo sie steckte, wussten nur, irgendwo in Asien. Wussten nicht einmal, ob die Karte vom Tod unseres Vaters sie überhaupt erreicht hatte. Damals hatte sie, glaub ich, noch irgendwas studiert. Und als es dann ans Erbe des Vaters ging, wollte der Notar das Geld nicht auszahlen ohne Unterschrift meiner Schwester oder einen Totenschein oder was auch immer. Also musste ich offiziell nach ihr suchen lassen. Ausser einer kurzen Vermisstenbestätigung habe ich danach nichts erhalten.« Ihre letzten Worte klingen leise, geistesabwesend starrt sie auf die Kladde und den Rucksack.

Linda denkt wieder an die Briefe auf dem Soldatenfriedhof in Halbe, die Menschen geschickt haben auf der Suche nach einem Vater, nach einem Onkel, Bruder.

»Normalerweise geben die Angehörigen nicht so schnell auf, schalten eine Vermisstmeldung nach der anderen, bemühen Botschaften und Konsulate, lassen Steckbriefe in den entsprechenden Regionen aufhängen.«

»Sie wissen nicht, wie es ist, wenn jemand verschwindet.«

»Jedenfalls haben Sie sich nicht sonderlich bemüht, Roxana zu finden, scheint mir.«

Susanne schaut sie verwundert an, hebt erneut den Arm, holt aus, er schwingt weit über das Gestüt. »Wir wollten hier diesen Traum … Dafür brauchten wir die amtliche Bestätigung, dass Roxana als vermisst gilt.« Sie betrachtet das Muster ihrer Schürze, schaut auf, Falten zerknittern ihr Lächeln.

»Wissen Sie, meine Schwester war ganz anders als ich, wir hatten keinen Draht zueinander. Aber ich bin froh, dass Sie gekommen sind.«

Ist sie das wirklich? Susanne Fiedler, ein toter Vater, nichts, wohin Roxana hätte zurückkehren können. Oder wollen.

Ein Blitz geht mitten durch sie hindurch. War das vielleicht der Grund? Einfach alle Fäden kappen, in die Wüste gehen, immer geradeaus, mit nichts anderem als braunem Geröllsand, der unter den Sohlen knirscht, sich bis zum Horizont erstreckt, vor den Augen flimmert?

Ein weiterer Blitz. Linda entgleiten die losen Fäden, sie sackt in sich zusammen, ihr Blick folgt einem Reiher am blassblauen Himmel. Der seine Flügel ausbreitet. Davonfliegt.

Mein Dank geht an Anna Gerstlacher als Landeskennerin für die Überprüfung der Fakten, an Irene Sauter für die kritische Durchsicht und den Titel des Buches und Rainer Kehrt für kreative Anregungen.